SARA

ŒUVRES DE MARION ZIMMER BRADLEY
CHEZ POCKET

LA ROMANCE DE TÉNÉBREUSE

1. LA PLANÈTE AUX VENTS DE FOLIE
2. REINE DES ORAGES !
3. LA BELLE FAUCONNIÈRE
4. LE LOUP DES KILGHARD
5. LES HÉRITIERS D'HAMMERFELL
6. REDÉCOUVERTE
7. LA CHAÎNE BRISÉE
8. LA MAISON DES AMAZONES
9. LA CITÉ MIRAGE
10. L'ÉPÉE ENCHANTÉE
11. LA TOUR INTERDITE
12. L'ÉTOILE DU DANGER
13. SOLEIL SANGLANT
14. LA CAPTIVE AUX CHEVEUX DE FEU
15. L'HÉRITAGE D'HASTUR
16. L'EXIL DE SHARRA
17. PROJET JASON
18. LES CASSEURS DE MONDES

LES VOIX DE L'ESPACE (Le grand temple de la S.-F.)

MARION ZIMMER BRADLEY
ANDRÉ NORTON & JULIAN MAY

LES TROIS AMAZONES

COLLECTION TERREUR
dirigée par Patrice Duvic

MARION ZIMMER BRADLEY

SARA

PYGMALION
Gérard Watelet

Titre original :

WITCH HILL

Traduit de l'américain
par Hubert Tezenas

Publication réalisée avec le concours de Gérard Villers

ISBN : 2-266-05539-9

Avertissement de l'Auteur

Les localités de Witch Hill et Madison Corners, ainsi que leurs habitants, n'existent que dans mon imagination. L'université de Miskatonic, les villes d'Arkham et d'Innsmouth, ont été empruntées à l'œuvre romanesque de H.P. Lovecraft. Tous les personnages du livre sont strictement imaginaires. Si d'aventure le nom d'une personne existante figure dans ces pages, il ne peut s'agir que d'une simple coïncidence. Si donc vous trouvez votre propre nom dans mon récit, ce n'est pas de vous dont je parle.

I

A la Rue

LA pluie commença à tomber à l'instant même où la limousine des pompes funèbres quittait le cimetière. Pendant tout le trajet du retour, son clapotis sur le pare-brise, le gémissement des essuie-glaces entretinrent un triste contrepoint à mon désespoir.

Une semaine plus tôt, nous, les Latimer, étions encore quatre personnes en vie : ma mère, Janet, fragile, souvent malade, mais combien vivante, combien précieuse pour nous tous... (J'avais dû temporairement renoncer à mes activités artistiques pour venir veiller sur elle, et lui éviter les soucis qui risquaient à chaque instant de briser son cœur défaillant) ; mon père, Paul, resté svelte et droit comme un i, malgré sa chevelure grisonnante, l'œil toujours aussi vif, la voix ferme et posée ; mon frère, Brad, enfin, dix-neuf ans à peine, le visage rieur, tout fringant dans son uniforme, lorsqu'il partait rejoindre sa caserne à Parris Island.

Oui, bien que souvent séparés, nous formions une famille unie et solidaire. Ayant vécu trois ans en Californie, j'étais revenue à New York lors de la première attaque cardiaque de ma mère, ayant l'intention de repartir aussitôt qu'elle aurait récupéré. Brad, de son côté, rêvait d'entrer dans les Marines, chaque génération de Latimer ayant toujours donné au moins un fils à l'armée des États-Unis depuis la guerre de Sécession. Au fond, chacun de nous vivait sa vie, mais gardait ancré au fond du cœur l'amour indestructible de la famille. Ainsi, quand Brad nous quittait à la fin de ses permissions, personne n'avait l'impression d'une séparation durable.

Mais le destin avait décidé de nous frapper brutalement, d'anéantir nos rêves, de nous abattre les uns après les autres comme une rangée de dominos. L'arrivée du télégramme de la caserne, adressé à mes parents il y a huit jours, déclencha le cataclysme. Il contenait des mots terribles, qui me pétrifièrent :

« *Regret de vous informer... votre fils Paul Bradley Latimer... tué à l'entraînement lors d'un accident d'hélicoptère...* »

Ma première pensée, comme celle de mon père, fut pour ma mère. Il ne fallait en aucun cas qu'elle sache. La nouvelle la tuerait.

Mais elle était entrée dans la pièce sans nous laisser le temps de nous reprendre, ni même celui de replier le télégramme, et avait tout compris en nous regardant.

— Brad ?... avait-elle balbutié, en un souffle imperceptible.

Avant que nous n'ayons pu réagir, elle s'était effondrée, terrassée par la douleur. A l'hôpital, on s'était efforcé de nous consoler en nous expliquant qu'elle était morte sur le coup, probablement avant d'avoir touché le sol.

En revenant de ses obsèques, quatre jours plus tôt, assis près de moi au fond d'une limousine funèbre, exactement semblable à celle qui me ramenait aujourd'hui seule en ville, mon père, pour la première fois, avait évoqué nos racines. Il ne parlait pourtant jamais de sa jeunesse. Originaire du Massachusetts, sa famille avait émigré dans un village de Nouvelle-Angleterre, près de la côte, où il était né. Je savais seulement qu'il avait quitté ce village, dont j'ignorais le nom, à seize ans. Se tournant alors vers moi, en ces terribles instants, il m'avait pris la main et dit gravement :

— Quand je partirai à mon tour, Sara, je veux être enterré ici, près de ta mère. Ne laisse personne te convaincre de rapatrier ma dépouille à Arkham, quoi que puisse dire ma famille.

— Ta famille ? Quelle famille ?... Tu ne m'en as jamais parlé, père...

— C'est vrai. Depuis des années, j'ai toujours repoussé ce moment fatidique, voulant me persuader que rien ne pressait, qu'un jour je finirais bien par me résoudre à retourner là-bas. Après la disparition de tante Sara — la sœur de mon père, morte il y a sept ans —, je m'étais promis d'y revenir faire la paix avec ma famille, du moins avec ce qu'il en restait. Mais il est trop tard maintenant, ils sont sûrement tous morts. D'ailleurs, à supposer même qu'il existe des survivants, comment pourraient-ils ne pas m'avoir oublié depuis si longtemps ?

— Tante Sara ? Est-ce d'elle que je tiens mon nom ?

Mon père, à ces mots, avait esquissé un triste sourire.

— Non, Sara. J'étais dans les Marines, au Japon, à ta naissance. C'est ta mère seule qui l'a choisi. Elle t'a appelée Sara en souvenir d'une amie de lycée. Une simple coïncidence, en somme. Il n'empêche, si j'avais été là, que c'est le seul prénom que j'aurais refusé qu'on te donne pour tout l'or du monde !

— Pourquoi ?

— Je t'expliquerai une autre fois, avait-il soupiré, semblant vouloir chasser de son esprit un souvenir pénible.

Puis il avait secoué la tête, posé sur moi un regard implorant, m'ôtant toute envie d'insister.

Brusquement pourtant il s'était ravisé, estimant sans doute qu'il valait mieux en finir tout de suite :

— Ma chérie, on croit toujours avoir la vie devant soi, mais la tragédie qui vient de nous frapper prouve le contraire. Voilà : disons qu'aucune des Sara auxquelles notre famille a donné le jour n'a connu un destin heureux. La première d'entre elles a été pendue pour sorcellerie près d'Arkham, il y a près de trois siècles. Et depuis lors... Es-tu superstitieuse, Sara ?

— Je ne crois pas, avais-je répondu spontanément. En tout cas, pas plus qu'une autre.

C'était la pure vérité. Je ne crains ni de passer sous une échelle, ni de croiser un chat noir. Je ne lis jamais mon horoscope et quand, par hasard, je tombe dessus dans un journal, les prédictions sur mesure me font rire.

Mon père alors avait encore souri avec une mélancolie poignante. Observant son visage raviné de rides, j'avais eu brutalement l'impression qu'il avait vieilli de vingt ans en quatre jours.

— Moi non plus, avait-il poursuivi, je ne crois pas au mauvais sort, aux malédictions familiales ou autres. Cela dit... Vois-tu, je suis né à Arkham et, pendant toute mon enfance, on m'a seriné toutes sortes d'histoires sur notre famille, en particulier sur les Sara Latimer et sur la fin violente qu'elles ont toutes connue. Bien sûr, je n'en ai jamais parlé à ta mère. Mais quand elle a choisi pour toi le prénom de Sara, simple hasard, je n'ai pu m'empêcher, en recevant sa lettre à Okinawa, d'avoir la chair de poule. J'ai aussitôt repensé à la vieille histoire de la foudre. Dans mon enfance, les paysans de Nouvelle-Angleterre avaient coutume de dire que la foudre ne frappe jamais deux fois au même endroit. Eh bien, ce n'est pas vrai, Sara. Notre vieille demeure de Witch Hill Road[1] se trouvait au sommet d'une colline et chaque été, presque à chaque orage, la foudre s'y abattait généralement à l'angle nord-ouest de la maison. Tant et si bien que plus tard, quand l'électricité fut installée, le générateur placé à l'extérieur était régulièrement endommagé. Mon père finit même par renoncer à l'électricité pour revenir aux vieilles lampes à pétrole et aux chandelles. Autant que je m'en souvienne, tante Sara fut ravie de sa décision. Elle a toujours haï la lumière électrique.

Mon père avait raison. Coup sur coup, la foudre avait frappé deux fois notre famille. Ne risquait-elle pas de s'abattre encore sur nous ?

Voilà pourquoi mon père ne m'avait jamais appelée Sara quand j'étais enfant. Il m'avait d'abord surnommée Sissy, puis Sally à partir du moment où j'étais allée à l'école seule. Maman m'appelait Sara. Lui, jamais.

La pluie redoublant sur les vitres de la voiture, nous étions alors restés silencieux un instant. Chaque tour de roue nous éloignait du cimetière où maman et Brad gisaient pour toujours côte à côte.

Pour dire quelque chose, je me souviens avoir encore ajouté :

— Tu ne vas tout de même pas me dire que les Sara Latimer ont toutes vendu leur âme au diable ? D'ailleurs, je ne crois pas au diable. Ni à Arkham, ni ailleurs. Les sorcières n'existent pas... ou en tout cas elles n'existent plus depuis plusieurs centaines d'années !

— Je n'en suis pas si sûr, avait-il repris. Tu es une Latimer, Sara. Tu descends d'une longue lignée de braves gens, presque tous des fermiers, des forgerons,

1. Littéralement : la route de la Colline aux Sorcières *(NdT)*.

quelques pasteurs, dont l'une des filles quittait de temps à autre la ferme pour étudier en ville et devenir institutrice, pour revenir ensuite enseigner aux gosses du village. De braves gens, donc, mais têtus comme des mules... Si cela n'avait tenu qu'à moi, jamais je n'aurais prénommé ma fille Sara après la pendaison de la première Sara Latimer au gibet de Witch Hill. Bien des fois, dans mon enfance, j'ai regardé la vieille Bible de la famille. Ses propriétaires successifs depuis le dix-huitième siècle, tous des Latimer, avaient, selon la tradition, inscrit religieusement leur nom sur les premières pages. Eh bien, figure-toi qu'une Sara apparaissait régulièrement toutes les deux générations environ, et à chaque fois, un malheur survenait.

Mon père, alors, m'avait semblé ne plus s'adresser directement à moi. On eût dit plutôt qu'il pensait à haute voix. Ses yeux humides étaient perdus dans le lointain ; sa voix, tout à coup, avait repris l'accent caractéristique des campagnes de Nouvelle-Angleterre.

— Une, et même deux Sara sont mortes toutes jeunes, avant même d'avoir quitté le sein maternel, avait-il poursuivi, l'air absent. Une destinée tragique fut le lot de toutes les autres : Sara Jane Latimer, noyée en 1812 ; Sara Lou Latimer, morte en couches à seize ans, en l'an 1864, après s'être enfuie avec un soldat sudiste ; Sara Anne Latimer, dévorée par des chiens en 1884. Il y en a même une, Sara Beth, dont on cacha l'histoire. Tout ce que je sais, c'est que son nom fut effacé de la Bible familiale. Pour en arriver là, quelle horreur avait-elle dû commettre !...

— Père, ces souvenirs sont vraiment trop sinistres, l'avais-je interrompu. Parle-moi plutôt de ta tante Sara, celle dont mon nom *ne vient pas,* si j'ose dire !

A ces mots, les traits de mon père s'étaient encore altérés.

— Ta grand-tante Sara, malheureuse ! Elle a été sûrement l'une des pires. A cause d'elle, la vie de mes parents et la mienne ont été un enfer. Quand je lui ai annoncé que je quittais la région, que j'emmenais ma mère avec moi, elle m'a maudit, en me prédisant une mort violente. Aussi me suis-je juré de ne jamais remettre les pieds en Nouvelle-Angleterre tant qu'elle vivrait. Voilà pourquoi...

Le hurlement des freins couvrit ses dernières paroles. Je fus précipitée sur le dossier du siège du chauffeur ; un vacarme affreux perça mon cerveau comme une vrille. Ma dernière vision fut celle du visage de mon père, les yeux révulsés, un filet de sang s'échappant de ses lèvres. Puis je sombrai dans le néant.

En reprenant conscience plus tard à l'hôpital, je sus tout de suite qu'il était mort. Ses dernières paroles résonnaient encore au plus profond de mon âme : « Elle m'a maudit, en me prédisant une mort violente... »

Le sang, son odeur âcre, les images confuses de l'accident et du choc se bousculaient dans mon esprit. Hormis une légère commotion cérébrale, quelques bleus et une vilaine écorchure à la jambe gauche, j'étais miraculeusement indemne. Mon père, lui, avait été éjecté sur la chaussée à l'issue d'une série de tête-à-queue. Plusieurs voitures étaient passées sur son corps au beau milieu de l'autoroute.

A l'hôpital, on me déconseilla de voir sa dépouille. On voulut également me cacher les journaux, mais j'aperçus la manchette d'un quotidien que lisait un malade :

« *Un professeur périt dans un accident de la route, au retour du double enterrement de sa femme et de son fils...* »

Suivait la photo agrandie de l'événement.

Au souvenir de ces instants horribles, je fermai les yeux. Mon désespoir était tel que j'en vins à espérer un nouvel accident, espérant cette fois-ci qu'il me serait fatal. La foudre retombe toujours où elle a frappé, disait mon père. Eh bien, puisque toutes les Sara Latimer mouraient de mort violente, mieux valait en finir tout de suite, aller rejoindre sans attendre ma famille au fond du caveau humide.

Mais mon heure, sans doute, n'avait pas sonné. Dehors, la pluie redoublait de violence. Les rues noyées défilaient lentement sous mes yeux. Une lancinante douleur martelait mes tempes, séquelle de ma récente commotion et de mes larmes. Devant moi, le chauffeur conduisait avec une extrême prudence. Ce n'était pas le même que l'autre jour.

Sans doute la société qui l'employait avait-elle estimé préférable de procéder momentanément à son remplacement. Une pensée macabre s'insinua dans mon esprit. Craignait-elle d'être soupçonnée de vouloir fournir trop vite de nouveaux clients au cimetière ? Malgré moi, un petit rire sarcastique s'échappa de mes lèvres, provoquant aussitôt un coup d'œil étonné du chauffeur dans son rétroviseur.

— Tout va bien, mademoiselle ? lança-t-il, accrochant furtivement mon regard.

Je marmonnai quelques mots indistincts, espérant qu'il ait pris mon rire pour un subit accès de désarroi. Peu importait d'ailleurs ! Mon père et ma mère adoraient la gaieté et sans doute auraient-ils préféré me voir rire que pleurer. Mais pouvaient-ils me voir ? Leurs yeux n'étaient-ils pas fermés jusqu'à la fin des temps ?

Tristement, le regard perdu vers l'horizon noyé de pluie, je regrettais de n'être pas animée par une foi quelconque. Je n'avais même pas su au juste quelle était celle de mes parents. Un jour, j'avais entendu mon père confier à l'un de ses amis qu'il avait passé son enfance dans un bain de religiosité si excessif qu'il avait fini par s'en dégoûter : une allergie, en somme. D'ailleurs, je ne lui avais jamais entendu proférer la moindre opinion, ni négative ni positive, sur l'immortalité ou la vie après la mort. Certes, ma mère nous avait inscrits au catéchisme, Brad et moi, mais elle-même n'allait presque jamais à la messe et ne semblait pas particulièrement croyante.

Dans le milieu où nous évoluions, cette attitude était courante. Personne ne se souciait de religion et personne ne semblait en souffrir particulièrement. De temps à autre j'avais moi-même soulevé la question auprès de mes camarades de cours. Mais, presque tous ayant grandi comme moi sans instruction religieuse, s'ils ignoraient le plus souvent ce en quoi ils croyaient au juste, ils savaient en tout cas fort bien ce qu'ils refusaient de croire.

Aussi ne parvenais-je à imaginer mes parents ou Brad ni perchés sur un nuage, affublés de petites ailes et jouant de la lyre, ni rôtissant au fond d'une caverne, enveloppés de vapeurs sulfureuses, le cliché de l'enfer ne semblant, de nos jours, pas davantage plausible que celui du paradis. Et c'était dommage, la vision de ma famille existant toujours dans une autre dimension m'aurait sûrement apporté un réconfort non négligeable. Pour être tout à fait franche en somme, je n'avais aucune idée précise sur la question, et n'en ressentais que davantage le poids de mes incertitudes.

Enfin parvenue en ville, la voiture s'immobilisa devant l'immeuble de briques vieillot où mes parents louaient un appartement de cinq pièces depuis quinze ans. Le chauffeur vint m'ouvrir la porte, puis m'accompagna jusqu'à l'entrée du bâtiment avec un parapluie. Je voulus alors introduire ma clé dans la serrure, mais le tremblement de mes doigts m'en empêcha.

Spontanément l'homme vint à mon aide. Il ouvrit et me demanda :

— Comment vous sentez-vous, mademoiselle ? J'espère que vous n'allez pas rester seule. N'avez-vous pas quelqu'un qui pourrait venir vous tenir compagnie ?

Je le rassurai en quelques mots. Conformément à mon souhait, il se retira aussitôt. Je le suivis des yeux retournant à sa voiture. Quelques secondes plus tard, elle avait disparu.

Me retrouvant seule dans l'appartement, je rassemblai mon courage pour affronter la triste soirée qui m'attendait. Non, je n'avais pas le moindre ami susceptible de venir me réconforter. Mes camarades de jeunesse s'étaient tous dispersés ou mariés. Quant aux amis que je m'étais faits ces trois dernières années, ils se trouvaient en Californie, c'est-à-dire à près de cinq mille kilomètres. Aucun d'entre eux d'ailleurs ne m'était assez proche pour partager mon épreuve et, depuis mon retour ici, je n'avais écrit à quiconque la moindre lettre. Pas même à Roderick, car il aurait fallu dans ce cas que j'accepte de l'épouser, ou du moins que je trouve une nouvelle bonne raison de me dérober.

Plusieurs lampes étaient restées allumées, telles que nous les avions laissées, papa et moi, avant de partir pour l'enterrement de ma mère, mon père m'ayant avoué ce jour-là, avant de refermer la porte, qu'il ne voulait pas, à son retour, trouver l'appartement plongé dans l'obscurité. Poussant un soupir, je me rendis dans la cuisine afin de me préparer une tasse de thé. La blouse imprimée de ma mère — elle détestait les tabliers — était encore pendue à la patère, derrière le réfrigérateur, les dessous-de-plat en rotin contre le couvercle de la cuisinière, maintenus par les petits aimants que ma pauvre maman avait elle-même glissés dans les croisillons du cannage.

Quatre Latimer... Et voilà qu'il ne restait plus que moi, Sara. Aucune de mes ancêtres ayant porté le même prénom n'avait connu un destin heureux... Pourquoi mon père avait-il quitté la demeure familiale ? Cela, je ne le saurais probablement jamais. La mort l'avait emporté avant même qu'il n'ait pu terminer l'histoire de ma grand-tante.

Ayant rempli d'eau la bouilloire de cuivre, j'y jetai distraitement quelques mesures de thé ; mais dès qu'elle se mit à siffler, je me rendis compte qu'en fait ce n'était pas de thé dont j'avais besoin. Je respectais plutôt un vieux rituel familial. Un grand bol de thé fumant, généreusement additionné de lait et de sucre, constituait aux yeux de ma mère la panacée universelle, comme le bouillon de poulet dans certaines familles juives.

Enfant, une mauvaise note à l'école, une pèlerine dégoulinante de pluie, un début de rhume ou un simple vague à l'âme au soir d'une journée éprouvante, tout était prétexte à me retrouver près des miens à la cuisine. Maman posait la grosse bouilloire sur le feu et disait :

— Allons, rien de tel qu'un grand bol de thé bien chaud pour se remettre d'aplomb !

A ce souvenir, je sentis une nouvelle fois l'inanité consternante des choses. Non, décidément, il n'y avait rien après la mort. Sinon, j'aurais en cet instant même entendu la voix d'outre-tombe de ma mère chuchoter à mon oreille :

— Allons, Sara, allons... Ne te laisse pas abattre, mon enfant ! Prends donc un grand bol de ce thé bien chaud. Tu verras, il n'y a rien de tel pour se remettre d'aplomb !

Je coupai le gaz, versai résolument le contenu fumant de la bouilloire dans l'évier et regagnai le salon. Là, j'ouvris l'un des battants du buffet et en sortis une bouteille de whisky intacte. Papa en gardait toujours une en prévision d'une visite impromptue. Je l'ouvris, versai une généreuse rasade dans la tasse que j'avais toujours à la main et la bus d'une traite. Le liquide s'insinua en moi comme une coulée de lave, laissant dans ma gorge une sensation de chaleur réconfortante. Je me resservis.

La sonnerie de l'entrée me fit sursauter. Qui, à cette heure, pouvait bien venir me voir par cette pluie battante ? Sans lâcher la bouteille et ma tasse, je me dirigeai vers la porte et ouvris sans hésiter. La foudre pouvait bien frapper encore. Au point où j'en étais, une visite de l'Étrangleur de Boston en personne ne pouvait plus m'impressionner !

L'air affable mais légèrement désapprobateur, M. Patterson, le propriétaire des dix appartements de l'immeuble, me salua tout en lorgnant discrètement la tasse et la bouteille que je tenais dans l'autre main.

— Mademoiselle Latimer..., commença-t-il d'un ton mal assuré, si vous avez une minute...

— Vous me connaissez depuis quinze ans, dis-je, m'efforçant à la désinvolture, continuez donc de m'appeler Sara. Comme vous voyez, j'étais en train de boire un petit verre. Voulez-vous m'accompagner ?

Il entra, ayant visiblement du mal à détacher son regard de ma bouteille de whisky, s'imaginant sans doute que je cherchais à noyer mon chagrin dans l'alcool. Je lui réitérai néanmoins mon offre, qu'il déclina énergiquement.

— Non, vraiment, non, merci. Je n'ai pas l'habitude si tôt... Écoutez, mademoiselle... Sara, je suis désolé de vous déranger dans ces moments pénibles...

— Le loyer est-il en retard ? Je ne me rappelle plus très bien le jour de l'échéance. A vrai dire, j'ai même oublié quel jour, quel mois nous sommes...

— Non... Non, ce n'est pas ça du tout. Je ne me permettrais pas... Enfin, c'est-à-dire que... Je suppose que vous... Savez-vous que le bail expire à la fin du mois ? Bien sûr, j'imagine que vous n'avez pas eu le temps de faire de projets, mais... Comptez-vous le renouveler ? Pour une jeune femme comme vous, seule, enfin, je veux dire, célibataire, je...

Sa maladresse me fit pitié.

— Vous avez raison, répondis-je d'un air compatissant, pour lui venir en aide. Non, je n'ai pas l'intention de rester. Je vais sans doute repartir sur la côte Ouest. J'étais seulement revenue pour m'occuper de ma mère après sa première crise cardiaque. De toute façon, je crois que j'aurais eu du mal à payer le loyer seule.

— Eh, oui, justement, enchaîna M. Patterson, une lueur de soulagement dans les yeux. Vous savez que les augmentations de loyer étaient réglementées par une loi très ancienne. Or, elle vient d'être abolie, et je pensais, disons, réactualiser un peu mes prix. Mais nous en reparlerons, si vous le voulez bien, un autre jour...

Je portai la tasse à mes lèvres et la vidai d'un trait. Je me sentais de mieux en mieux.

— Non ! lâchai-je. Il y a trop de fantômes entre ces murs.

Mon propriétaire parut stupéfait, mais que pouvais-je lui expliquer ? La vieille robe de chambre de mon père était toujours accrochée dans la salle de bains, la blouse de maman à sa place derrière la porte de la cuisine, les maquettes d'avions de Brad fixées aux murs de sa chambre. Non, décidément, continuer de vivre au milieu de ces souvenirs me serait trop intolérable.

— Quand voulez-vous que je parte ?

— Il n'y a pas d'urgence, s'empressa-t-il de répondre, son sourire mal à l'aise démentant ses paroles. Aucune urgence, je vous assure.

Opérant néanmoins une prompte retraite, il tourna les talons, s'arrêta sur le seuil, la main sur la poignée de la porte, parut se rappeler quelque chose, fouilla dans la poche de son imperméable trempé et en ressortit une liasse d'enveloppes.

— Je vous ai apporté votre courrier, dit-il en me tendant le tout. Prenez, Sara...

Puis, il s'éclipsa.

Le courrier s'était accumulé dans la boîte depuis une semaine. J'identifiai sur-le-champ une série de factures, dont celle du téléphone, qui ne firent que renforcer ma décision : je n'avais pas les moyens de rester. Je regagnai ma chambre. Là, au moins, les souvenirs de ma famille étaient moins nombreux et présents. M'enfermant à double tour, j'essayai de me persuader que tout était normal. Assise au bord de mon lit, je me servis une troisième rasade de whisky, puis rebouchai résolument la bouteille. M'enivrer ne me mènerait à rien. Fermer la porte à clé non plus. Feindre que ma mère, mon père et mon frère étaient encore près de moi, était tout aussi vain. A ce petit jeu, je finirais tôt ou tard à l'asile le plus proche.

Mon regard alors tomba sur l'aquarelle inachevée posée sur le chevalet installé près de la fenêtre. Juste avant mon arrivée chez mes parents, j'avais décroché mon second contrat d'illustratrice de livres pour enfants. Le premier, d'un montant modeste mais néanmoins le bienvenu, avait établi ma réputation. Pour cette deuxième commande, une bonne moitié des illustrations me restait encore à faire. Jusqu'ici j'avais travaillé à mon rythme, dans la mesure où mon éditeur n'était pas pressé et où ma situation financière le permettait. Mais maintenant tout avait basculé brutalement. J'avais un pressant besoin d'argent. Mon père gagnait bien sa vie mais il n'avait jamais souscrit d'assurance-décès. Les frais d'hospitalisation et d'obsèques réglés, il ne devait me rester guère plus de deux cents dollars en banque. Avec cette somme je pouvais repartir sur la côte Ouest, mais non subsister jusqu'à la fin de mes travaux en cours. Les achever ici et attendre le règlement de mon éditeur avant l'expiration du bail était aléatoire. D'ailleurs, combien de factures arriveraient entre-temps pour grignoter le peu qui me restait ?

J'ouvris la note du téléphone. Son montant me fit grimacer. D'un geste mécanique, je pris connaissance des autres correspondances. Outre diverses factures, c'était en grande partie des mots de condoléances adressés à mon père pour la mort de ma mère.

Une lettre postée en Californie attira mon attention. Elle m'était adressée. Sûrement Roderick, songeai-je en la mettant de côté. Il n'était pas question dans l'état où je me trouvais après trois doubles doses de whisky dans un estomac vide, de m'abuser sur mes propres sentiments. Je n'avais jamais aimé Roderick. Comment pourrais-je l'aimer davantage à présent ? Notre brève liaison à Berkeley était à mettre sur le compte de nos affinités intellectuelles, de l'attirance instinctive des corps, de ma curiosité sexuelle sans doute. Elle avait duré près de quatre mois. J'y avais pris plaisir. Mais avant même l'attaque cardiaque de ma mère qui m'avait ramenée à New York, mon attachement pour lui s'était passablement effiloché, ses grands airs quant à son éventuelle intention de se rendre en France pour suivre des cours à la Sorbonne m'ayant tout autant agacée que sa condescendance à propos de mes talents d'illustratrice. Nos seuls ébats physiques n'avaient par la suite plus suffi à panser les plaies laissées par nos violentes altercations. Ainsi, au début de notre liaison, m'appelait-il toujours sa « sorcière aux yeux verts », surnom qu'il avait cru, au fil des jours, pouvoir modifier en « petite salope »... Les autres Sara Latimer avaient-elles aussi le diable au corps ? Selon mon père, l'une était morte en couches sans s'être jamais mariée ; une autre s'était si mal conduite qu'on avait dû effacer son nom de la Bible familiale. Des marie-couche-toi-là, disait parfois ma mère, de vulgaires traînées...

D'un geste rageur, je jetai la lettre à la poubelle sans même l'avoir décachetée. Qu'avais-je à faire de Roderick Hartmann aujourd'hui ? Lorsqu'il avait appris que je quittais Berkeley, un regain de passion s'était emparé de lui. Il m'avait demandé de l'épouser, sans doute gorgé de vanité, persuadé que je ne m'éloignais que pour me donner le temps (ou, selon sa formule, « l'espace ») de penser à lui, à l'avenir de notre liaison.

L'ayant laissé dans l'incertitude, furieux, il m'avait gratifiée, au moment de le quitter à l'aéroport, d'une grossièreté à la mesure de son dépit, dont je m'étais presque sentie flattée. Seule, à l'instant présent, je songeais qu'après tout il n'aurait même pas été désagréable de se lover, faute de mieux, au creux de ses bras. N'importe quel homme d'ailleurs n'aurait-il pas, dans ces circonstances, fait l'affaire ?

Mais qu'allais-je donc imaginer ? « Arrête, Sara, lâchai-je à mi-voix. Jusqu'à preuve du contraire, tu n'es ni une sorcière, ni une femme de rien. »

C'est alors que je vis la lettre, une longue enveloppe, la dernière de la pile : elle portait le cachet d'Arkham, comté de Mass, Nouvelle-Angleterre, placé sur le sigle d'une entité religieuse. Encore des condoléances d'un parent lointain ? Les journaux new-yorkais, qui avaient abondamment parlé de la tragédie des Latimer, étaient aussi distribués en Nouvelle-Angleterre. Non, la lettre adressée à mon père était datée de la semaine précédente. Intriguée, je déchirai l'enveloppe et lus :

« *Cher Monsieur,*

Les recherches de nos conseillers juridiques nous informent que vous êtes le seul héritier devant la loi, et donc propriétaire, de la maison de Witch Hill Road ayant autrefois appartenu à Mlle Sara Latimer, votre tante paternelle, décédée voici sept ans. La maison est inoccupée depuis lors, et bien que nous nous soyons efforcés de l'entretenir dans la mesure du possible, son état risque de se détériorer en dépit des modernisations apportées de son vivant par votre tante.

Après la disparition de Mlle Latimer, j'ai manifesté ma volonté d'acquérir la propriété au nom de l'Association Historique de notre congrégation. Comme vous le savez sans doute, cette bâtisse, construite en 1645, est l'une des plus anciennes de la région et possède encore ses fondations originelles. Toutefois, on m'a informé qu'elle ne pouvait être mise en vente avant la conclusion de l'enquête officielle destinée à retrouver les héritiers légaux de la famille Latimer.

Je suis d'ores et déjà néanmoins en mesure de vous faire une offre concrète en ce qui concerne la maison et le terrain. Présumant que vous n'avez pas l'intention de vous y installer vous-même, je vous saurais gré d'entrer rapidement en contact avec moi, afin que nous puissions nous rencontrer et discuter ensemble du transfert immédiat du titre de propriété.

Dans l'attente de vous lire, je vous prie d'agréer, cher Monsieur, l'expression de mes sentiments les meilleurs.

Révérend Matthew Hay, pasteur de l'Église de l'Ancien Rite. »

Incrédule, je lus la lettre une deuxième fois. Au moment où je me croyais démunie de toute ressource, j'héritais d'une maison, même si elle ne répondait pas, aux dires de ce pasteur, à tous les critères modernes de confort. Mais peut-être un pasteur campagnard n'avait-il qu'une idée assez vague de ce genre de choses. Mieux encore, il se portait acquéreur de la maison et semblait disposé à faire une offre concrète au nom de son « association historique ». Je n'avais certes jamais entendu parler de cette Église de l'Ancien Rite. S'agissait-il d'une secte fondamentaliste, ou bien d'un groupuscule ésotérique ayant proliféré dans les années soixante en Californie, prêchant le pacifisme dans le seul but de permettre à leurs membres d'échapper au service militaire ? Cela, au fond, m'importait peu, bien que mon pauvre père, qui avait hissé le drapeau américain sur Guam après une bataille sanglante contre les escadrilles de kamikazes de Hirohito, n'aurait guère apprécié de traiter avec de tels partenaires. Mais avais-je maintenant le choix ?

Décidément, une suite d'étranges coïncidences intervenait dans ma vie. Jamais, jusqu'à la mort de mon père, je n'avais entendu parler de cette tante Sara et soudain, je devenais par voie de conséquence propriétaire de sa maison. Des perspectives nouvelles commençaient à se dessiner. La foudre du destin m'avait brutalement privée de ma famille et de la sécurité. Était-il prêt à m'accorder quelques compensations ?

J'irais à Arkham. Je m'installerais dans cette maison et j'y terminerais mes illustrations. Si elle s'avérait en trop mauvais état, je la revendrais sur-le-champ. L'avance perçue me permettrait d'aller ailleurs. Je n'étais pas exigeante. J'avais vécu à Berkeley dans des chambres d'étudiant ; j'avais partagé le studio de Roderick, capharnaüm minuscule à l'image des principes hippies qu'il prônait. Le manque de confort ne m'angoissait donc pas. La tante Sara détestait l'électricité ? Peut-être n'aimait-elle pas non plus l'eau courante ? Qu'importe. Il existait, dit-on, des rustres qui s'obstinaient encore à garder leurs lieux d'aisances à l'ancienne, simples feuillées, à l'extérieur de leur maison. S'il le fallait, moi aussi je m'adapterais.

Désormais je disposais d'un toit. Peut-être même, grâce à son « association historique », le révérend Hay pourrait-il terminer l'étrange histoire de ma famille, interrompue par la mort brutale de mon père ?...

Quelques minutes plus tôt je n'avais ni projets, ni foyer, ni avenir. L'idée de rejoindre la demeure ancestrale m'emplissait donc soudain d'un farouche enthousiasme, sur les raisons profondes duquel je ne songeais nullement à m'arrêter alors.

Lentement je me levai et m'approchai de la fenêtre. Le ciel dehors me parut moins noir. Précautionneusement je pris l'aquarelle posée sur mon chevalet et entrepris de démonter celui-ci. Demain, à l'aube, je partirai.

II

L'Héritage maudit

LE voyage à Arkham s'avéra plus compliqué que je ne l'aurais cru. Ayant passé toute ma vie à New York et à Berkeley, j'avais fini par croire qu'on pouvait, par avion ou par le train, rallier n'importe quel point du pays directement et sans délai.

Je déchantai vite. Renseignements pris, il fallait d'abord prendre un train pour Providence, Rhode Island, puis un autocar pour Wareham, Massachusetts. Là-bas, il me faudrait attendre le passage d'un autocar de campagne qui remontait la côte vers le nord de l'État, s'arrêtant presque à chaque carrefour, et dans tous les hameaux pour atteindre Arkham dans la soirée. Resterait sans doute ensuite une course de quelques kilomètres en taxi pour arriver à Witch Hill.

J'eus beau expliquer que j'aurais préféré parvenir à destination de jour, on me rétorqua qu'il n'y avait qu'un service quotidien pour Arkham, dont l'arrivée était prévue aux alentours de dix-huit heures. A en juger par son air complètement indifférent, l'employé me laissait clairement entendre que si l'horaire ne me convenait pas, je n'avais qu'à me débrouiller autrement.

Malheureusement, je n'avais guère le choix. Louer une voiture aurait grevé au-delà du supportable mon maigre budget. Je pris donc le train pour Providence, puis l'autocar en direction de Wareham. Aussitôt arrivée, j'achetai un billet pour Arkham et cherchai à me renseigner sur le moyen de rallier le hameau de Witch Hill. Personne ne semblait le savoir, ni même seulement s'en soucier. Witch Hill ne figurant sur aucun indicateur routier, l'endroit aurait pu tout aussi bien ne pas exister.

Sur mon insistance, l'employé finit par déplier une vieille carte de la région. Après l'avoir consultée avec toute l'attention dont il était capable, il releva le nez pour m'informer que Witch Hill n'y figurait pas.

Résignée, je décidai d'en prendre mon parti, empoignai mes deux valises, mon chevalet pliant, mon carton à dessin et montai dans un vieux car poussiéreux qui venait de s'immobiliser un peu plus loin dans un crissement de ferraille. Après tout il existait, paraît-il, aux États-Unis, plus de dix mille lieux-dits et villages non répertoriés sur les cartes. Pourquoi donc dans ces conditions m'étonner ? Il n'en restait pas moins que la demeure familiale existait bel et bien, puisqu'une offre d'achat la concernant se trouvait aujourd'hui dans ma poche. Sur place quelqu'un m'indiquerait bien son emplacement. Faute de quoi, je passerais la nuit à l'hôtel et me rendrais le lendemain à la poste : de nos jours, tout le monde reçoit du courrier, ne serait-ce que ses impôts ou des factures de consommation d'eau. Ma grand-tante Sara ne pouvait avoir échappé à la règle. L'État n'oublie jamais personne quand il s'agit de payer. La poste à coup sûr me donnerait son adresse précise.

La carrosserie de l'autocar, bariolée de peinture bleue et blanche écaillée, était dans un tel état qu'elle donnait à croire qu'Arkham était vraiment en marge du monde civilisé. Seuls six ou sept fauteuils de skaï défoncés et grinçants étaient occupés par des paysans tous vêtus de couleur sombre. Encombrée de mes valises, je gagnai par l'allée centrale une place dans le fond du véhicule, n'ayant pas échappé au passage à leurs regards furtifs et curieux.

Le car s'ébranla en pétaradant. Après quelques kilomètres, il quitta la route goudronnée et s'engagea sur une piste de terre qui sinuait entre les collines et les coteaux boisés, dépassant de temps à autre des fermes isolées, des villages silencieux d'où toute vie semblait absente.

L'engin s'arrêtait toutes les vingt minutes environ, soit à un croisement oublié où s'accrochait un essaim de boîtes aux lettres, soit devant une chapelle délabrée et grise ou bien encore devant une petite épicerie de campagne où l'on trouve de tout, faisant également office de bureau de tabac et de station-service, flanquée d'antiques pompes à essence aux couleurs familières de la compagnie — Exxon, Texaco, Gulf —, seul rappel significatif du monde moderne que je venais de quitter.

A chaque arrêt, quelques passagers montaient ; d'autres descendaient, le plus souvent des vieillards ou des enfants. La plupart semblaient connaître le chauffeur, qui devisait avec eux d'une voix de basse et leur demandait des nouvelles de leur famille.

Enfin, au terme de plusieurs heures de lacets cahoteux, la piste céda la place à une étroite route mal goudronnée, puis à des pavés annonciateurs d'une proche agglomération. Une plaque portant le nom de Arkham leva mes derniers doutes. Le car se lança à l'assaut de la colline au flanc de laquelle s'étirait la vieille ville. Il traversa d'abord un quartier résidentiel, où s'alignaient côte à côte des constructions traditionnelles de Nouvelle-

Angleterre, pour la plupart transformées en garnis, puis passa à hauteur d'une série d'imposants bâtiments de briques, entourés de vastes pelouses paraissant abriter un campus universitaire. Au même instant, un panneau annonça en effet l'université de Miskatonic, dont je n'avais jamais entendu parler.

A l'évidence, ni l'équipe de football, ni les laboratoires de recherche de cette université n'avaient fait parler d'eux. A voir les lieux, d'ailleurs, il semblait peu probable qu'ils aient pu attirer l'élite de la région, Harvard à Boston, ou la Brown University à Providence ne se trouvant finalement pas tellement éloignés. Mais sans doute l'université de Miskatonic avait-elle des ambitions plus modestes et convenait-elle parfaitement à la population locale, fils de paysans ou de commerçants, souhaitant devenir simplement instituteurs, bibliothécaires, ou autres diplômés régionaux.

Le soir tombait. Bien que nous fussions aux derniers jours du printemps, le soleil, prêt à plonger derrière les collines, étirait déjà les ombres quand je débarquai à la gare routière d'Arkham. Après un dîner rapide, mais étonnamment savoureux, dans une petite auberge toute proche, je me renseignai pour savoir comment terminer mon voyage et finis par découvrir qu'on pouvait rallier le hameau de Witch Hill, regroupant environ soixante-quinze âmes, grâce à un petit bus qui assurait la correspondance avec celui qui m'avait amenée. Il venait d'arriver et n'allait pas tarder à partir. Il me déposerait devant la boîte aux lettres de Witch Hill dans environ trois quarts d'heure. Comme je demandais à quelle distance environ elle se trouvait, on me répondit avec un geste vague qu'il fallait compter dix-huit kilomètres maximum, mais que la route des collines était en très mauvais état. Je remerciai l'employée de la gare et lui posai une dernière question : Trouverais-je sur place un taxi pour me conduire chez moi ?

Elle fut incapable de me répondre, mais se montra formelle sur un point : si ma maison se trouvait dans le hameau même, j'y serais en moins de cinq minutes à pied.

— Vous savez, c'est un minuscule patelin, marmonna-t-elle en guise de conclusion.

Sachant que je n'en tirerais rien de plus, je grimpai dans le car avec une pointe d'appréhension, non sans avoir quelques instants hésité à passer la nuit à l'hôtel, et à ne gagner que le lendemain matin ma maison en taxi ou en voiture de location. Mais j'avais pris le train de New Haven le matin à dix heures, je me sentais courbatue, fourbue. Mieux valait finir l'équipée le plus rapidement possible.

Par rapport à la guimbarde où je me trouvais présentement, le car précédent paraissait une merveille des temps modernes. Jamais jusqu'ici je n'aurais pu imaginer que de tels tacots existaient encore si ce n'est dans les musées ou dans les films muets des ciné-clubs. Une pancarte peinte à la main et collée sur la portière annonçait simplement la destination : « Arkham - Innsmouth ». Il n'y avait que deux autres passagers, un adolescent pataud au regard vide laissant présumer une quelconque dégénérescence mentale qui, à mon grand soulagement, descendit au premier arrêt, et un homme âgé et très gros portant sur ses genoux une nasse à homards, exhalant une odeur aussi puissante qu'incommodante.

Grâce au ciel lui aussi quitta rapidement le car et se perdit dans l'ombre d'un carrefour désert, après s'être engagé sur un sentier sinueux qui descendait vers quelques bicoques entassées le long du rivage. Au-delà, s'étendait à l'infini l'océan gris acier.

Avant de relancer sa poussive mécanique sur la route constellée de nids-de-poule, le chauffeur débonnaire se tourna vers moi :

— Jusqu'où vous allez, mam'zelle ?

Je répondis aimablement.

— Il y a quelqu'un pour vous attendre ? Witch Hill Road est à plus d'un kilomètre du hameau, dans la campagne. Vous venez ici pour la première fois, pas vrai ? Sinon, je le saurais... Sur cette route, je connais presque tout le monde.

Quittant ma place, j'allai m'asseoir au premier rang pour continuer la conversation. L'homme grisonnant semblait brave.

— Oui, c'est la première fois que je viens, expliquai-je. Ma famille a vécu ici pendant des générations, mais je crois qu'ils sont tous morts maintenant. Peut-être en avez-vous entendu parler. Je m'appelle Latimer.

— Latimer, Latimer... Non, je n'en connais pas, fit-il en se grattant la nuque. C'est vrai qu'il y a seulement six mois que je fais cette ligne. Pourtant si, j'ai déjà entendu les gens du coin parler de la maison Latimer, quelque part sur Witch Hill Road. Sa dernière propriétaire, une vieille demoiselle qui vivait seule, est morte, je crois, il y a des années. Depuis, la maison est abandonnée. Elle était sûrement pas de votre famille, mam'zelle.

— J'ai bien peur que si. Je viens d'hériter de sa maison.

Le chauffeur se tordit sur son fauteuil pour m'observer, l'air stupéfait.

— Écoutez, mam'zelle, vous n'allez pas pouvoir porter toute seule vos bagages pendant un kilomètre au moins, à la nuit tombante. A l'arrêt de Witch Hill Road, il n'y a rien, juste la boîte aux lettres postale et quelques boîtes individuelles. Vous feriez mieux de pousser avec moi jusqu'à Madison Corners. Là-bas, vous finirez bien par trouver quelqu'un pour vous emmener en voiture jusque chez vous.

— Et si je ne trouve personne ? Je serai coincée encore plus loin, à deux ou trois bons kilomètres ?

— Non, vous pourrez attendre à l'épicerie mon retour d'Innsmouth si vous ne trouvez personne. Dans ce cas, je vous conduirai moi-même. J'arrive à Innsmouth à neuf heures et demie, et je repars aussitôt en sens inverse. Je repasserai à Madison Corners à onze heures. Sinon rentrez à Arkham, vous y passerez la nuit et vous reviendrez à Witch Hill demain matin. Mais, franchement, je crois que vous trouverez quelqu'un pour vous conduire. Jeb Meyers et sa camionnette ne sont jamais loin de l'épicerie, surtout quand l'heure du car approche. Jeb essaie justement de gagner quelques dollars en transportant les bagages que les gens ne peuvent porter eux-mêmes. Vous allez voir, je parie que nous le trouverons en arrivant.

Tout en parlant, il rétrograda en seconde, ralentit à un feu clignotant perdu en pleine nature, annonçant sans doute un croisement invisible dans l'ombre qui s'épaississait. Il tourna à droite, et, quelques instants plus tard, s'immobilisa devant une épicerie-bazar et deux ou trois maisons noyées dans l'obscurité.

— Nous voici à Madison Corners. Tenez, je vous l'avais dit, j'aperçois la camionnette de Jeb de l'autre côté de la rue, annonça-t-il en se tournant vers moi. J'vais vous aider à décharger vos bagages.

Il sauta à bas du bus et ouvrit le coffre latéral, dont il sortit mes valises, le chevalet et le carton à dessin.

— Bon, dit-il l'opération terminée, j'espère que vous trouverez votre maison sans problème. Et n'oubliez pas, je passe ici deux fois par jour, qu'il vente ou qu'il pleuve : onze heures du matin, et onze heures du soir. Si vous avez besoin d'aller à Arkham, vous pouvez m'attendre à l'arrêt de Witch Hill, inutile de venir jusqu'ici.

— Et si je voulais aller à Innsmouth ? demandai-je. Quels sont vos horaires dans l'autre sens ?

Fronçant les sourcils, il secoua doucement la tête.

— J' vois pas ce que vous pourriez y faire, mam'-zelle, franchement non ! Pour aller à Innsmouth, il faut vraiment y être obligé.

Sans autre commentaire, il remonta dans son véhicule, mit aussitôt en marche le moteur enroué. Bringuebalant, le car rouillé repartit dans un nuage de poussière, tous phares allumés. Je restai seule sur la route, éprouvant l'impression confuse d'être abandonnée, d'être privée soudain d'un visage amical qui me faisait défaut depuis longtemps. Le crépuscule avait totalement envahi le ciel et un grondement lointain venu des nues semblait annoncer l'imminence d'un orage, d'une tempête peut-être, comme il en survient souvent sur la côte atlantique. Abandonnant provisoirement mes bagages, je me dirigeai alors d'un pas décidé vers la camionnette bâchée garée devant l'épicerie. Une silhouette massive se découpait derrière le volant, le visage mangé par une crinière sombre et touffue.

— Vous êtes Jeb Meyers ? m'enquis-je. Le chauffeur du car m'a dit que vous pourriez peut-être me conduire, avec mes bagages, jusqu'à Witch Hill Road.

Le regard sans expression, l'homme opina du chef avec une extrême lenteur. Avec sa barbe de cinq jours et ses petits yeux à demi dissimulés sous des lunettes cerclées d'acier, il n'était pas très engageant. Mais fallait-il s'attendre, au fin fond de la Nouvelle-Angleterre, à être accueillie par un portier de palace galonné et affable ?

— Ouais, lâcha-t-il enfin, avec un accent paysan prononcé, j'peux vous poser là-bas. Ça va chercher dans l'dollar, avec cinquante cents de mieux si y a une malle à charger. Où c'est-y que vous voulez aller ?

— Je ne sais pas exactement où se trouve la maison, répondis-je. Mais vous la connaissez sans doute. Il n'y a pas de nom de rue, mais je sais qu'elle est située sur Witch Hill Road et qu'elle appartient aux Latimer.

— C'est pas là que vous allez, mam'zelle. Ils sont tous morts, là-bas.

— Je le sais, rétorquai-je. A présent, cette maison m'appartient. Je m'appelle Sara Latimer.

Pour la première fois, il fit l'effort de lever sur moi une paire d'yeux écarquillés. Sa bouche s'ouvrit toute grande, et j'aperçus sa pomme d'Adam saillir brutalement sous la peau burinée de sa gorge.

— Alors vous êtes revenue..., balbutia-t-il. Vous êtes revenue, exactement comme ils ont dit que vous feriez. Vous étiez donc pas morte, mam'zelle ?

Éberluée, je faillis lui répondre de but en blanc que si, naturellement, j'étais bien morte, mais qu'on avait simplement oublié de m'enterrer. Mais je me retins à temps. Si l'homme était réellement aussi stupide qu'il en avait l'air, il serait tout à fait capable de me prendre au mot.

— Qu'est-ce que vous voulez dire, au nom du ciel ? Naturellement, je ne suis pas morte. Pas à ma connaissance, en tout cas... J'en déduis que vous savez où se trouve la maison Latimer ?

— Ah, ouais... Pour sûr, je l'sais, mam'zelle Sara. Vous auriez quand même pas déjà oublié toutes ces fois que je vous y ai livré vos commissions et tout le bazar, sauf vot' respect ?

Sans me quitter un instant des yeux, il ouvrit lentement la portière et extirpa sa large carcasse de la camionnette.

D'instinct, je reculai d'un pas. Quelque chose me gênait dans son regard. N'avait-il jamais vu une femme en pantalon ? Peut-être n'était-il pas décent de porter un jean à Witch Hill... Quoi qu'il en soit, ma tante Sara avait largement passé la soixantaine à sa mort. Elle devait même avoir près de quatre-vingts ans, puisqu'elle appartenait à la génération du père de mon père ! Comment, vivante ou morte, pouvait-il me confondre avec elle ?

Non, il ne devait pas tourner très rond ou, peut-être, évoquais-je pour lui le souvenir de ma tante lorsqu'elle avait mon âge. Lui ressemblais-je d'ailleurs ? Décidant de chasser pour l'heure ces réflexions stériles, je me rattachai au bon côté de la situation. J'avais un chauffeur pour me conduire à la maison. Mieux, il se chargeait des livraisons à domicile. Pour quelqu'un qui, comme moi, n'avait pas de voiture, c'était précieux.

L'épicerie-bazar était éclairée. Plusieurs paysans étaient accoudés au comptoir. Je sentis les petits yeux porcins de Jeb Meyers vrillés sur ma nuque. Je me retournai et affrontai son regard de plein fouet.

— Je vais faire tout de suite quelques courses pour demain, lui dis-je, assez lentement pour lui laisser le temps d'enregistrer le message. Pendant ce temps, pourriez-vous charger mes valises dans votre camionnette et m'attendre ?

— D'accord, grogna-t-il avec un sourire qui ressemblait davantage à une grimace. Vous en faites pas, on risque pas de se faire voler dans le coin. La plupart des gens ont même pas de serrure à la porte de leur baraque. Ici, ça sert à rien.

Ses propos ne me rassurèrent pas pour autant. Je le quittai résolument et poussai la porte de l'épicerie, déclenchant un tintement grêle de clochettes. A l'intérieur, tout semblait vieillot et dégageait une indéfinissable odeur d'humidité et de renfermé. Je promenai sur la petite salle un regard circulaire. Outre l'habituel assortiment de conserves et de nourriture en sachets, je repérai çà et là un inénarrable bric-à-brac : pelles à neige, colliers de chien, abat-jour, chaussettes et sous-vêtements variés, pantalons pour enfants, lignes de pêche, pelotes de laine, bougies de moteur, sandales, bouteilles thermiques, bidons de pétrole, ainsi qu'une multitude d'articles que j'aurais été bien en peine d'identifier.

Je choisis rapidement une miche de pain, une demi-livre de beurre, une douzaine d'œufs, une livre de bacon, une boîte de thé en sachets, un litre de lait et, m'étant souvenue à temps du mépris de ma grand-tante pour l'énergie électrique, je pris également une torche électrique.

— Elle fonctionnera mieux si vous achetez aussi des piles, me lança un jeune homme sympathique et souriant qui se tenait devant le comptoir.

Je le regardai brièvement, gênée, puis pris un lot de piles sur un étalage qui semblait tendre vers moi ses bras de métal.

— Merci, fis-je, sentant le feu monter à mes joues. Je ne sais plus où j'avais la tête ! La maison n'a pas l'électricité, et si je me réveillais au beau milieu de la nuit, je...

— Fichtre ! vous feriez mieux de prendre aussi du pétrole. S'il n'y a pas d'électricité, vous y trouverez sûrement des lampes à cet usage.

— Je n'ai jamais vu une lampe à pétrole de ma vie, avouai-je.

— Ça ne m'étonne qu'en partie, remarqua-t-il en s'approchant. Vous ne ressemblez pas du tout aux produits du terroir.

Ses yeux rieurs me firent du bien. Depuis les morts qui venaient de décimer ma famille, son sourire chaleureux m'allait droit au cœur. Sortant d'une nuit insondable, c'était pour moi un premier rayon de soleil. Je tendis la main à l'inconnu et me présentai :

— J'arrive dans la région, expliquai-je. Ma grand-tante est morte il y a plusieurs années ; je viens d'hériter de sa maison et j'ai décidé d'y passer l'été. Je m'appelle Sara Latimer.

Dans mon dos, à l'autre bout du comptoir, j'entendis quelqu'un pousser un petit cri, aussitôt étouffé, mais je maintins les yeux fixés sur le jeune homme qui souriait toujours.

— Je vois, dit-il. Je connais la maison. Elle se repère de loin. Mais elle est fermée depuis des années. Je m'appelle Brian Standish.

Il me tenait toujours la main. Ses doigts longs et soignés semblaient forts et agiles.

— Je suis ici tout à fait occasionnellement, poursuivit-il. Je donne un coup de main à un cousin éloigné et l'aide à s'occuper de ses malades. Je viens moi-même de finir mon internat à l'hôpital John Hopkins, et j'ai décidé de passer l'été à exercer ici, à la campagne, avant de me lancer pour de bon.

Je ne fus pas surprise. Ses longues mains ne pouvaient appartenir qu'à un artiste ou à un médecin. Brian Standish avait le teint hâlé, des cheveux bruns légèrement ondulés, des yeux noirs et brillants.

— Et vous, d'où venez-vous ? continua-t-il. De New York ? Vous n'allez tout de même pas vous installer toute seule dans une vieille bicoque abandonnée sans même savoir allumer une lampe à pétrole !

— Je n'ai malheureusement pas le choix, et je ne pense pas qu'il y ait d'hôtel à proximité. D'ailleurs, mes moyens ne me le permettraient pas. Quant à retourner à Arkham, cela ne servirait qu'à repousser l'échéance à demain soir, vu l'horaire quotidien du car.

Il fronça les sourcils.

— Si j'étais chez moi, je vous présenterais à ma mère et nous vous trouverions un lit pour la nuit. Dans ma chambre, il y a bien un canapé fort confortable, où je pourrais dormir pour libérer mon lit, mais je crois que mon cousin James ne le prendrait pas très bien. Nous ne sommes pas à New York, ici, vous savez.

Il n'aurait pu mieux dire.

— En effet, fis-je. Je commence à m'en rendre compte. Mais ne vous faites pas de souci, je...

— Je ne vois qu'une seule solution, poursuivit-il, comme s'il ne m'avait pas entendue. Je vous emmène là-bas en voiture, je vous montre comment on allume une lampe à pétrole et je m'assure que vous pourrez passer une nuit tranquille.

Touchée par sa gentillesse, je n'hésitai pas une seconde.

— Merci infiniment, murmurai-je. Comment vous dire... docteur Standish ?...

— Appelez-moi Brian.

— Merci, Brian. Mes bagages sont dehors.

— Je sais, je vous ai vue discuter avec le vieux Jeb. Autant vous avertir qu'il est vraiment particulier ! Mieux vaut ne pas prendre ce qu'il dit pour argent comptant. Oh, je ne crois pas qu'il ferait du mal à une mouche ; mais il ne brille pas par l'intelligence, c'est le moins qu'on puisse dire. Imaginez qu'il décide de vous larguer en pleine nuit sur le bas-côté de la route avec vos bagages, pour une raison ou une autre, on ne sait jamais ! Je préfère donc vous servir de chauffeur, c'est plus sûr.

Je le remerciai à nouveau d'un sourire et réglai l'épicier. Brian Standish prit sous le bras un bidon de pétrole et m'aida à porter mes achats ; puis nous sortîmes et allâmes jusqu'à la camionnette de Jeb Meyers.

— Changement de programme, Jeb ! annonça-t-il en s'approchant de la portière. Finalement, c'est moi qui vais conduire Mademoiselle Latimer. Je vais prendre ses bagages, si vous voulez bien.

Une ombre passa dans le regard du chauffeur, visiblement contrarié de perdre le prix d'une course. Mais elle s'atténua vite lorsque Brian lui tendit une pièce d'un dollar. Sortant de la cabine, il extirpa mes valises de l'arrière de la camionnette, se contentant de bougonner pour la forme tout en me gratifiant furtivement de coups d'œil peu amènes.

— Ça y est, ça recommence, l'entendis-je marmonner dans sa barbe.

Je ne bronchai pas, décidant de ne pas relever sa remarque. Jeb n'était peut-être pas l'idiot du village, puisqu'il avait réussi à passer son permis de conduire, mais il ne valait guère mieux. Le plantant là, je suivis Brian jusqu'à une Volkswagen poussiéreuse, dont il ouvrit le coffre. Il y plaça les deux valises, mes emplettes et mon pétrole, puis eut un moment d'hésitation en regardant mon chevalet pliant et mon carton à dessin.

— Ils ne tiendront pas dans le coffre, estima-t-il à juste titre. Pouvez-vous les prendre sur vos genoux ? Sinon Jeb pourra vous les livrer demain matin.

— Non, ça va aller.

Je les lui pris des mains et, non sans mal, parvins à prendre place sur le siège avant de la voiture, le carton à dessin obstruant les trois quarts du pare-brise. S'installant à son tour au volant, Brian démarra.

— Pas trop inconfortable ? demanda-t-il, me dévisageant avec gentillesse. Si je comprends bien, vous êtes artiste ?

— Seulement illustratrice de livres pour enfants, précisai-je. La différence est mince, mais elle existe. Du moins, c'est ce qu'on m'a toujours dit, continuai-je, me rappelant, non sans irritation, la réflexion de Roderick.

Un coup violent de tonnerre, suivi d'une pluie diluvienne, brouilla instantanément le coin de pare-brise restant visible. Il eut l'avantage de dissiper aussitôt ce mauvais souvenir.

— Vous avez de la chance de m'avoir rencontré, observa mon compagnon en riant. Quel déluge ! La vieille guimbarde de Jeb fuit de partout, vous auriez été trempée. De plus, il se traîne à quarante à l'heure maximum.

Je lui rendis son rire.

— S'il conduit comme il parle, répliquai-je, je préfère l'imaginer à cette vitesse plutôt qu'à quatre-vingts à l'heure !

— Je ne vous le fais pas dire, reconnut Brian scrutant avec attention la route.

Nous venions de sortir du hameau et nous nous trouvions désormais au pied d'une colline.

— Voilà, à droite, Witch Hill Road, prévint-il. Elle grimpe dur. Accrochez-vous, je vais passer en seconde pour attaquer la côte. Ma guimbarde n'est plus jeune, il faut la ménager.

Dehors, la pluie dévalait en torrents boueux vers le fond de la vallée. Un nouvel éclair déchira l'obscurité et m'aveugla quelques secondes. Brian poussa un juron étouffé, s'agrippant au volant pour maintenir la direction, la voiture tanguant sous les puissantes bourrasques de l'orage.

— Je suis vraiment désolée de vous imposer cette corvée par un temps pareil, voulus-je m'excuser.

— Mais non, c'est un plaisir et ma soirée était libre. Je suis ravi ! De toute façon, il faut m'habituer à braver la nature en toutes saisons puisque j'ai l'intention de m'installer tôt ou tard à la campagne. Ça m'entraîne à conduire dans les pires conditions et à n'importe quelle heure du jour ou de la nuit. Les malades n'attendent pas. Rassurez-vous, je sais aussi me servir d'une lampe à pétrole. Je suis un enfant du pays et dans cette région, la moindre tempête arrache souvent les lignes à haute tension. Nous sommes donc tous obligés de revenir temporairement aux bonnes vieilles lampes du passé et aux chandelles. Finalement, votre tante Sara avait raison. Quand on n'a pas l'électricité, pas de souci à se faire ! On sait au moins qu'elle ne sautera pas !

— L'avez-vous connue ? Je veux parler de ma tante.

— Non, pas vraiment. Peut-être l'ai-je aperçue une ou deux fois quand j'étais gamin, mais j'ai surtout entendu parler de sa réputation. Une vieille demoiselle solitaire et taciturne, une personne légendaire à Witch Hill. A dire vrai, je...

Il marqua une brève pause, semblant hésiter.

— Et vous ? interrogea-t-il. La connaissiez-vous ?

— Jusqu'à la semaine dernière, j'ignorais jusqu'à son existence, avouai-je. D'après mon père, j'ai cru comprendre qu'elle était plutôt... excentrique.

— C'est le moins qu'on puisse dire, en effet. Bien sûr, la population d'ici est assez rustre dans son ensemble. On se croirait parfois au Moyen Age. Nous ne recevons même pas la télévision. Les capacités de l'émetteur le plus proche atteignent tout juste Arkham. Pour la radio, c'est à peine mieux, les collines empêchent une bonne réception. A tel point que lorsque Armstrong a marché pour la première fois sur la lune en 1969, je suis sûr que personne ici n'a été au courant. Même quand la nouvelle a paru dans les journaux, il s'est trouvé un gars de Witch Hill pour déclarer de but en blanc qu'il ne fallait pas prendre trop au sérieux les bobards de Washington.

Brian alors me jeta un bref coup d'œil.

— Dans la mesure où vous n'avez pas connu votre tante, reprit-il, je pense que vous ne serez pas particulièrement offensée d'apprendre que les gens d'ici la considéraient comme une sorcière, ou quelque chose d'approchant.

— Il semble en effet que ce soit une tradition familiale, remarquai-je mal à l'aise. On m'a dit qu'une autre de nos ancêtres avait été pendue pour sorcellerie il y a environ trois siècles.

— La sorcellerie a toujours tenu une grande place à Arkham, renchérit Brian en ralentissant tout à coup. Regardez, nous arrivons. Voici devant vous la maison Latimer.

Un roulement de tonnerre assourdissant ponctua sa dernière phrase. A la faveur de l'éclair qui irradia la nuit une fraction de seconde plus tard, je l'aperçus pour la première fois, se découpant dans le ciel argent, hérissée de tourelles pointues, flanquée de balcons, de hautes fenêtres aux cavités béantes, d'un porche et d'un escalier de fer plus acéré que les mâchoires d'un piège à loup. Puis l'obscurité retomba sur le décor comme un suaire noir, et je restai plusieurs secondes pétrifiée, me demandant si je venais d'être le jouet d'une hallucination.

— Ce n'est pas possible, soufflai-je à mi-voix. Une telle maison ne peut pas exister. On dirait un décor en carton-pâte pour un film d'horreur.

Brian partit d'un petit rire, doux et rassurant. Je sentis sa paume tiède se poser sur ma main tremblante.

— Vous comprenez pourquoi j'ai pensé qu'il valait mieux ne pas laisser au vieux Jeb le soin de vous faire découvrir les lieux. Je ne voulais pas que vous vous évanouissiez dans ses bras à la vue de votre futur palais.

Me forçant à sourire, je m'obligeai à adopter le même ton badin.

— C'est incroyable. Celui qui a construit cette... bicoque a forcément dû se donner beaucoup de mal pour essayer d'y rameuter tous les spectres de la région. Espérons en tout cas, que l'intérieur est moins sinistre que la façade.

— A l'évidence, ça ne peut pas être pire. approuva Brian.

— L'intérieur est même peut-être confortable, remarquai-je d'un ton faussement détaché, voulant à tout prix continuer à jouer le jeu. Après tout, des générations de Latimer s'y sont succédé. Personne ne les y obligeait.

— Vous avez raison. Pour l'instant, je vais me garer près du perron pour éviter de nous tremper jusqu'aux os. Vous avez bien les clés ?

J'acquiesçai d'un signe de tête. Un agent immobilier de Providence m'avait envoyé le trousseau par la poste à New York, en l'accompagnant d'une lettre qui garantissait que la maison était entièrement meublée. J'en avais profité pour vendre certains meubles de l'appartement de mes parents et placer les autres dans un dépôt.

La voiture arrêtée, je bondis dehors, montai rapidement les marches, et glissai une longue clé dans l'antique serrure. La porte grinça de tous ses gonds rongés de rouille, mais s'ouvrit sans trop résister.

Brian, qui m'avait rejoint, glissa les piles dans la torche et l'alluma. Un faisceau de clarté blanche troua l'obscurité et nous permit de découvrir le vestibule.

Je regardai autour de moi. Nous étions dans une caverne énorme aux ombres vacillantes, où planait une puissante odeur de moisissure. Je pris la lampe des mains de Brian et promenai lentement son rayon blafard sur les murs, puis à travers toute la pièce, m'attardant sur chaque meuble. Plusieurs chaises sculptées, un canapé immense, la gueule ouverte d'une monumentale cheminée semblaient attendre que la vie reprenne. Dirigeant le pinceau de lumière sur le manteau de la cheminée, soudain, je poussai un cri.

Devant moi, au centre d'un tableau gigantesque, se reflétait mon propre visage, prisonnier d'un vernis craquelé.

III

L’autre Sara

LA torche me glissa des mains et tomba bruyamment à terre. Puis je sentis la chaleur des bras de Brian m'envelopper les épaules.

— Allons, calmez-vous, Sara. Je suis là, près de vous. Que se passe-t-il ? Pourquoi cette frayeur ? Ce n'est qu'une peinture, rien de plus.

Il se pencha, ramassa la lampe et éclaira de nouveau la toile suspendue au-dessus de la cheminée.

— La ressemblance est en effet frappante, souffla-t-il en l'examinant. Je suppose qu'il s'agit de votre grand-tante ?

Il s'interrompit pour poser les yeux sur moi. Je respirais avec difficulté. Il s'en aperçut et reprit d'une voix apaisante :

— Si c'est le cas, dit-il, le peintre l'a saisie dans la fleur de la jeunesse. Comme elle est belle ! Dans mon souvenir, c'était déjà une très vieille dame, que l'imagination d'un gosse n'avait aucun mal à se représenter en version moderne de la fée Carabosse. Mais ne dit-on pas que les véritables sorcières ont toutes été dans leur jeunesse des beautés d'un charme extraordinaire? D'ailleurs, n'est-ce pas, littéralement, l'origine du mot « charme » ? Regardez-la, Sara. C'est extraordinaire. On dirait vraiment votre image dans un miroir.

Les minutes passant, recouvrant peu à peu mon sang-froid, je me rendis compte que ma réaction avait été un peu excessive, pour ne pas dire ridicule. Il faut dire que pénétrer dans cette demeure lugubre, noire comme un four, en pleine tempête, et me retrouver soudain face à face avec moi-même avait été un choc difficile à supporter. Le premier moment de surprise passé, il fallait maintenant regarder les choses en face. Lentement, je levai à nouveau les yeux sur le tableau pour le contempler plus attentivement.

Brian avait raison. C'était bien moi qui me reflétais dans un miroir. Moi, mais de taille peut-être un peu plus élancée, aux formes souples et harmonieuses, portant une robe typiquement victorienne, fermée au ras du cou par un col de dentelle blanche. Son visage... son visage était mon visage : le front large, le menton étroit, imperceptiblement triangulaire, étaient adoucis par la courbe légère des sourcils qui rehaussaient l'éclat des yeux verts et immenses. Ils étaient encadrés par un foisonnement de longues boucles blondes et soyeuses mêlées d'un peu de roux. Le teint, frais et velouté comme le mien, la dispensait naturellement de tous les artifices du maquillage. Ne parvenant pas à la quitter des yeux, fascinée, je songeai tout à coup à mon père, qui avait passé toute son enfance sous le regard vivant de cette peinture. Ma présence à ses côtés, mes traits si semblables à ceux peints sur la toile, n'avaient-ils pas été pour lui une permanente et insidieuse torture, lui rappelant qu'une Latimer maudite était née de sa propre chair et grandissait sous son toit ? Jamais pourtant, il n'avait fait la moindre allusion à cette troublante ressemblance avant la mort de ma mère; silence inexplicable qui ne faisait qu'accroître, en cet instant, ma stupéfaction.

Détournant lentement les yeux du tableau, et comprenant mieux désormais la réaction du vieux Jeb Meyers, je réalisai soudain que Brian n'avait cessé de m'enlacer les épaules. Presque à regret, je me dérobai à la tiédeur de son étreinte.

— Allons, nous ferions mieux maintenant de chercher où se trouvent les lampes à pétrole, dis-je, m'efforçant de revenir sur terre.

— Excellente idée, approuva mon compagnon. Voyons, réfléchissons. Normalement, elles doivent être rangées quelque part dans la cuisine. Mais où peut-elle bien être ?

Lampe en main, il sortit du salon. Je lui emboîtai le pas, écarquillant les yeux pour profiter au mieux de la faible clarté dispensée par le pinceau lumineux de la torche. Nous traversâmes le vestibule, fouillâmes l'obscurité d'une pièce attenante aux murs garnis de rayonnages chargés de livres ; puis nous ouvrîmes une porte donnant, à mon grand soulagement, sur ce qui semblait être une salle de bains : une énorme baignoire à pieds de bronze se découpait contre un mur où voisinaient une antique vasque victorienne chargée de robinets en cuivre sculpté, ainsi qu'une cuvette sanitaire à couvercle de bois surmontée d'une chasse d'eau à l'ancienne. Grâce au ciel, je n'aurais au moins pas besoin de m'aventurer la nuit dans le jardin en friche pour tenter d'y dénicher la traditionnelle cabane en bois d'autrefois !

La pièce suivante était la cuisine. Au terme de brèves recherches, nous découvrîmes sans difficulté deux lampes à pétrole, au fond d'une étagère dissimulée sous un rideau de perse. Je tins la torche pendant que Brian emplissait les petits réservoirs de pétrole. Quelques secondes plus tard, une lumière à la fois douce et tamisée nous enveloppait, repoussant l'ombre à plusieurs mètres de nous. Au-dessus de nos têtes apparaissait un plafond lambrissé ; les murs qui nous cernaient livraient sans transition le décor désuet d'un papier peint à fleurs décolorées, le tout généreusement saupoudré d'une poussière régnant sans partage sur un univers fermé depuis sept ans et semblant finalement en bien meilleur état que prévu.

— Nous sommes vernis ! s'exclama Brian. Je craignais ne trouver qu'une cuisinière à charbon et vous auriez été obligée de manger froid jusqu'à la première livraison de combustible. Heureusement, il y a une arrivée de gaz. Voyons si elle a été coupée. De toute façon, dans ces vieilles demeures, on utilise généralement des bouteilles à gaz. Avec un peu de chance il en reste peut-être, si tant est que la valve ne soit pas complètement obstruée par la rouille.

Ayant desserré le bouton, il procéda à un essai et, après quelques efforts infructueux dus notamment à la poussière qui s'était accumulée sur le brûleur, une petite flammèche bleue s'éleva timidement.

— Demain, il faudra faire vérifier cet engin, dit-il en se redressant. Mais, en attendant, vous pourrez au moins faire du café ou chauffer un repas.

Jetant un coup d'œil vers la porte, il exprima alors l'intention de se retirer, sa présence n'étant plus indispensable.

— Je vais prendre les bagages et partirai dès que la pluie se calmera, annonça-t-il d'un ton posé. Vos lampes sont maintenant allumées ; je n'ai plus guère d'excuse pour vous encombrer davantage.

— Non !

Mon cri s'échappa de mes lèvres avant que je n'aie eu le temps de le réprimer. Confuse, je me sentis rougir.

— Pardonnez-moi, enchaînai-je rapidement. Vous êtes médecin ; un malade, peut-être, vous attend. Je n'ai pas le droit de vous retenir... Mais si vous avez encore quelques minutes, je... j'aimerais bien que vous restiez, ne serait-ce que pour faire le tour de la maison avec moi. Cela doit vous paraître ridicule, puisque ma famille a vécu ici pendant des générations, mais j'ai un peu peur, et...

— Si vous avez peur, n'espérez pas vous débarrasser de moi aussi vite, déclara-t-il joyeusement. Cette nuit, c'est mon cousin James qui est de garde. Et puis, j'ai toujours rêvé d'explorer une maison hantée en pleine nuit ; c'est l'occasion ou jamais !

Je réprimai un frisson.

— Je sais que vous plaisantez, mais je vous en prie, Brian, ne dites plus ce genre de chose. Je vais vivre ici ! Je ne suis pas particulièrement superstitieuse... en tout cas, je ne l'étais pas jusqu'à aujourd'hui, mais je n'ai jamais passé une nuit dans un endroit aussi sinistre...

Il m'enlaça la taille.

— Si cette demeure est hantée, vous n'avez rien à craindre. Le spectre est forcément celui de votre grand-tante. Et vous lui ressemblez tellement ! Jamais elle n'oserait faire du mal à son propre double... Allez, je vais décharger la voiture.

Je le suivis des yeux d'un air dubitatif. La légèreté de son ton ne me rassurait qu'à demi. Comment oublier, lorsque mon père m'avait pour la première et dernière fois parlé de ma tante, l'éclair d'effroi qui avait brillé dans ses yeux ? Mais de crainte de sombrer plus encore dans le ridicule, je m'abstins de tout commentaire.

Brian revint les bras chargés des provisions achetées à l'épicerie. Je décidai de ne les ranger que le lendemain. Je nettoierais d'abord la cuisine, en faisant un sérieux coup de ménage. Il faudrait aussi ne pas oublier de commander de la glace en quantité, puisqu'il n'y avait pas de réfrigérateur.

Pour l'instant Brian et moi regagnâmes le salon. A la lueur nouvelle de la lampe à pétrole, j'examinai encore le tableau. La ressemblance me paraissait de plus en plus frappante et une fraction de seconde, j'eus même l'impression que mon ancêtre clignait malicieusement les yeux à mon intention.

« Ainsi te voici de retour, mon enfant, semblait-elle dire. De retour après tant d'années. Toi, Sara Latimer, la nouvelle Sara... Malgré tous ses efforts, ton père n'a pu t'empêcher de revenir au bercail... »

— Balivernes, ma chère tante, lançai-je à mi-voix, voulant, par défi, faire taire l'étrange écho qui résonnait en moi. Brian, explorons, voulez-vous, le reste de la maison ?

Comme s'il comprenait mon émoi, il accéda à mon désir. Nous traversâmes une enfilade de pièces de tailles variées : une buanderie, une terrasse couverte, une grande salle devant vraisemblablement servir de cuisine d'été, une sorte d'antichambre-penderie, deux chambres chichement meublées de lits étroits et de tables boiteuses, sans doute des chambres de service hors d'usage depuis le début du siècle. Je profitai de la visite pour apprendre à Brian les tragiques circonstances qui m'avaient amenée à venir à Witch Hill. En évoquant la mort brutale de mes parents, je ne pus maîtriser mon émotion. Il me prit délicatement la main et la pressa.

— Quelle effroyable épreuve, murmura-t-il. Vous allez voir. Finalement cette maison va vous aider à revivre. Elle est calme, confortable. Vous avez un travail passionnant pour vous occuper, et surtout de nouveaux amis.

Un étroit escalier en colimaçon reliait l'arrière de la cuisine à l'étage supérieur, mais Brian m'interdit du bras son accès.

— Attention à ces vieilles maisons, dit-il. L'escalier principal est sûrement en meilleur état. Celui-ci m'a l'air vermoulu. Il pourrait réserver de mauvaises surprises. Ne tentons pas le diable ce soir.

Nous revînmes vers le vestibule, d'où s'élançait le grand escalier. A pas lents, nous gravîmes les premiers degrés. Dans la main de Brian, la lampe à pétrole étirait l'ombre des barreaux de la rampe en serpents noirs et ondulants qui parurent nous accompagner tout au long de notre ascension. A mi-hauteur, l'escalier bifurquait à angle droit. Parvenue sur le palier intermédiaire, je croisai de nouveau le regard de ma tante Sara. Ce second portrait nous rappelait son omniprésence.

— Décidément mon aïeule aimait garder un œil sur tout, remarquai-je d'un ton faussement léger, priant intérieurement pour ne pas retrouver son image dans chaque pièce.

A l'étage, nous découvrîmes une pièce entièrement vide, puis deux autres encombrées de vieilles malles et de caisses de toutes tailles. De rares meubles avaient été relégués dans les coins et couverts de housses. Rien d'étonnant à la réflexion. Ma grand-tante avait vécu seule dans ces murs, et la maison avait été désertée depuis des années. L'impression de sommeil et d'abandon était de circonstance.

— Un paradis pour les antiquaires, remarqua à son tour Brian. Vous allez vous régaler à fouiner dans tous ces trésors. Vous y découvrirez peut-être des secrets familiaux. Promettez-moi de m'inviter pour vous aider à les découvrir ! C'est tout à fait excitant.

— D'accord, vous me donnerez un coup de main, m'empressai-je d'accepter.

Nous étions arrivés au seuil d'une quatrième porte, et je sentis confusément que cette fois nous parvenions au cœur véritable de la maison. Un indéfinissable parfum, à la fois âcre et onctueux, flottait dans l'air. Avant même d'entrer, je le perçus intensément. Faisant un pas de plus, je poussai la porte et entrai dans la pièce. C'était une vaste et imposante chambre entièrement meublée, où trônait majestueusement un énorme lit à colonnes, coiffé d'un non moins gigantesque baldaquin à tentures blanches.

Dans la lumière hésitante, je me tournai vers Brian qui lui aussi fixait du regard l'époustouflant décor.

— Quand je pense, murmura-t-il non sans malice, que j'ai eu l'audace de vous proposer mon modeste lit pour la nuit, je suis horriblement vexé. Je déclare forfait et m'incline !

J'acquiesçai, ne pouvant, pas davantage que lui, cacher ma stupéfaction.

— C'est insensé ! Un si grand lit pour une vieille dame ! Comment a-t-elle pu dormir seule dans un tel monument ?

— Allez savoir ! Elle était célibataire mais non dépourvue de charmes si nous en croyons son portrait. Elle n'a pas dû manquer de soupirants pour le partager, j'en mettrais ma main au feu !

Depuis que Brian et moi avions franchi le seuil de ce sanctuaire, nous ne parlions que du lit. Je m'en amusai malgré moi, trouvant le sujet ambigu pour deux personnes venant à peine de se rencontrer.

Pour changer de conversation, j'observai d'un ton badin :

— Ça me rappelle exactement mes premières leçons de français : le stylo de mon grand-père, la pipe de mon père, le lit de ma grand-tante...

— Le lit de votre grand-tante est extraordinaire, avoua Brian avec un rire contraint. A l'idée que vous allez y dormir toute seule, je me sens très jaloux...

Il s'interrompit brusquement et posa sur moi un regard confus. A la lueur vacillante de la lampe, il me sembla même qu'il rougissait.

— Excusez-moi, Sara. Vous devez penser que je déraille... En fait, ce n'est pas du tout ce que j'ai voulu dire.

— Appelez-moi plutôt Sally, répliquai-je pour dire

quelque chose. Je commence à trouver que ce nom de Sara colle trop parfaitement à la peau de ma vieille sorcière de tante.

Dans le même temps, je décidai aussitôt de décrocher ses inopportuns tableaux le lendemain à la première heure. Je m'installais chez elle, soit, mais n'avais nullement l'intention de passer tout l'été sous le feu inquisiteur de ses vertes prunelles.

— Sally ? Croyez-vous que ce soit une bonne idée ? demanda Brian interrompant mes pensées. Je trouve que Sara vous va très bien. Vous lui ressemblez. Je ne parle pas de la vieille sorcière, bien sûr, mais de la jeune femme qui a servi de modèle pour ces toiles. Elle est presque aussi belle que vous !

Je m'approchai du lit. Il était recouvert d'un splendide édredon brodé arborant des motifs compliqués en forme d'étoile à cinq branches d'une extrême finesse. Je le soulevai pour palper les draps. Malgré une certaine humidité, ils étaient d'une blancheur immaculée.

Brian m'indiqua du doigt une imposante armoire de bois noir, plus impressionnante qu'un mausolée dans la pénombre.

— Si je ne m'abuse, cette chose-là est une armoire chauffante, destinée à maintenir draps et vêtements au sec. Votre vieille tante savait vivre. Autrefois, à force de dormir dans des draps humides, les bonnes gens de Nouvelle-Angleterre étaient perclus de rhumatismes.

Je me dirigeai vers l'armoire et l'ouvris. Brian ne s'était pas trompé. Une pile de draps propres en lin s'y trouvait, aussi frais et secs que si ma tante Sara les y avait rangés la veille. Brian posa sa lampe sur un grand bureau occupant un angle de la pièce, et m'aida à faire le lit.

Quand nous eûmes terminé, il alla, sur ma demande, chercher la plus petite de mes valises, celle où j'avais rassemblé lingerie et affaires de toilette. Je voulais bien dormir dans les draps de ma grand-tante, mais ne tenais nullement à lui emprunter l'une de ses chemises.

Armé de la torche, il repartit donc vers l'escalier, absence que je mis à profit pour explorer à fond le reste de la pièce. Dans le coin opposé au bureau, un petit lavabo de marbre, orné de robinets de bronze et surmonté d'un miroir ovale qui me renvoyait mon image, offrait toutes les commodités souhaitables. Ébouriffée par le voyage et la tempête, j'avais un air farouche qui accentuait encore ma ressemblance avec l'autre Sara.

Exaspérée, je la maudis énergiquement d'occuper mes pensées à ce point, me disant, l'instant d'après, que si elle était bien la sorcière décrite par mon père, il ne servait à rien d'ajouter ma propre malédiction à toutes celles dont elle avait été gratifiée jusqu'ici.

Devant la fenêtre enfin semblait m'attendre une grande coiffeuse aux pieds incurvés. Sur son plateau également de marbre étaient soigneusement disposés une brosse ancienne à manche d'ivoire et un miroir à main. Je m'assis un instant sur le tabouret, me contemplai dans la psyché qui reflétait mon buste, puis saisis le petit miroir ouvragé.

Pour une vieille dame, ma tante Sara avait une étonnante passion pour les glaces. Plusieurs pots et flacons en cristal cerclé d'argent, ou taillés dans la plus fine porcelaine, étaient alignés devant moi.

Intriguée par ma découverte, je reportai les yeux vers la glace : tante Sara me regardait toujours : ses lèvres étaient humides, entrouvertes ; ses cheveux tombaient en cascades blondes et rousses le long de ses épaules ; ses yeux verts rayonnaient ; sous son léger corsage pointaient de petits seins ronds et fermes...

Un bruit de pas sur le palier me fit lever la tête. Brian revenait, déposait la valise sur une chaise, s'approchait de moi, effleurait des mains mes épaules. Dans le miroir, nos deux visages se superposaient, tremblant à la faible lueur de la lampe.

Soudain, j'eus l'impression fugace qu'il était nu et détournai aussitôt les yeux pour chasser l'illusion. Qu'aurait pensé la vieille Sara d'une telle vision dans sa chambre de demoiselle ? Sans doute était-elle de ces vieilles prudes qui, avant de se coucher, regardent plusieurs fois sous leur lit pour s'assurer qu'aucun homme ne s'y cache...

— Que contiennent donc tous ces flacons ? s'enquit Brian adoptant le ton de la confidence. Toute la pièce est imprégnée d'un parfum que j'identifie mal. Ne serait-ce pas de la lavande ?

Je secouai la tête.

— Non, je ne crois pas. L'odeur n'est pas la même. Ma mère avait l'habitude d'en glisser des sachets un peu partout. Franchement, je ne sais pas ce que c'est.

La senteur était entêtante. Je pris un flacon de porcelaine blanche et en dévissai le bouchon.

— Ce doit être une crème de soins pour la peau, ou quelque chose d'approchant, fis-je.

— Un onguent végétal sans doute, approuva placidement mon compagnon. Votre tante devait concocter elle-même ses pommades à partir des plantes qu'elle connaissait. Vous seriez étonnée de savoir combien nombreux sont ceux qui, dans la région, croient encore dur comme fer à leur médecine, aux vertus des tisanes et à Dieu sait quelles autres décoctions. C'est loin d'être inintéressant, d'ailleurs. Si les scientifiques voulaient bien essayer d'en savoir un peu plus sur la question, la médecine traditionnelle en bénéficierait sûrement... Mais quel est ce parfum ? Vient-il du flacon ?

Un puissant effluve, doux et voluptueux, presque écœurant, s'échappait en effet du flacon que je tenais en main, envahissait la pièce, tel un nuage invisible, se propageait sur moi, en moi, comme une traînée de poudre, enflammait mes sens et me faisait tourner la tête, communiquant à mon cerveau d'indicibles sensations entremêlées de visions érotiques.

Brian se pencha vers moi pour humer à son tour. Sans mot dire, il renversa ma tête et m'embrassa longuement, ses lèvres lisses et chaudes devenant de seconde en seconde de plus en plus entreprenantes. Enfin, il appliqua son torse contre mon dos. Lentement ses mains glissèrent le long de mon cou, de mes épaules, s'aventurèrent sur ma poitrine.

Incapable de lui résister, je plongeai un doigt dans le flacon de porcelaine, encerclai mon cou d'un collier de crème odorante, repoussai le flacon sur le marbre, le refermai.

En silence, Brian contourna alors mon tabouret, s'agenouilla devant moi, enfouit son visage au creux de mes seins. Ses doigts fébriles déboutonnèrent mon corsage.

Dans la clarté argentée de la lampe, il me semblait évoluer au fond d'une mer glauque. Mes mouvements étaient lents, légers et pesants à la fois. Comme en transe, je me levai, écartai délicatement les mains qui me pressaient, me déshabillai à la hâte. J'aperçus ma silhouette dénudée dans la glace miroitante. La pâleur de ma peau contrastait violemment avec le flamboiement de ma chevelure, avec le duvet sombre lové à la naissance de mes cuisses. L'un et l'autre restions muets. Brian semblait hypnotisé. Tel un automate, il déboutonnait maintenant sa chemise, l'ôtait puis se débarrassait de son pantalon. Dépouillé de tout artifice, le corps brun et velu, tendu par le désir, il venait à moi, l'œil scintillant d'une lueur de braise dans la clarté fantomatique.

Il me prit en riant doucement, sa bouche dévorant la mienne. Je lui rendis son baiser et éclatai d'un rire sauvage, me plaquai contre lui, lui mordis les lèvres.

M'empêchant de poursuivre, il me souleva du sol de ses bras puissants, me porta jusqu'au lit, s'écroula avec moi sur le moelleux édredon. Je sombrai au creux des draps parfumés, dans la chaleur de Brian, m'abandonnant à son emprise. Au-dessus de ma tête, le ciel de lit dansait dans une lumière irréelle. Il me sembla alors que le fracas du tonnerre avait soudain redoublé, que dehors la pluie se faisait plus rageuse contre les carreaux, que nos cris mêlés surpassaient en violence les éléments déchaînés.

Vaincue enfin, refusant de songer à la folie de notre acte, je sentis tout mon être balayé par un tourbillon de désir. Le corps de Brian parut grandir, enfler, prendre une taille délirante, obstruer tout mon champ de vision. Il m'étreignait avec une frénésie diabolique, pilonnant et pétrissant mon corps à un rythme effréné, homme et monstre à la fois, dominé et vaincu par sa propre jouissance.

Notre accouplement ce soir-là n'eut rien de tendre ni de romantique. Un acte irrépressible, frénétique, presque animal nous soudait. Brian allait, venait, allait encore, revenait, soulevait en moi une indescriptible volupté.

De monstrueuses paroles venaient à mon esprit enfiévré ; et quand j'entendis, emportée par l'extase :

« Reviens, reviens des ténèbres... Asmodée, Azanoor, l'ombre est sur moi... Au diable mon corps et à l'enfer mon âme... », je sus que ces mots incompréhensibles qui martelaient mes tempes, m'étaient dictés d'un autre monde.

Un sommeil lourd et réparateur suivit cet instant de folie pour nous deux.

Je fis un songe. J'errais dans une vaste plaine désolée, bourrelée de monticules noirâtres, asymétriques et mystérieux. Une lumière grise m'entourait d'un halo. Au loin se mouvaient d'étranges créatures, mais je ne les craignais pas. J'étais nue, je foulais sans le vouloir un sol jonché d'herbes grises, sinueuses et enchevêtrées, formant soudain des plaques mouvantes qui ressemblaient de plus en plus à des dalles mises côte à côte. L'étrange lumière s'intensifiait un peu, et je voyais maintenant qu'il s'agissait de pierres tombales. Sans le moindre étonnement, je lisais sur l'une d'elles :

« SARA MAGDALEN LATIMER : dévorée par des chiens, 1884.

« Et les chiens mangèrent sa chair », *Livre des Rois...* »

Les références du chapitre et du vers étaient illisibles.

J'allais d'une tombe à l'autre, repérais d'autres Sara Latimer, lisais sans en être surprise les épitaphes narrant la mort violente qu'elles avaient toutes connue. La lumière trouble qui m'accompagnait ne ressemblait ni à celle du soleil, ni à celle de la lune. Puis, soudain, l'ombre s'étendit sur moi et j'entendis une voix proche qui m'appelait :

— Sara ! Sara !

A très faible distance, un grand chêne dénudé se dressait face au ciel incolore. J'approchai du tronc, distinguai une inscription qui semblait gravée au fer rouge :

« SARA LATIMER : pendue à ce chêne comme sorcière, le 31 août 1671. Maudite soit son âme souillée pour les siècles des siècles. »

Le tonnerre gronda, la foudre s'abattit sur le chêne et le fendit en deux. Lentement, son tronc fumant bascula vers moi, et je m'éveillai en hurlant.

— Sara ? Sara ? Que se passe-t-il ?

Brian était penché sur moi. Rabattant l'édredon sur mon corps, je rougis violemment. Que m'arrivait-il ? Ma famille tout entière avait été emportée dans des conditions affreuses moins d'une semaine plus tôt, et je m'abandonnais à la débauche, comme une vulgaire catin, dans les bras d'un inconnu, rencontré à peine trois heures plus tôt...

— Brian ? bredouillai-je. Je ne comprends pas... Je crois que je me suis endormie.

— Mais oui, ma chérie. Je suis navré de t'avoir réveillée, mais tu poussais de tels gémissements que j'ai eu peur que tu ne sois en train de faire un cauchemar.

— J'en faisais un. J'ai vu en rêve mes ancêtres, les autres Sara Latimer. Elles ont toutes péri dans des conditions atroces et...

Il m'interrompit d'un baiser.

— Oublie tout ça, mon petit. Que penserais-tu de quelques œufs au bacon ? Je meurs littéralement de faim. D'ailleurs, il va falloir que je parte bientôt. Je ne tiens pas à te compromettre dès ta première nuit à Witch Hill. A la campagne, tu sais, il y a toujours une commère à l'affût derrière chaque tronc d'arbre.

Je sautai à bas du lit.

— Tu as raison, répondis-je un peu rassérénée. Quant au médecin de village, il se doit, comme l'épouse de César, d'être au-dessus de tout soupçon. Accompagne-moi en bas, je vais te préparer quelque chose à manger. Ensuite, tu partiras.

Curieusement, je me sentais gênée pour Brian. C'était moi qui m'étais jetée dans ses bras. A moins de prendre ses jambes à son cou, lui n'avait pu réagir autrement. Mais moi, comment avais-je pu me conduire de la sorte ?

Il s'habilla à la hâte. L'esprit traversé de mille questions, j'enfilai mon jean. Je ne me reconnaissais plus. Quand j'avais connu Roderick, il m'avait fallu plus d'un an pour me décider à partager son lit.

— Prends la lampe, dis-je. Je ne tiens pas à me rompre les os dans l'escalier... même si j'ai un docteur à domicile !

Brian referma derrière lui la porte de la chambre. La

mystérieuse senteur qui troublait nos sens s'estompa. Il respira profondément et se planta devant moi.

— Sara, murmura-t-il, j'ignore ce qui m'a pris. Dès la première seconde où je t'ai vue, j'ai été, c'est vrai, terriblement attiré vers toi. Mais j'étais bien décidé à prendre mon temps, à y mettre les formes, parce que je sentais qu'entre nous, il pourrait se passer quelque chose de... différent. Et voilà qu'à présent...

Il secoua la tête, désemparé.

— Je ne suis pas moins stupéfaite que toi, répondis-je d'un trait. Moi non plus, honnêtement, je ne suis pas, contrairement à ce que tu peux penser, le genre de fille facile qui couche avec tous les hommes qu'elle rencontre.

Disant cela, en mon for intérieur, je ne regrettais pourtant rien. J'étais même très heureuse de m'être ainsi livrée. Brian m'avait fait atteindre des sommets inconnus.

— Est-ce que tu... Est-ce que tu regrettes, Sara ?

— Non. Comment pourrais-je regretter ?

Il se pencha sur moi et m'embrassa.

— Moi non plus, Sara. Je viens de vivre des minutes merveilleuses... J'avoue tout de même que l'onguent de ta tante a sûrement mis le feu aux poudres entre nous !

— C'est certain. Crois-tu qu'il existe vraiment des plantes aphrodisiaques ?

Il réfléchit un instant.

— La médecine classique le nie, mais je suis, pour ma part, beaucoup moins formel. De toute façon, inutile de nous chercher des excuses. C'est arrivé, voilà. Et maintenant, si nous nous occupions de nos œufs au bacon ?

Nous descendîmes l'escalier en riant et, sans cesser de plaisanter, nous nous affairâmes à la cuisine. Je dénichai une bouilloire, mis de l'eau à chauffer sur le fourneau pendant que Brian extirpait d'un placard poussiéreux une énorme poêle de fonte noire. Je la lavai, puis y jetai les œufs et le bacon. Aussitôt prêts, nous les avalâmes avec appétit, mais notre gaîté manquait de naturel et un certain malaise subsistait entre nous. Je me pris à espérer ne pas l'avoir déçu en me rendant si vite. Faire l'amour avec moi lui avait plu, ne cessait-il de répéter avec tendresse. Mais reviendrait-il ? N'avais-je pas perdu à jamais l'ami dont j'avais tant besoin ?

Lui ayant resservi une tasse de thé, il m'honora d'une moue irrésistible.

— Je suis plutôt café, fillette, mais je l'accepte avec reconnaissance aujourd'hui. Prends-en note cependant pour l'avenir.

Sa joie était contagieuse. Une bouffée de soulagement m'emplit le cœur. Hélas, l'horloge du vestibule sonna trois heures du matin. Brian se leva à regret.

— Cette fois il faut vraiment que je parte, Sara. La pluie a cessé, et tu ne peux pas te permettre, dès ton arrivée, de susciter des commérages. Je préférerais mille fois rester auprès de toi, mais ce n'est pas raisonnable. Ça va aller ?

— Bien sûr, Brian. Tu as raison, pars.

Après m'avoir embrassée longuement, il s'en alla, m'adressant un dernier signe de tendresse. Derrière le lourd panneau de bois de la porte close, j'entendis décroître et se perdre dans la nuit le ronronnement de la Volkswagen.

Je restai immobile quelques instants, puis revins à la cuisine, y pris la lampe et remontai lentement le grand escalier dans la pénombre.

De retour dans la chambre, je me glissai aussitôt dans l'immense lit de ma tante.

Je m'attendais à avoir toutes les peines du monde à trouver le sommeil, mais ce ne fut pas le cas. Je me souviens même avoir dormi d'une traite, m'éveillant seulement une fois, à l'aube, à cause d'un léger craquement. Était-ce un rat ? Un écureuil ? Le spectre de ma tante Sara ? Je me redressai sur un coude, regardai tout autour de moi mais ne vis rien.

— Maudite sois-tu, tante Sara ! bougonnai-je à voix haute.

Puis, presque instantanément, je me rendormis.

IV

Rouquin

LORSQUE je m'éveillai, la lumière laiteuse d'un matin de pluie emplissait la chambre. Au-dessus de ma tête se déployait l'étoffe blanche de l'écrasant ciel de lit qui, en quelques secondes, me rappela où je me trouvais.

D'un bond je me levai et me dirigeai vers la fenêtre pour tirer les lourds rideaux. A la lumière du jour, les meubles anciens me parurent encore plus massifs et hostiles que la veille. Pourtant, le lit, extrêmement confortable, avait parfaitement rempli son office et j'avais dormi comme un charme.

Le révérend Hay avait forcé la note : la maison n'était pas particulièrement délabrée, même « selon les critères modernes »... D'ailleurs, en quoi ceux-ci consistaient-ils au juste ? Si l'on exceptait l'impressionnante couche de poussière qui s'étalait un peu partout, les lieux, dans l'ensemble, étaient bien conservés.

Le devait-on au zèle de l' « association historique » de l'Église de l'Ancien Rite, ou bien s'agissait-il simplement d'une maison saine et robuste, particulièrement bien isolée ?

Par la fenêtre, j'aperçus une pelouse à l'abandon envahie de chiendent et de pissenlits, cernée par une haie assez basse au-delà de laquelle s'étendait un pré vallonné, moucheté de monticules trapus et de dalles dont la vision raviva aussitôt le souvenir du rêve horrible que j'avais fait pendant la nuit.

En fait, la maison surplombait un cimetière si peu entretenu que la plupart des pierres tombales s'étaient affaissées. Je sentis monter en moi un rire nerveux et irrésistible. Toute maison hantée, bien sûr, se devait de surplomber un cimetière, c'était la règle la plus élémentaire du genre, et celui-là marquait sans doute l'emplacement originel de la « colline aux sorcières ».

Haussant les épaules, je décidai alors de procéder à de brèves ablutions et de m'habiller rapidement. Je n'étais pas superstitieuse. Les braves gens enterrés non loin de mon jardin étaient morts depuis si longtemps que leurs os désormais n'étaient plus que poussière. A tout prendre, je ne risquais guère en tout cas d'être importunée par des voisins bruyants !

Descendant l'escalier, je ne pus m'empêcher pourtant de me demander si ma tante Sara, elle aussi, était enterrée là... Au passage, je jetai un coup d'œil à son portrait et il me sembla qu'elle me considérait d'un air bienveillant.

Dans la cuisine, entrevue pour la première fois à la lumière du jour, tout me parut également plus accueillant et paisible. J'ouvris une petite porte. Elle donnait sur une sorte de réserve-garde-manger, manifestement plus fraîche que le reste de la maison, grâce à son dallage de pierre et à ses murs épais, à l'abri du jour. En l'absence de réfrigérateur, l'endroit était précieux.

Un petit déjeuner copieux — un œuf et d'épaisses tartines de pain beurrées, le tout accompagné d'un bol de thé bien sucré — acheva de me réconforter. Puis je mis en marche le chauffe-eau et entrepris de faire la vaisselle, tout en me rappelant qu'il était urgent de me faire livrer une bonbonne de gaz. Je me promis également d'explorer la maison et de choisir, parmi les pièces vides, celle qui me conviendrait le mieux pour installer mon atelier de peinture.

La maison ayant besoin d'être aérée, j'ouvris la porte de la cuisine pour laisser entrer les timides rayons du soleil qui semblaient vouloir percer après la pluie. Je m'attendais à ce qu'elle racle, rechigne, gémisse sur ses gonds, mais à ma grande surprise, elle pivota sans un grincement, comme si elle n'avait cessé de fonctionner pendant les sept dernières années. Sans doute les membres de l' « association historique » l'avaient-ils utilisée, et dans ce cas, il était préférable d'envisager de changer la serrure sans attendre.

J'essuyais une dernière assiette, quand j'entendis derrière moi un long miaulement. Un grand chat roux venait d'entrer dans la cuisine en se glissant par la porte entrebâillée, du pas tranquille d'un maître de maison. Il s'immobilisa au pied du garde-manger et leva sur moi un regard quémandeur. J'éclatai de rire.

— Salut, Chat ! Je me disais bien qu'il manquait quelque chose à la panoplie de la parfaite sorcière... Cela dit, les chats de sorcière sont plutôt noirs d'habitude, non ?

Un second miaulement m'ayant donné une réponse que je ne pus traduire, je lui servis sans discuter davantage un bol de lait, un œuf cru et un reste de tranche de bacon qu'il dévora avec un naturel parfait, comme s'il s'agissait là d'un dû auquel il était habitué. Son festin terminé, il me suivit de pièce en pièce, s'arrêtant de temps à autre pour sauter sur un meuble et faire un brin de toilette.

Parvenu dans la chambre où j'avais dormi, il bondit d'un geste naturel et décidé sur l'édredon, se lova au creux de l'oreiller et se mit à ronronner d'un air parfaitement satisfait.

— On dirait que tu as élu domicile ici sans imaginer rencontrer la moindre contestation, Chat ! Que se passe-t-il ? La rumeur a-t-elle déjà fait le tour du pays, avisant tout le monde que la maison hantée est de nouveau ouverte et qu'elle embauche pour sa sorcière un chat de service ? Tu espères donc profiter de mon ignorance des choses diaboliques pour usurper la place d'un authentique chat noir ?

Le ronronnement s'amplifia.

— Tu n'es pas trop antipathique apparemment. Eh bien, d'accord, Chat, tu peux rester jusqu'à ce que ton propriétaire vienne te récupérer. De toute façon, puisque je dois habiter ici, autant me trouver un peu de compagnie, tu feras l'affaire pour l'instant. Au fait, comment vais-je te baptiser ? Voyons... Tu as une tête à t'appeler Barnabé. Va pour Barnabé ! Allez, viens, Barnabé, il faut qu'on trouve une bonne place pour mon chevalet.

Comme s'il comprenait à mi-mot, il sauta à bas du lit, passa devant moi et trottina dans le couloir, pour bientôt s'immobiliser devant la porte d'une pièce vide.

— Ici ? dis-je en le suivant à l'intérieur. Pourquoi pas, après tout ?

Hormis quelques vieilles malles, la grande pièce était hospitalière. Côté nord, une haute fenêtre s'ouvrait sur la campagne déserte. Je jugeai l'endroit favorable. Étant retournée chercher mon chevalet, je l'installai légèrement en retrait de la lumière venue de l'extérieur. Quand ce fut fait, j'apportai un balai, un seau d'eau et une serpillière pour lessiver ce nouveau domaine, qui me tiendrait lieu dorénavant d'atelier.

Le ménage terminé, je redescendis déjeuner d'un sandwich et resservis un bol de lait à Barnabé. Ensuite, je m'assis sur les marches ensoleillées du perron pour établir la liste des provisions qu'il me faudrait acheter à Madison Corners un peu plus tard dans l'après-midi, sans oublier l'essence de térébenthine et de la nourriture pour chats. Si près de la mer, il ne devait d'ailleurs pas être difficile de trouver des restes de poisson invendus que les pêcheurs devaient céder à bas prix.

J'étais déjà en train de récapituler le programme de ma prochaine visite à Arkham — achat de matériel de peinture, visite à la librairie de l'université et prospection des antiquaires locaux, susceptibles peut-être de racheter une partie des meubles inutiles de ma tante — lorsqu'une voix inconnue me fit sursauter.

— Eh bien, Rouquin ! Je vois que tu n'as pas été long à t'installer !

Le chat miaula, comme s'il voulait se justifier, et je me levai précipitamment pour faire face à l'inconnu qui venait de surgir de l'arrière de la maison.

Immense, un mètre quatre-vingt-dix au moins, il était tout de noir vêtu. Un visage en lame de couteau, des cheveux abondants et clairs en désordre, attiraient l'œil au premier abord ainsi que la longueur du nez busqué et du menton proéminent. Sous ses épais sourcils, un regard perçant d'un bleu métallique lançait des éclairs. A dire vrai, la description, à la limite de la caricature, serait injuste si elle s'arrêtait là : le nouveau venu, en effet, était à la fois attirant, et d'une certaine manière presque beau et sympathique et, en même temps, inquiétant par son aspect rude et sauvage. Il évoquait aussi bien la figure de proue d'un galion ancien qu'un gisant veillant sur le repos de quelque croisé enseveli au fond d'une chapelle.

Toujours est-il qu'à l'instant même où je le vis, son visage se grava en moi, comme s'il appartenait depuis toujours à mon passé. Je le voyais pour la première fois et je me demandais avec stupéfaction si cette première rencontre était réellement la première. C'était grotesque et je chassai aussitôt cette pensée de ma tête.

L'homme s'était arrêté à quelques pas de moi et me fixait maintenant de ses yeux bleus.

— J'ai entendu dire au village que vous étiez revenue, commença-t-il d'une voix presque inaudible. C'est Jeb qui me l'a appris. Il est un peu fou et superstitieux. Jamais je n'aurais cru que...

— Que voulez-vous dire ? coupai-je froidement. Je n'ai jamais mis les pieds dans cette région, mais c'est la deuxième fois qu'on me conte des sornettes sur mon soi-disant retour ! Ce chat vous appartient-il ? Vous avez l'air de le connaître. Il est superbe. A dire vrai, je m'attendais un peu à ce que quelqu'un vienne le réclamer depuis qu'il est arrivé ce matin.

L'homme fit un vague signe de la tête. Manifestement il semblait troublé, mais s'efforçait de le dissimuler.

— Non, pas du tout... Rouquin n'est pas à moi mais je le connais fort bien. C'était le chat de Mlle Latimer. Nous sommes donc de vieux amis.

Je lui décochai un coup d'œil incrédule. Barnabé, à l'évidence, était tout jeune. Or, la mort de ma tante remontait à sept ans.

— Si ma tante Sara avait possédé un chat roux comme celui-ci, répliquai-je, il est plus que probable qu'il aurait peuplé le voisinage d'une foule de rejetons à son image. Je n'en ai encore vu aucun. Cela dit, je vous le concède, le fait qu'un chat semblable à celui qu'avait ma tante, si j'en crois vos affirmations, vienne gratter à ma porte le lendemain même de mon arrivée, constitue une coïncidence amusante. A ce propos, je vous prie de m'excuser, je ne me suis même pas présentée. Mon nom est Sara Latimer.

Je lui tendis la main. Il la prit en esquissant un bref sourire.

— Je le savais, mademoiselle Latimer, votre visage parle pour vous.

— Existe-t-il d'autres Latimer dans les environs ?

— Non. Je croyais que... Je craignais, en tout cas, que vous... c'est-à-dire, que mademoiselle Sara soit la dernière. Je m'appelle Matthew Hay, j'espère que vous me pardonnerez. Je suis un... disons un très vieil ami de votre tante. Seriez-vous venue pour lui succéder ?

Son nom évidemment me rappela aussitôt l'auteur de la lettre qui m'avait appris l'existence de la maison. Lui succéder ? Qu'entendait-il par là ? Ma tante avait-elle un quelconque rapport avec la secte de cet étrange pasteur ?

— C'est vous, je pense, qui avez écrit à mon père au sujet de la vente de cette maison. Malheureusement, la lettre n'est arrivée qu'après sa mort.

Un malaise diffus m'envahissait. L'homme, devant moi, avait pâli, j'en étais sûre. J'inspirai profondément avant de poursuivre :

— J'ai décidé de venir la voir avant de la vendre. Après tout, elle appartient à la famille depuis trois siècles. L'idée de la voir passer en des mains étrangères m'est plutôt désagréable.

— Je vous comprends. Votre tante pensait exactement la même chose. Cependant, j'avais cru comprendre qu'elle ne possédait plus que des parents fort éloignés, dont aucun ne semblait intéressé par la propriété. Je l'ai pressée à maintes reprises de s'arranger pour que la maison puisse être vendue à un juste prix à notre Église à sa mort, mais comme la plupart d'entre nous, mademoiselle Sara avait du mal à concevoir qu'elle puisse disparaître un jour et elle repoussait sans cesse la date de notre accord. Après son décès, j'ai attendu plusieurs années dans l'espoii que la maison finirait par être habitée par, disons, un parent sympathique. Mais rien de tel ne s'étant produit, j'ai donc fait une enquête pour identifier l'héritier légal de ces murs. Lorsque j'ai découvert qu'il s'agissait de votre père, je lui ai réitéré mon offre d'achat. Cela dit, maintenant que vous êtes ici, vous, une authentique Latimer, peut-être tout cela devient-il superflu.

Ce discours, dans un premier temps, me parut obscur. Son auteur, peut-être, divaguait-il légèrement. Mais par la suite, lorsque je le connus mieux, je fus bien obligée d'admettre que Matthew Hay ne divaguait jamais, bien au contraire. Chacun de ses mots atteignait l'objectif qu'il s'était fixé, d'autant mieux qu'il possédait un extraordinaire talent pour dissimuler habilement ses véritables desseins.

— L'Église du Rite Ancien..., fis-je, hochant la tête. Est-ce une... une secte catholique ?

— Au sens originel, oui, puisque catholique signifie universel. Mais notre culte existait bien avant l'émergence de la Chrétienté.

Mentalement, je rangeai aussitôt son groupuscule dans la catégorie pléthorique des sectes pour illuminés.

— Voyez-vous, dis-je lentement, à la réflexion je ne suis pas du tout certaine de vouloir me séparer de cette maison. Elle appartient à ma famille depuis tant de générations ! En tout cas, je ne pourrai pas la vendre avant l'automne. Je compte rester ici jusqu'à la fin des travaux qui m'occupent.

Une lueur singulière passa alors dans son regard métallique, trop vite disparue pour me permettre d'en imaginer la nature. Il me sembla seulement qu'il réprimait de tout son corps une violente contrariété. Le ton posé de sa voix n'en parut cependant aucunement affecté.

— Votre tante était entièrement dévouée à notre église, poursuivit-il. J'irais même jusqu'à dire qu'elle était notre guide spirituel. Depuis le dix-septième siècle, la tradition veut que certains membres de la famille Latimer participent activement à nos activités spirituelles. La première Sara est même morte en martyre, victime de l'aveugle persécution qui s'acharnait sur nos frères.

Mon cœur se serra : la première Sara Latimer, il est vrai, avait été pendue pour sorcellerie.

— Seriez-vous en train de me dire que votre église honore la sorcellerie ? Qu'elle vénère le diable ?

— Mademoiselle, seuls les ignorants utilisent de tels termes. A votre niveau actuel de connaissance, il serait vain d'en débattre avec vous. Peut-être, quand vous en saurez davantage sur notre religion — car il s'agit d'une authentique religion — souhaiterez-vous vous joindre à nous. Comme je vous l'ai dit, votre grand-tante, Mademoiselle Sara, était l'un de nos éminents guides. Notre communauté la respectait profondément, mieux encore, la vénérait de toute son âme. Mais laissons cela pour aujourd'hui. J'étais simplement venu vous souhaiter la bienvenue à Madison Corners, et me mettre à votre disposition.

« Je vous remercie infiniment, mais Brian Standish m'a déjà fait les honneurs du pays », songeai-je presque malgré moi.

— C'est très aimable à vous, répondis-je. J'aimerais seulement savoir où je puis acheter des œufs, du lait, et aussi où je puis commander une bonbonne de gaz pour la cuisine.

— Mademoiselle Latimer avait l'habitude d'acheter son lait à la ferme Whitfield, près de l'arrêt du car. Si vous ne comptez pas jardiner, ils ont également des fruits et des légumes. Votre tante était une botaniste hors pair. Hélas, son jardin a été laissé à l'abandon, même si, je dois l'avouer, j'ai pris, de temps à autre, la liberté de m'y introduire pour l'entretenir et cueillir des herbes rares. La vieille science botanique se perd et, croyez-moi, je le déplore vivement.

Ses lèvres minces dessinèrent un sourire apparemment sincère et chaleureux.

— Il me faut aussi confesser que je souffre de rhumatismes et d'allergies chroniques, ajouta-t-il. Les onguents naturels et les plantes sont bien plus efficaces que toutes les pilules recommandées par la médecine. J'espère donc que vous me pardonnerez ces effractions répétées.

— Je vous en prie, répondis-je avec empressement, revenez quand vous voulez. J'ignorais que ma tante s'intéressait ainsi aux plantes médicinales. A dire vrai, je n'ai pas encore eu le temps d'explorer le jardin et n'en connais même pas les limites.

— Qu'à cela ne tienne, je peux vous le faire visiter. Je le connais depuis ma plus tendre enfance. D'ailleurs, je suis votre voisin, expliqua-t-il désignant un bouquet d'arbres au-delà du cimetière. Ma maison se trouve juste derrière. On ne la voit pas d'ici. Venez, je vais vous montrer votre domaine.

Nous contournâmes la maison. Le chat, qui avait assisté à notre conversation tout en faisant sa toilette, nous emboîta souplement le pas. Je surpris le regard entendu que Matthew Hay lui jeta par-dessus son épaule. Lui aussi avait quelque chose de félin, une sorte de grâce animale, qu'accentuaient la longueur de ses membres et la puissance de ses épaules. Ses mains, je le remarquai également, étaient immenses.

— Voilà le jardin botanique, annonça-t-il, m'entraînant vers une haie touffue devant laquelle s'alignaient, en rangées irrégulières, des plantes de toutes sortes. C'est ici que l'ensoleillement est le meilleur.

Nous nous approchâmes. Le soleil avait percé derrière les nuages et je humai la douceur de l'air chargé de senteurs végétales.

— Voici du thym, de la lavande et aussi de la verveine, dis-je en m'accroupissant mais je n'ai jamais vu celle-ci. Elle sent fort, constatai-je en écrasant dans mes doigts une tige fine aux feuilles singulières.

— C'est de la valériane, expliqua le pasteur. Elle était jadis très utilisée pour atténuer les spasmes, d'où son nom local d'herbe de la Saint-Guy. Nombreux dans la région sont ceux qui placent l'art de votre tante bien au-dessus de la médecine moderne et je suis de ceux-là. Je me souviens qu'un jour, elle m'a indiqué le romarin — il s'inclina pour en cueillir quelques feuilles — comme un excellent remède contre la calvitie. Je l'utilise en lotion capillaire depuis des années et, comme vous pouvez le constater, mes cheveux tiennent bon. Mon père pourtant était complètement chauve dès quarante ans.

— Il va y avoir du travail pour remettre en état ce jardin, remarquai-je en souriant, espérant que Brian ne découragerait pas mes efforts, tous les médecins n'étant pas systématiquement hostiles aux recettes naturelles lorsqu'elles paraissent efficaces.

— J'applaudis hautement cette perspective, renchérit Matthew Hay, et serai heureux de vous y aider dans les limites, bien sûr, de mes compétences.

Une forte exhalaison, lourde et vaguement écœurante, s'élevait d'un petit bouquet de feuilles vertes planté à l'écart. Je reconnus sans peine l'une des composantes du mystérieux parfum qui, la veille au soir, s'était échappé du flacon de porcelaine de ma tante et nous avait si étrangement ensorcelés, Brian et moi. Les feuilles, longues et fines, étaient hérissées de pointes. J'en pris une et la montrai au pasteur.

— Et celle-là, la connaissez-vous ? interrogeai-je d'un air le plus indifférent possible. La chambre de ma grand-tante en est tout imprégnée.

— C'est une espèce proche de l'estragon, répondit-il sans hésiter. Je l'utilise en tisane. C'est excellent contre les crampes intestinales.

Je fronçai les sourcils.

— Ma mère avait coutume de mettre de l'estragon dans les salades. Il n'avait absolument pas cette odeur.

Il prit quelques feuilles à son tour et les roula entre ses doigts agiles sans me quitter des yeux. L'odeur se fit plus précise, plus entêtante.

— Le parfum des plantes fraîches est totalement différent de celui des herbes séchées. Il est vrai qu'on n'achète guère ce genre de plantes dans les supermarchés, ajouta-t-il. Les fournisseurs n'hésitent pas à les couper avec d'autres plantes moins rares et moins chères.

Je pris à nouveau une feuille entre mes doigts pour en humer la sève, la respirai à plusieurs reprises, ressentis aussitôt une sensation bizarre. L'air, un instant, parut me manquer, et j'eus l'impression que ma robe collait légèrement à ma peau. Relevant les yeux, je croisai le regard azuré de Matthew Hay, toujours fixé sur moi avec une intensité gênante.

« Je me demande comment il se comporte au lit ! » me surpris-je à penser avec effarement.

— On dit aussi que cette herbe a des vertus aphrodisiaques, articula-t-il doucement. On prétend même qu'elle est un puissant stimulant.

J'écartai précipitamment les doigts pour laisser tomber les feuilles, comme si leur contact me brûlait la paume. Le pasteur se mit à rire, et pour donner le change, j'avisai un buisson trapu chargé de baies d'un bleu presque noir.

— Ce sont des airelles, n'est-ce pas ? demandai-je, d'une voix mal assurée.

Je me penchai sur le buisson et tendis la main pour cueillir un fruit mais Matthew Hay, me saisissant le bras, m'en empêcha impérativement.

— N'en faites rien surtout ! Si je puis me permettre un conseil, évitez d'en faire une tarte, mademoiselle

Latimer. Il s'agit de belladone, un poison mortel. L'atropine est son élément actif !

J'eus un mouvement de recul.

— Pourquoi donc en avoir planté ?

— A très petites doses, on peut l'utiliser comme une drogue hallucinogène. Elle sert aussi à soigner certaines douleurs. Mais si l'on dépasse la mesure exacte, elle tue sans pitié !

Nous passâmes en revue les plantes qui restaient. Je reconnus le thym, le serpolet et la sarriette, utilisés pour la cuisine ; la marjolaine aussi, censée soulager non seulement l'hydropisie et les tumeurs, mais aussi garantir une excellente saison de pêche ou d'élevage de volailles ; un peu plus loin, le fenouil, idéal pour soigner les diarrhées qui emportaient autrefois tant de nourrissons dans les campagnes. Mais beaucoup, aux arômes âcres et entêtants, suaves ou écœurants, m'étaient totalement inconnues.

La visite achevée, Matthew Hay s'arrêta et se tourna vers moi.

— Accepteriez-vous de venir voir mon église ? Elle se trouve juste de l'autre côté du cimetière, à deux pas d'ici. Dans le temps, elle abritait l'église puritaine officielle et les fidèles étaient enterrés au pied de ses murs. Je suppose que vous n'êtes pas de celles que la superstition paralyse. Bien des jeunes femmes hésiteraient à vivre seules si près d'un cimetière. Venez donc, conclut-il en poussant un portail rouillé. J'ai coutume de couper par ici pour rentrer chez moi.

— Mon père disait toujours : « Pourquoi avoir peur des morts, alors qu'il y a tant de vivants acharnés à nous nuire ? » dis-je en suivant l'homme en noir sur un sentier serpentant entre les stèles funéraires.

— Votre père était un homme de bon sens, approuva-t-il, contournant une vieille tombe à la pierre couverte de mousse.

Une idée me traversa l'esprit.

— Y a-t-il des Latimer enterrés ici ? demandai-je.

— En grand nombre ! Mademoiselle Latimer, votre grand-tante, avait elle aussi exprimé le vœu de reposer dans cette terre au côté de ses ancêtres. Mais l'endroit est désormais désaffecté. Sa dépouille repose donc officiellement au cimetière de Madison Corners, derrière l'église.

— Officiellement ? Que voulez-vous dire ?

Une nouvelle fois, une singulière lueur traversa son regard. Il serra les poings, et je crus un instant qu'il refoulait en lui l'envie de me répondre. Il n'en fit rien pourtant et se ressaisit aussitôt.

— Voyez-vous, reprit-il d'une voix placide, mademoiselle Latimer aimait profondément cet endroit. Elle disait souvent qu'elle était sûre que son esprit reviendrait errer ici après sa mort, quel que soit le lieu de sa sépulture. Tenez, Sara, justement voici la tombe d'une autre de vos ancêtres.

Déchiffrant l'inscription gravée sur la pierre tombale qu'il m'indiquait, je réprimai un incontrôlable frisson :

« *Sara Magdalen Latimer, dévorée par des chiens, 1884.*
« *Et les chiens mangèrent sa chair* », *II Rois, IX-36.* »

— Mon Dieu ! m'exclamai-je. Je... J'ai déjà vu cet endroit en rêve la nuit dernière !

Je vacillai mais la main puissante de Matthew Hay se referma sur mon bras pour me soutenir.

— C'est une citation extrêmement connue de la Bible. Sans doute l'avez-vous déjà entendue précédemment.

— Je n'ai jamais lu la Bible ! J'ai été élevée hors de tout enseignement religieux.

— Ne vous inquiétez pas, murmura-t-il, le souffle tiède de son haleine caressant ma nuque. Peut-être au fond n'était-ce pas un rêve, mais plutôt l'un de ces phénomènes qu'on appelle réminiscence, et qui s'accompagne en général d'une impression de déjà-vu. La plupart des psychologues l'expliquent par le simple fait que la synchronie des deux hémisphères du cerveau en matière de perception n'est pas parfaite, d'où cette illusion d'une réalité familière. Il est également possible qu'en pénétrant dans la maison hier soir, vous ayez aperçu cette tombe à la lisière de votre champ de vision. Votre conscience, occupée ailleurs, n'a rien remarqué, mais l'inconscient, lui, s'en souvient confusément.

Cette hypothèse était absurde. La nuit dernière, il tombait des cordes à notre arrivée et l'obscurité était telle que j'avais eu besoin de la torche pour discerner la serrure.

— Non ! repris-je, secouant la tête. C'était un rêve, j'en suis sûre. Maudit endroit !

— Vous me semblez bien émotive. Voulez-vous rentrer ? Je vous avais prévenue, Sara. Vivre si près d'un cimetière demande des nerfs solides et une sérénité à toute épreuve.

« Il cherche à me convaincre de vendre la propriété », songeai-je aussitôt, dans un réflexe tout à fait pratique, celui-là.

— Non, répondis-je, regardant la demeure familiale d'un air de défi.

En pleine lumière du jour, elle paraissait en fait plus extravagante qu'effrayante. A l'évidence, elle avait été bâtie sans le moindre plan d'ensemble. Probablement s'agissait-il au départ d'une ferme rectangulaire toute simple, modifiée au fil des générations par les fantaisies architecturales de ses occupants successifs, lesquels avaient ajouté qui une tourelle, qui une aile supplémentaire, qui des balcons, sans la moindre cohérence esthétique. Le résultat était pour le moins inhabituel et monstrueux, capable en tout cas de décourager toute tentative d'amélioration ou de restauration.

— Une maison comme celle-ci donnerait des cauchemars à n'importe qui, parvins-je à déclarer sur un ton faussement badin. Poursuivons la visite. Nous allons sûrement trouver d'autres épitaphes désopilantes...

— Certaines, en effet, ne manquent pas de piment, répliqua le pasteur lui aussi sarcastique. L'endroit pourrait devenir un centre d'attraction touristique idéal si quelqu'un avait la mauvaise idée d'en divulguer l'existence. Tenez, par exemple, venez voir cette fois la tombe d'une de mes ancêtres.

Me conduisant vers un antique caveau de marbre, il entreprit de chasser la poussière qui masquait en partie l'inscription rendue presque illisible par les années :

« *Bonne-Épouse Tabitha Hay*
Décédée en 1702
Épouse Aimée de Le-Seigneur-Est-Mon-Repos Hay
Le Seigneur la lui donna, le Seigneur la lui reprit
Béni soit le Seigneur »

— Je ne vois rien de particulièrement drôle, dis-je, si ce n'est le nom de votre ancêtre : « Le-Seigneur-Est-Mon-Repos » ! Quelle imagination !

— Certains d'entre eux portaient des noms bien pires. J'ai lu par exemple dans la vieille Bible familiale qu'un de mes arrière-arrière-grands-pères s'appelait Combats-Pour-Le-Bien-Combats-Pour-Dieu Hay. Mais vous n'avez encore rien vu. L'ancêtre en question, Le-Seigneur-Est-Mon-Repos, a eu trois femmes. Regardez, voici la seconde.

Je me penchai sur la tombe et lus :

« *Eliza Hay*
Décédée en 1709
Épouse de Le-Seigneur-Est-Mon-Repos Hay
Plutôt se marier que brûler »

— A l'évidence, votre aïeul a suivi cet adage à la lettre, remarquai-je. Où est la troisième épouse ?

— Par ici.

« Charity Hay
Décédée en 1714
Épouse de Le-Seigneur-Est-Mon-Repos Hay
Si la femme était vertueuse, elle resterait vierge »

— Mon Dieu ! Quelle épitaphe !

— Je vous ai réservé le meilleur pour la fin, grinça Matthew Hay m'entraînant vers une sorte d'obélisque grisâtre, pointé vers le ciel avec la puissance d'un symbole phallique. Voici la tombe de mon ancêtre :

« Le Seigneur-Est-Mon-Repos Hay
Décédé le 1er avril 1754
Mieux vaut vivre perché sur un toit
Que dans une belle maison avec une femme querelleuse »

Je ne pus m'empêcher de pouffer.

— Peut-être avait-il de bonnes raisons de devenir misogyne, commenta Matthew Hay, en riant à l'unisson.

Son rire parvint un bref instant à dissiper le malaise grandissant que m'inspirait sa déroutante personnalité. Rapidement nous terminâmes le tour du cimetière en commentant et raillant assez stupidement et à tour de rôle les épitaphes entrevues, les noms anciens, les citations bibliques. Et puisqu'il m'appelait Sara, je l'appelai Matthew.

Enfin, nous quittâmes les lieux par un portail de bronze mis à mal par les intempéries et le vert-de-gris. Au bout d'un layon, tracé à travers le bosquet d'arbres que Matthew m'avait montré du jardin, se trouvait une modeste chapelle en ruine.

— L'Église du Rite Ancien, annonça-t-il avec emphase.

J'hésitais à le suivre à l'intérieur.

— Êtes-vous sûr qu'elle ne risque pas de s'effondrer ? demandai-je, inquiète.

— Les bâtisseurs d'autrefois étaient plus habiles que ceux d'aujourd'hui, répondit-il. N'oubliez pas qu'on construisait alors pour des siècles. En Europe, chaque jour les fidèles emplissent des cathédrales qui existent depuis près de mille ans. Plus une église est ancienne, plus elle résiste au temps : la ferveur accumulée du passé lui confère un bouclier qui la protège.

Sa main avait pris mon bras et m'entraînait vers le seuil. Comme il semblait s'agir d'une authentique église, et non d'un repaire de sorciers, je me résignai, sans trop de réticences, à entrer.

Une odeur de vieux bois et de pierres, confinés dans une atmosphère humide privée de lumière, me prit aussitôt à la gorge, odeur où se mêlait une curieuse senteur végétale que je ne pus identifier. Nul banc, nul siège ne venait rompre la froide monotonie des dalles descellées. Après un pas ou deux, je m'arrêtai instinctivement et voulus rebrousser chemin, mais la poigne impérieuse de mon compagnon m'immobilisa. De nouveau contrainte à marcher, je butai presque, quelques mètres plus loin, sur un autel long et bas, lisse comme une pierre tombale, sur lequel reposaient une coupe d'argent et une verge de saule. J'eus alors l'impression qu'un voile noir brouillait soudain ma vue tandis que d'étranges paroles s'échappaient de mes lèvres.

— Où est la dague à manche noir ? m'entendis-je déclarer d'une voix rauque.

A ces mots, Matthew pivota littéralement sur ses talons, un éclair de triomphe brillant dans ses yeux.

— Sara ! Et vous prétendiez ne rien savoir de notre culte ?

Éberluée, je secouai négativement la tête.

— Mais c'est la vérité, je vous le jure. J'ignore qui m'a poussée à prononcer ces mots.

— Eh bien, moi, je ne l'ignore pas, Sara ! s'écria-t-il m'étreignant brusquement les épaules, son souffle chaud me brûlant la joue.

Fascinée, prisonnière d'une force qui me paralysait, je ne pouvais détacher mon regard du sien.

— Sara Latimer, vous êtes des nôtres ! marmonna-t-il sous l'emprise d'une jubilation farouche. Tout au fond de votre mémoire, quelque chose vient de s'éveiller ! Ne le sentez-vous pas ? Toutes les Sara de votre famille ont vénéré l'Ancien Rite ! La révélation de votre identité ancestrale s'est faite en vous dès votre retour ! N'avez-vous pas l'impression, continua-t-il d'une voix frémissante, que vous dites et que vous accomplissez des actes qui vous dépassent, qui vous transcendent ?

Le souvenir de la nuit passée avec Brian faisait en effet irruption dans ma conscience. Une sourde terreur déferla en moi.

— Je... Je ne suis pas une sorcière ! balbutiai-je d'une voix étranglée.

— N'éprouvez aucune crainte, Sara Latimer, susurra Matthew à mon oreille, resserrant son étreinte. Vous n'avez rien à redouter. Votre vraie destinée vous a rejointe, c'est tout. Vous êtes des nôtres ! Résister ne servirait à rien.

— Non ! Non ! m'écriai-je, tentant frénétiquement de me dégager.

Mais il émanait de ses longs doigts crispés sur ma peau une telle force mystérieuse, cruelle et fascinante à la fois, qu'il soulevait en même temps au fond de mon être une vague de désir incompréhensible. Ses yeux dardés sur moi lançaient des flammes et consumaient le peu de volonté qui me restait. Son visage était tout près du mien.

— Sara, Sara Latimer, nous allons consacrer ensemble le retour de notre grande prêtresse... balbutia-t-il d'une voix brûlante.

Incapable de résister, je le laissai ouvrir mon chemisier, baisser ma jupe. Quand je fus nue, il se déshabilla à son tour et éleva les bras devant moi en une effrayante mimique.

— Ô Puissant Satyre ! Ô Maître des Ténèbres, Maître de la luxure et de la puissance ! Devant toi, je prends cette femme, qui nous revient enfin ! Je la prends pour toi, en ton honneur !

— Ainsi soit-il ! m'entendis-je murmurer dans un râle.

Son corps élancé semblait de bronze, presque entièrement imberbe. Les muscles de son dos, de son torse roulaient puissamment sous sa peau, tels ceux d'un félin. Son sexe brandi était énorme, long et dur, et vibrait au rythme d'une pulsation mystérieuse.

« C'est insensé, me dis-je, en un éclair de lucidité. Cet homme est fou ! »

Mais n'était-ce pas plutôt moi qui étais folle ? Pardessus son épaule, sur la pierre de l'autel, Barnabé, qui nous observait de ses prunelles mi-closes, commençait une lente et bizarre sarabande.

Je m'entendis gémir. Une flambée de désir m'envahit, si violente que je ne pus maîtriser mes tremblements. Matthew plaqua ses mains sur mes seins durcis pour les pétrir avec une vigueur cruelle. Il appuya à toute force sur mes épaules pour me forcer à m'agenouiller, puis à me coucher sur le dos au pied de l'autel. Il s'accroupit à mes côtés, hurlant dans mon oreille des mots incompréhensibles :

— Ad baraldim, asdo galoth Azathoth !

J'aurais voulu crier, lui lacérer le visage et m'enfuir en courant, m'échapper nue s'il le fallait, nue à travers le cimetière, courir, courir, courir encore et ne plus m'arrêter...

Il se pencha sur moi, m'aspira brutalement un sein. Je poussai un cri éperdu. Sa bouche avide se mit à errer sur ma peau, léchant, embrassant, mordant mon corps çà et là ; elle s'attarda sur mon ventre et descendit encore, inexorable. Soudain, il se redressa et leva la tête vers la voûte de l'église.

— Je rends hommage à la porte de la vie ! hurla-t-il, hystérique.

Lentement, comme s'il s'adonnait à un rituel mystérieux, il plongea son visage et ses lèvres entre mes cuisses offertes, y enfouit sa bouche longuement, mi-baiser, mi-morsure. Hors de moi, je poussai un nouveau râle.

Il se releva enfin, les traits décomposés, l'œil plus brillant qu'un saphir, et s'abattit de tout son long sur moi. D'une main dominatrice, il écarta mes cuisses et entra violemment en moi, labourant mes entrailles de son membre tendu. Terrifiée, je tentai de me débattre, mais ses mains, sans pitié, plaquèrent mes épaules sur les dalles glacées, m'interdisant tout mouvement. La cadence de ses coups de boutoir s'accéléra progressivement, toujours plus profonds, plus implacables... La douleur alors se transforma en plaisir ; mes hanches en fusion se tendirent avidement à la rencontre de ses reins. Je lui pétris le dos, le griffai furieusement, sans plus savoir si je luttais pour lui échapper ou pour partager sa frénésie démoniaque. Puis une volupté insensée balaya mes ultimes résistances, je m'entendis crier, gémir, soupirer, sans cesser de lui labourer le dos, mes mains prisonnières d'un ballet dément, mes jambes frénétiquement nouées autour de ses reins, mon visage noyé au creux de son cou, ma bouche aspirant ses lèvres et son visage déformés par un rictus sauvage, tous les sens en folie, jusqu'à ce qu'une ombre immense et rougeoyante m'enveloppe et m'engloutisse dans un très bref éblouissement qui se changea aussitôt en ténèbres.

Le chat poussa un interminable miaulement, sauta à bas de l'autel et vint flairer mon visage tout emperlé de sueur.

Je restai un long moment immobile, haletante, le cœur battant à tout rompre. Matthew, lui, s'était relevé et s'agenouillait lentement. Étendant les mains vers l'autel, il commença à psalmodier des paroles obscures.

Secouée de frissons, sanglotant à demi, je tendis un bras pour ramasser mes vêtements. Barnabé vint me lécher la paume, et je le caressai distraitement. Mon désespoir était total. J'avais bien malgré moi sombré dans la démence.

Que pouvais-je faire maintenant ? Protester ? Hurler mon indignation ? S'il restait à Matthew Hay une once de lucidité, il savait parfaitement que j'avais joui autant que lui de notre étreinte bestiale. Quelle force m'avait-elle obligée à m'y soumettre ?

Matthew, ayant achevé son oraison sacrilège, effleura d'une main distraite ma chevelure défaite.

— Bienvenue parmi nous, ma douce, murmura-t-il semblant émerger d'un rêve.

A mon corps défendant, le charme qui m'avait jetée dans ses bras puissants ne semblait pas m'avoir totalement quittée. Une voix et une pensée qui n'étaient pas les miennes m'habitaient toujours.

— Tu as commis une faute, Matthew, m'entendis-je proférer. Tu ne portais pas le masque rituel ! Je connais ton nom !

Un éclair de joie irradia tout à coup ses prunelles de fauve.

— Sara, nous savons, à présent, que tu es revenue parmi nous ! Le masque n'a guère d'importance. La véritable célébration aura lieu demain soir, lors de l'Esbat. Tu seras présentée à nos frères et sœurs, et tu reprendras l'ancien rang de prêtresse qui est le tien.

Sous ma paume, je sentis à nouveau la tête de Barnabé. Son contact me rappela cruellement que je ne vivais malheureusement pas un cauchemar. Le monde vacillait autour de moi, mon corps était brûlant, ivre de satiété. Si je ne voulais pas basculer définitivement dans la folie, il me fallait reprendre immédiatement contact avec la réalité. Poussant un long soupir, je repliai les jambes et me levai avec peine pour enfiler ma jupe. Mes doigts tremblants durent s'y reprendre à deux fois pour fermer ma ceinture. Puis, je passai mon chemisier, le boutonnai, rejetai en arrière mes cheveux moites, posai les yeux sur Matthew, qui ne m'avait pas quittée du regard.

— Je ne sais pas pourquoi vous m'avez entraînée dans cette folie, dis-je posément, mais n'en tirez pas trop vite les conclusions que vous souhaitez.

— Vous croyez ?

Narquois, il s'assit, toujours nu, sur la première marche de l'autel. Les hommes après l'amour portent généralement leur attribut en berne. Matthew, lui, affichait toujours une virilité provocante.

— Répondez-moi sincèrement, Sara, dit-il posément. Vous est-il arrivé de vous donner de manière semblable une seule fois dans votre vie ?

Je savais pertinemment où il voulait en venir, mais je choisis d'éluder sa question.

— Vous me demandez si j'ai déjà eu des relations physiques satisfaisantes ? C'est évident. J'ai vingt-trois ans, et nous sommes au vingtième siècle. En Californie, j'ai vécu près d'un an avec un homme.

Son regard ne me quittait pas.

— Ce n'était pas le sens de ma question, en tout cas pas tout à fait. Je parlais de sexualité exclusive, purement animale, débarrassée de tout artifice romantique de notre civilisation décadente.

Je me réfugiai dans le silence. Ce matin même, après ma première expérience dans les bras de Brian, je m'étais déjà demandé si lui et moi avions cédé à un coup de foudre, à une irrésistible force d'attraction mutuelle. Mais voici que pour la seconde fois en moins de douze heures, je m'abandonnais à un inconnu. Cela dépassait l'entendement et ne m'était, en tout cas, jamais arrivé. Il fallait donc surtout cacher ce qui s'était passé cette nuit. Matthew Hay avait beau se faire passer pour un pasteur, il ne m'arracherait pas de confession.

— Non, je n'avais jamais vécu ce genre d'expérience, jamais, finis-je par balbutier.

Son regard ne fléchit pas.

— Vous sentez-vous coupable ?

— Non, répondis-je spontanément, pas vraiment. Je me sens plutôt... stupide, et un peu honteuse sans doute. Tout cela n'est pas tout à fait de mon goût.

— Pourquoi ?

N'ayant jamais réfléchi à la question, je ne disposais pas de réponse toute prête. Ce qui m'irritait avant tout était de ne pas savoir comment tenir tête à ce détraqué lucide qui semblait capable de lire dans mes pensées les plus intimes.

— Je n'en sais rien, répondis-je. Il faudra que j'y réfléchisse. Je ne sais plus très bien où j'en suis à présent. Votre insistance est déplacée.

Sur ce, je me levai. Pour une fois, je le dominais du regard, et en fus légèrement rassurée. Matthew se leva à son tour, se revêtit sans hâte.

— Je sais, moi, ce que vous ressentez, Sara. Votre personnalité profonde émerge peu à peu de son cocon. Vous êtes en train de redevenir la sorcière qui sommeillait en vous. Par nature, la sorcière n'est pas ennemie de la luxure. Elle prend son plaisir comme il vient.

— Qu'est-ce qui peut vous faire croire qu'il s'agit de ma personnalité profonde ?

Il sourit.

— Regardez les tableaux de votre tante, Sara. Toutes les Sara Latimer sont des sorcières.

Me tenant par le coude, il m'accompagna hors de l'église. Me rebellant contre une irrépressible pulsion, je sentis à nouveau une bouffée de désir embraser mon corps.

— Vous n'avez même pas pris la moindre précaution, lâchai-je, saisie d'une soudaine colère. Vous ne vous en souciez guère, évidemment ! Je sais bien qu'une sorcière doit échapper sans doute à ces aléas matériels.

Renversant la tête en arrière, il partit d'un grand rire, puis se reprit en voyant mon indignation.

— Pardonnez-moi, Sara. J'ai tendance à oublier que votre personnalité consciente n'a pas encore totalement repris le dessus. Vous ne pouvez ignorer l'un des principes fondamentaux de la sorcellerie : nulle sorcière n'a jamais été engrossée sur l'autel noir, à moins, bien sûr, qu'elle n'ait été au préalable soumise au rituel de la fécondation.

Pour la première fois, je me pris à espérer que ses paroles reflétaient bien la vérité !

— Quoi qu'il en soit, ajouta-t-il, surprenant une ombre de scepticisme sur mon visage, il nous faudra attendre un peu pour vérifier que j'ai raison. Mais, croyez-moi, il est tout à fait inutile de s'inquiéter.

Matthew Hay rajusta sa cravate. Véritable bête sauvage cinq minutes plus tôt, il était redevenu un gentleman placide et civilisé.

Il m'escorta jusqu'à la porte de mon jardin.

— Excusez-moi de devoir vous quitter, mais il me faut maintenant régler avec nos frères les derniers préparatifs. Nous nous reverrons à l'Esbat.

Puis il tourna les talons, sous mon regard éberlué.

— Tu peux toujours attendre ! marmonnai-je à mi-voix, furieuse et dépitée comme une enfant.

[illegible] à nouveau une bouffée de désir embraser mon corps.

— Vous n'avez même pas pris la moindre précaution, Richard. [illegible] Vous ne vous en souciez guère, évidemment ! Je sais bien qu'une [illegible] doute à ces aléas matériels.

Renversant la tête en arrière, il [illegible] grand rire, puis [illegible] imagination.

— Pardonnez-moi, Sara, j'ai [illegible] oublié que vous [illegible] n'est pas encore totalement [illegible] Vous ne pouvez ignorer l'un des principes fondamentaux de la sorcellerie : nulle sorcière n'a jamais été engrossée sur l'autel [illegible] moins, elle [illegible] ou elle n'ait été au préalable soumise au rituel de la [illegible].

Pour la première fois, je me pris à espérer que ses [illegible] bien là vérité !

— [illegible] son [illegible], surprenant une [illegible] de [illegible] sur mon visage, il nous faudra attendre un peu pour vérifier que j'ai raison. Mais, croyez-moi, [illegible] inutile de vous inquiéter.

[illegible] sa [illegible] Vêtu [illegible] tête, [illegible] il était revêtu [illegible] plein, [illegible].

Il [illegible] jusqu'à la porte de mon jardin.

— [illegible] le devoir [illegible], mais il [illegible] maintenant [illegible] avec nos frères les derniers préparatifs [illegible].

Puis il [illegible] regard [illegible]

— [illegible] toujours [illegible] ! marmonnai-je [illegible] comme une enfant.

V

Un Amour vrai

COMME je traversais le salon, en évitant soigneusement de croiser le regard de ma tante sur la toile, certains propos de Matthew Hay me revinrent brutalement à l'esprit : « La sorcière n'est pas ennemie de la luxure », avait-il proféré.

Sara Latimer, même vieille et couverte de rides, s'était-elle jusqu'au bout adonnée à la débauche avec les hommes du pays ? Mal placée pour la critiquer, je poussai, exaspérée, un soupir d'impuissance. Il fallait voir les choses en face, écarter d'emblée l'alibi commode de l'hypnose ou autre type de manipulation : pour dire les choses franchement, je m'étais laissée culbuter par Matthew Hay, réalité qu'il fallait accepter sans en rendre responsable je ne sais quel esprit malin. A ce jeu-là d'ailleurs, je ne tarderais pas à rejoindre rapidement l'asile le plus proche !

Je me fis couler un bain brûlant et frottai rageusement chaque parcelle de ma peau, anxieuse d'extirper l'odeur et jusqu'au moindre souvenir de l'homme qui venait, traîtreusement, d'abuser de moi. Mes seins étaient meurtris et des marques de dents subsistaient sur mon épaule.

Après m'être savonnée maintes fois, rincée à grande eau et séchée, je regagnai ma chambre et pris dans ma valise une trousse à pharmacie où se trouvait un baume analgésique. Au passage, mes yeux tombèrent sur les pots et flacons posés sur le plateau de marbre de la coiffeuse. Autant m'en débarrasser au plus tôt, même si certains onguents pouvaient avoir leur utilité médicale. Il n'existe pas, dit-on, de véritable aphrodisiaque et, pourtant, la veille au soir, Brian et moi en avions éprouvé les incontestables effets...

Rhabillée, je passai dans la pièce que j'avais choisie pour atelier, sortis une feuille de papier à dessin et la disposai sur le chevalet pour commencer une nouvelle illustration. Presque malgré moi, ma main dessina aussitôt une sorte de masque étrange affublé de cornes...

De rage je froissai le papier et le jetai en boule dans un coin de la pièce, me demandant, désemparée, s'il ne fallait pas sur-le-champ boucler mes valises et m'enfuir. Le bus d'Arkham passait dans environ une demi-heure. C'était la seule solution, ne me sentant pas de taille à affronter cette maison et ses fantômes. En bas, un miaulement prolongé vint ébranler mes bonnes résolutions. Je descendis verser dans un bol les dernières gouttes de la bouteille de lait. La pauvre bête m'avait adoptée ; ses yeux imploraient assistance et affection. Je ne pouvais donc la laisser mourir de faim, ni l'abandonner, prétexte bien facile que je me fabriquai sans trop vouloir y réfléchir.

Décontenancée, la tête vide, j'errai longtemps à travers la maison comme une âme en peine. Dans la bibliothèque, un vieux livre du siècle passé intitulé *Le Dieu des Sorcières* attira mon regard. Je le feuilletai au hasard et j'appris ainsi que l'Esbat était la réunion hebdomadaire des fidèles du démon, le Sabbat, fête rituelle, ne se tenant que quatre fois l'an. Ces quelques phrases ravivèrent l'image de Matthew Hay que je voulais oublier. Je refermai aussitôt l'ouvrage et le replaçai dans son rayon. Sa lecture était peut-être riche d'enseignements, mais je ne me sentais guère le courage d'en prendre connaissance aujourd'hui.

Apparemment sans raison, dehors le ciel parut s'éclaircir et je voulus y voir l'imminence d'un événement heureux. A ma connaissance, je ne disposais d'aucun pouvoir paranormal. Force me fut pourtant de constater, quelques minutes plus tard, que la forme familière de la Volkswagen venait de se dessiner sur la route et qu'elle s'approchait en cahotant. Bientôt, elle fut là et stoppa en couinant devant le perron.

La joie s'empara de tout mon être. Sans vouloir me l'avouer, j'avais eu si peur que Brian, me prenant pour une fille facile, ne revienne jamais. Je courus à sa rencontre.

— Brian ! Je suis si contente de te voir !

Il ouvrit les bras, me serra contre lui.

— Salut, petit sorcière aux yeux verts ! Tu es splendide ! Je voulais passer plus tôt, mais j'ai été appelé au chevet d'une gamine qui a la rougeole, puis à celui d'un vieillard qui s'est pris le doigt dans un piège à rat ! Mais je n'ai cessé de penser à toi, de me creuser la cervelle pour trouver un prétexte valable de venir te retrouver. J'ai fini par y arriver.

— Quel besoin de prétexte ? protestai-je.

— Disons que je ne voulais pas avoir l'air de revenir uniquement pour te faire la cour. Alors j'ai trouvé une excellente excuse : te rends-tu compte que j'ai oublié de te montrer comment on allume une lampe à pétrole ? Je t'imaginais, le crépuscule venu, en train de te battre avec la mèche et le brûleur !

— C'est en effet une très belle excuse ! m'exclamai-je, un sourire en coin.

J'eus envie d'ajouter qu'il n'avait nul besoin d'excuse pour venir me faire un câlin, mais je me retins à temps, prise soudain de doutes et de découragement. Avais-je vraiment fait l'amour avec Brian, ou notre étreinte avait-elle, comme l'autre, été le fruit d'une influence maléfique ? Non, je balayai aussitôt cette pensée. J'avais vraiment désiré Brian, et Matthew Hay, lui, m'avait envoûtée. A cause de lui je ne voulais, en aucun cas, perdre Brian.

— Entre, lui dis-je.

Comme il me précédait à l'intérieur de la maison, ses yeux tombèrent sur Barnabé.

— Tu t'es déjà fait un ami ?

— C'est lui plutôt qui s'est imposé. Il est entré à l'improviste dans la cuisine et s'est installé en véritable propriétaire. En repartant, pourras-tu me déposer à l'épicerie ? J'ai besoin de provisions pour lui et pour moi aussi.

— Excellente idée. Je t'aiderai à faire tes emplettes. Ensuite, nous irons dîner quelque part sur la côte, dans un restaurant où tu pourras déguster du crabe, de la langouste ou autres fruits de mer. Après... Eh bien, nous verrons. J'espère que l'hôpital d'Arkham ne m'appellera pas pour une urgence, et que nous pourrons passer tranquillement la soirée ensemble.

Ne me faisant pas répéter deux fois l'invitation, je courus à l'étage chercher mon sac et me donner un coup de peigne. Aussitôt prête, je redescendis quatre à quatre l'escalier et refermai derrière moi la porte de la maison avec soulagement, heureuse de m'en évader quelques heures. Brian était déjà au volant de sa voiture. Je m'installai à son côté et nous partîmes sans attendre.

Dans le supermarché d'Arkham, tout en poussant le chariot parmi les étalages, en quête d'aliments susceptibles de se passer de réfrigérateur, il m'expliqua qu'il était né à Madison Corners, qu'il avait fait ses études à l'université de Miskatonic, puis avait rejoint l'École de Médecine de Boston après un bref passage dans l'armée.

— La plupart des jeunes médecins préfèrent s'installer dans les grandes villes, où la concurrence ne manque pourtant pas. Ils doivent alors se lancer dans une compétition féroce pour se faire une clientèle. Malgré ces énormes difficultés, tous mes camarades de promotion m'ont pris pour un cinglé quand je leur ai annoncé mon intention de devenir médecin de campagne. Il est vrai que Arkham est déjà relativement isolé, mais si tu connaissais les hameaux et les fermes perdus dans les terres jusqu'à Innsmouth, tu partagerais sans doute leur avis. On se croirait vraiment au bout du monde !

Les propos du chauffeur de car sur la région me revinrent en mémoire.

— Les gens sont-ils si sauvages par ici ? m'enquis-je, intriguée.

Il haussa les épaules.

— Oui et non. Évidemment la population locale présente parfois un curieux mélange : il y a des descendants de marins islandais, des pêcheurs portugais, quelques aventuriers venus de tous les ports de la planète, et bien sûr des paysans de souche. Générations après générations, les problèmes de consanguinité et d'inceste n'ont pas arrangé les choses et, comme partout en pareil cas, ont provoqué quelques dégénérescences. Innsmouth, qui était autrefois le plus grand port de pêche sur cette partie de la côte, a en fait périclité. Son industrie s'est déplacée ailleurs, la ville tombe en ruine, et la population évoluée a plié bagage depuis belle lurette. Il ne reste donc plus, pour ainsi dire, que des laissés-pour-compte. Cependant eux aussi tombent malades et, avant mon arrivée, il n'y avait hors d'Arkham que deux médecins dans toute la région : mon cousin James, qui va sur ses soixante-dix ans, et un vieillard sénile de Whateley's Crossing. Je n'ai jamais compris pourquoi on porte aux nues ceux qui passent leur vie à convertir les Biafrais ou les Indiens d'Amazonie aux méfaits de la civilisation, tout en traitant d'imbécile celui qui choisit de pratiquer la médecine dans les Appalaches ou ici, au fin fond de la Nouvelle-Angleterre.

Il me jeta un coup d'œil ironique.

— Alors, toi aussi tu penses que je suis cinglé ?

— Cinglé ou pas, tel que tu es, je te trouve formidable, murmurai-je en lui pressant le bras.

— Formidable, formidable... tu pousses le bouchon un peu loin, bougonna-t-il, les yeux baissés sur le chariot. Je fais mon boulot, c'est tout, et n'ai rien d'un héros.

Il releva la tête, un sourire aux lèvres.

— Je t'avoue d'ailleurs, ajouta-t-il, qu'avant ton arrivée, ma vie me semblait un peu monotone. Aussi ai-je la ferme intention de faire appel à ta compassion pour t'inciter à passer la majeure partie de ton temps en ma compagnie. J'ai besoin de réconfort et d'encouragement pour poursuivre ici mon œuvre humanitaire.

— Je m'y emploierai de mon mieux, monsieur, répondis-je sur le même ton, heureuse de son humour et de sa sincérité. Je pensais pourtant que dans cette campagne profonde, à l'abri des méfaits de la société moderne, se cachait, derrière chaque meule de foin, une jeune et peu farouche paysanne ?

— Là, ma chère Sara, tu t'illusionnes ! Ces demoiselles ne sont ni accortes ni très saines, tant au niveau mental qu'au niveau physique. Regarde ta tante Sara... Doit-on parler de simple superstition, ou de déviation à la limite de la folie ?

J'esquissai à mon tour un sourire.

— J'espère que la maison ne m'affectera pas comme elle.

— Ce n'est pas ce que je voulais dire. La branche des Latimer dont tu es issue échappe à la règle. Seuls ceux qui sont restés ici se sont dégradés au fil des générations ; ce que je te dis vaut aussi bien pour les Standish, les Marsh, les Whitfield ou les Hay. Je ne serais guère surpris d'ailleurs d'apprendre que les survivants s'adonnent de près ou de loin à des pratiques douteuses.

Je frémis, l'image de Matthew Hay venant de nouveau s'imposer à moi. Il était pourtant impossible d'évoquer cette rencontre. Comment réagirait Brian s'il apprenait que le pasteur m'avait hypnotisée au point de me forcer à me donner à lui sur les dalles de sa maudite église ?

Au coin d'une allée réservée aux conserves et aux confitures, nous entrâmes en collision avec un autre chariot. Son utilisateur leva les yeux, ficha son regard sur moi, et esquissa aussitôt un large sourire. Son expression de profonde surprise réveilla au fond de moi un pan entier de ma vie, que j'avais déjà presque oublié.

— Ça par exemple ! lança une voix familière. Mais c'est Sally Latimer !

Le professeur MacLaran était grand et mince. Malgré ses cheveux gris, sa démarche et son assurance confirmaient son extrême vigueur. Je n'étais, pour ma part, pas mécontente de retrouver un visage connu.

— Comment allez-vous, docteur ? m'exclamai-je en lui tendant la main.

— Un ami, Sara ? s'enquit Brian. Je croyais que vous ne connaissiez personne dans la région ?

— C'est pourtant la vérité. Mais excusez-moi... Colin MacLaran, permettez-moi de vous présenter le Docteur Brian Standish.

— Il me semble que Sara vous a également appelé « docteur », remarqua Brian en serrant la main du nouveau venu. Êtes-vous médecin ?

— Non, non, seulement docteur en philosophie, expliqua Colin MacLaran. Souvent les étudiants s'obstinent à donner du « docteur » à leurs professeurs, qu'ils le soient ou non, en Amérique du moins. Je ne crois pas que ce soit le cas en Europe.

— Mais que faites-vous dans ce coin perdu ?

— Je donne tous les ans des conférences sur les traditions populaires à l'université de Miskatonic pour la session d'été. Au fait, Sally, j'ai récemment rencontré Roderick dans une librairie de Berkeley. Il m'a dit que vous étiez rentrée chez vous pour vous occuper de votre mère. Est-ce exact ? Comment va-t-elle, Sally ?

— Elle est morte il y a quinze jours.

— Oh... mon Dieu, c'est affreux ! Je suis navré, fit Colin tout embarrassé. J'espère que le reste de votre famille va bien.

Je le mis au courant de mes deuils successifs, à sa grande consternation.

— Quel cauchemar, Sally ! Avez-vous d'autres parents par ici ? Je suis dans la région, vous le savez, pour des raisons strictement professionnelles, mais je dois avouer que je la trouve un peu déprimante.

— Ma famille en est originaire, répondis-je et je viens d'hériter d'une affreuse bicoque à Witch Hill, la maison hantée idéale pour tourner un film. L'endroit foisonne de curieuses traditions locales. Si le sujet vous intéresse, passez me voir un de ces jours. Peut-être aurez-vous vous-même quelques histoires passionnantes à me conter ?

— Pourquoi pas ? acquiesça Colin. Mais pour l'heure, il faut que je termine mes achats. Je vous laisse. Vous avez certainement mieux à faire que de perdre votre temps avec un vieillard dans mon genre. Witch Hill, dites-vous... N'est-ce pas près de Madison Corners ?

— Si, en effet. Vous y trouverez même une ancienne église, où certains autochtones pratiquent la religion « de l'Ancien Rite » à deux pas de chez moi. Je pense que cela peut vous intéresser.

— J'ai entendu parler de ces rites étranges, en effet, fit Colin, visiblement intrigué. Il serait intéressant d'en savoir un peu plus.

VI

Vieilles Connaissances

— J'AURAIS bien aimé bavarder davantage avec vous, dis-je, mais Brian doit repartir à l'instant à l'hôpital.

— Je comprends.

— J'en ai pour dix minutes à peine, intervint Brian. Pourquoi ne restez-vous pas ensemble pendant que j'y vais ? Ensuite, si vous voulez, nous...

Il hésita une fraction de seconde.

— Peut-être accepteriez-vous de dîner avec nous, professeur ?

— J'en serais ravi, s'empressa d'accepter Colin. Bien sûr, si je ne vous dérange pas. Sally pourra me faire d'intrigantes révélations sur sa maison hantée.

Il me décocha un clin d'œil complice. Malgré son ton désinvolte, je sentais qu'il était peut-être la seule personne au monde capable de déchiffrer l'énigme de mon héritage.

— Qui tient la bibliothèque pendant votre absence ? lui demandai-je pour changer de conversation. Claire est-elle restée à Berkeley ?

— Non, elle m'accompagne en tant qu'assistante. C'est Paul Frederick qui s'en occupe. Vous le connaissez, n'est-ce pas ?

— Oui, je crois. C'est un grand blond maigre comme un clou que tout le monde appelle Fredo ?

— C'est cela même. Il restaure des instruments de musique anciens, mais c'est une profession qui lui permet à peine de vivre. En plus, il vient de se marier. Lui et sa femme étaient ravis de pouvoir s'occuper de la bibliothèque pendant l'été. Mais je bavarde, je bavarde. Filez, Brian. C'est d'accord, nous vous rejoindrons devant l'hôpital et vous attendrons au parking. Je suppose qu'il n'y en a qu'un à Arkham, n'est-ce pas ?

— C'est non seulement le seul d'Arkham, répondit Brian en riant, mais le seul de toute cette partie de l'État ! Pour tout pépin dépassant une égratignure ou une morsure de chien, vous en êtes réduit à vous faire transporter en ambulance à Boston.

Il se pencha sur moi, effleura mon front d'un rapide baiser.

— A tout de suite, Sara... pardon, Sally.

— Merci. C'est vrai, je préfère Sally. Tout le monde ailleurs qu'ici me connaît seulement sous ce nom. Sara ressemble trop au portrait de ma grand-tante.

Colin et moi regardâmes Brian s'éloigner.

— Ce jeune homme a l'air très sympathique, remarqua-t-il malicieusement.

— Il l'est, répondis-je avec fougue.

— Si je puis me permettre, poursuivit-il, je le trouve, comment dire... beaucoup plus dans vos cordes que Roderick.

— Je le crois aussi, fis-je, gardant l'air le plus naturel possible, tout en me tournant pour prendre une boîte d'œufs sur l'étalage.

Ayant fait ensuite le plein de nourritures pour chat, je rejoignis Colin MacLaran à la caisse. Son chariot, presque vide, laissait présager la frugalité de son ordinaire. De mon côté, je songeai, non sans plaisir, qu'il serait bien agréable de cuisiner pour Brian de temps à autre.

Colin m'aida à charger mes provisions dans le coffre d'une Chevrolet de location.

— Où êtes-vous installé, docteur ?

— Dans une chambre d'hôte à la sortie d'Arkham. La maison se veut une sorte de monument historique. Enfin, l'endroit est propre, je dispose d'un réfrigérateur et d'une plaque chauffante qui me permettent de faire le peu de cuisine dont je suis capable.

La voiture démarra et quelques instants plus tard, nous nous garions dans le parking de l'hôpital d'Arkham.

— Avez-vous entendu parler d'un certain Matthew Hay ? lançai-je à tout hasard.

— Très peu. Je l'ai entr'aperçu et cela m'a suffi pour l'estimer un peu bizarre. Il se prétend, je crois, pasteur d'une église pour le moins spéciale, abritant sans doute une sorte de secte satanique, ou quelque chose d'approchant. Les églises dignes de ce nom ne se donnent plus la peine de maintenir des paroisses par ici, si l'on excepte l'église presbytérienne de Madison Corners qui, à mon avis, ne tiendra pas longtemps, vu l'absence de motivation de son pasteur. Pourquoi cette question, Sally ? Le connaissez-vous ?

— Il est venu me rendre visite en se présentant comme voisin. Il semblait, en outre, bien connaître Barnabé, mon chat. Figurez-vous qu'il a cru un instant, ou feint de croire, qu'il s'agissait du chat de ma tante Sara, morte depuis sept ans.

— Je vous l'ai dit : cet homme paraît étrange. Il ne s'est pas posé la question de savoir ce que serait devenu l'animal pendant tout ce temps ? A moins qu'il ne se soit imaginé qu'il avait ressuscité en votre honneur...

— Pour tout vous dire, je crois surtout qu'il s'est imaginé que j'étais en personne la réincarnation de mon aïeule. C'est fort désagréable, à tel point que j'ai moi-même, par instants, l'impression d'être effectivement habitée par son spectre. Croyez-vous que ce soit possible ? Non, n'est-ce pas ? Je me demande parfois si elle... si elle n'avait pas une vie dissolue.

Mes mots reflétaient fidèlement l'état de mes pensées, mais Colin éclata de rire.

— Difficile à dire, répondit-il avec entrain. Étant donné l'état de décrépitude où elle se trouvait les deux ou trois fois où je l'ai aperçue, je m'étonne que vous puissiez vous poser la question. Je suis seulement sûr d'une chose : si elle avait tenté de me faire de l'œil, j'aurais pris mes jambes à mon cou et couru sans me retourner jusqu'à Boston ! Bon, j'exagère un peu. Elle était, c'est vrai, bien conservée malgré tout, mais pas au point de m'inspirer des pensées coupables. Faites attention, Sally. Ne laissez pas ces lieux mettre à mal votre équilibre.

Pour un nouveau venu dans la région, Colin MacLaran me paraissait bien informé. Mais je me gardai bien de le lui dire.

— Mon conseil vaut aussi en ce qui concerne Matthew Hay, poursuivit-il. Ne le laissez pas vous harceler. Ce type me donne la chair de poule. Sa sœur, une certaine Judith Hay, avec qui il vit, a une réputation de succube à faire pâlir d'envie votre tante et toutes ses consœurs.

— Vous ne croyez pas que...

— Non, je ne sais rien au juste. Mais vous me dites que les Hay sont vos voisins, vous m'avez appris également que la maison de votre tante était étonnamment en bon état pour une maison fermée depuis sept ans. Ne se seraient-ils pas occupés de l'entretenir ? La vieille Judith Hay et Matthew en possèdent peut-être les clés. A votre place, je tirerais chaque soir les verrous intérieurs, juste par précaution, au cas où il leur prendrait l'envie de vous rendre une visite nocturne.

— Merci de ces conseils. Je ne manquerai pas de les suivre.

— Plutôt qu'un chat, c'est peut-être un chien de garde qu'il vous faudrait.

Colin avait raison. Je songeai à la chambre de ma tante où flottait une senteur aphrodisiaque qui stimulait irrépressiblement mes sens. Puis mes pensées revinrent sur Matthey Hay s'introduisant la nuit avec une clé donnée par la vieille Sara. Dès demain je demanderai au serrurier le plus proche de venir changer toutes les serrures. Avec un frisson angoissé, j'imaginais Matthew gravissant à pas de loup l'escalier pendant que je dormais dans les effluves érotiques du lit immense à baldaquin. Je le voyais quitter ses vêtements, approcher de mon lit, nu et lisse, les muscles souples et tendus à la fois, tel un fauve approchant de sa proie, se pencher silencieux sur mon corps inerte, son sexe énorme en érection, les yeux scintillants, ses grandes mains avides prêtes à me saisir...

Mais comment parler de tout cela à Colin, et a fortiori à Brian ?

Au moment même où je pensais à lui, effarée de constater que je ne parvenais pas à chasser de mon esprit cette vision qui m'obsédait, Brian, traversant le parking d'un pas rapide, se dirigeait vers nous.

— En principe, annonça-t-il, en se penchant joyeusement à la portière, je suis libre pour la soirée, j'espère même pour la nuit.

Il regagna alors sa voiture et Colin et moi entreprîmes de le suivre à distance, commentant au passage les vieilles maisons d'Arkham aux toits mansardés, d'autres d'époque victorienne à colombages, hérissées de tourelles pseudo-gothiques, l'église très ancienne, théâtre d'une mort inexplicable, celle de l'écrivain Robert Blake dont on avait découvert un soir le corps recroquevillé dans le beffroi, l'une de ses mains crispée sur une énigmatique pierre noire.

— Cette ville suinte l'abandon et la décadence, remarqua Colin. Tout est trop délabré, trop isolé. Comment s'étonner, dans ce décor et ce climat irrationnels, qu'elle soit propice aux affaires étranges, aux manifestations d'un autre âge ?

— Et moi qui imaginais la campagne comme un refuge à l'abri des violences et des tares des grandes cités !

— C'est en effet un leurre, une illusion, entretenus par l'ignorance de la plupart de nos concitoyens.

Brian, cependant, était arrivé devant le restaurant, et garait en douceur sa voiture.

— Quand je pense qu'il a décidé de s'installer ici, je me demande s'il a raison. Ne partagez-vous pas mon avis ?

— Rien n'est jamais fortuit, voulut me rassurer Colin. S'il n'y avait pas de médecin tel que lui, les choses seraient pires. L'équilibre du monde ne serait sans doute pas menacé pour autant s'il n'était pas là, mais je pense vraiment qu'il peut aider efficacement une population particulièrement défavorisée. Comme dit le dicton, tant qu'il y a de la vie, il y a de l'espoir. Avec lui subsiste dans la région un élément modérateur et rassurant. Je sais aussi qu'une infirmière remarquable l'assiste.

Nous sortîmes de voiture et rejoignîmes Brian sur le pas de la porte.

— Quelle est l'infirmière qui vous aide ? demandai-je à Brian, m'étonnant d'éprouver une pointe d'inquiétude.

Il me dévisagea d'un œil taquin.

— Joann Winters, répondit-il avec un sourire en coin. Une fille extra ! Je couche avec elle tous les samedis soirs. C'est vrai qu'il va falloir que je m'arrange pour te garder une petite place dans mon emploi du temps. Voyons, Sara ! Petit monstre aux yeux verts !

Serais-tu donc jalouse ? Allez, ne t'affole pas trop ! Joann Winters a quarante ans bien sonnés et trois grands enfants qui vont à l'Université. J'ajoute que c'est une fidèle très assidue de l'église baptiste, et que tu auras certainement l'occasion de la rencontrer si nous continuons à nous voir. Son mari est chirurgien à l'hôpital d'Arkham.

L'endroit était sympathique. Nous nous attablâmes dans un coin tranquille et je réalisai combien j'avais de la chance d'être en la compagnie d'hommes tels qu'eux deux. Avec Brian, je me sentais prête à passer ma vie entière dans une ferme isolée, perspective qui me parut en même temps insensée puisque je ne le connaissais que depuis vingt-quatre heures à peine. Envisager seulement de passer ma vie avec lui était tout simplement délirant.

« *La sorcière n'est pas ennemie de la luxure* »

Une fois encore, je dus chasser l'image de Matthew Hay.

« *La sorcière n'est pas ennemie de la luxure* »
« *Tu n'es pas ennemie de la luxure* »
« *Donc, tu es une sorcière.* »

Une faille énorme se présentait dans le syllogisme du pasteur : je n'avais rien d'une débauchée.

Mais, dans ce cas, pourquoi avais-je couché avec deux inconnus en moins de vingt-quatre heures ? Comment qualifiait-on ce type de comportement ?

Si Matthew Hay s'imaginait pouvoir m'enrôler dans sa secte satanique pour la simple raison qu'il avait abusé de moi, il allait connaître la surprise de sa vie. Et s'il essayait encore une fois, une seule fois de lever la main sur moi, je n'hésiterais pas, selon la méthode bien connue, à l'assommer à coups de poêle à frire ! Mon désir pour Brian, je le sentais, était absolument indépendant de la manière dont nous nous étions rencontrés. Peut-être la nuit, l'étrangeté des lieux, mon désarroi, la solitude, le grand lit à baldaquin, le parfum voluptueux de la chambre, peut-être tout cela avait-il contribué à nous prendre par surprise, à nous jeter au cou l'un de l'autre un peu plus tôt que prévu. Mais la chose se serait produite de toute façon, j'en avais la conviction. D'ailleurs, selon un dicton répandu à Berkeley, les amitiés les plus solides étaient souvent censées voir le jour au lit. Notre brutale étreinte nous avait rapprochés, Brian et moi, irrésistiblement. Et je souhaitais de toutes mes forces que cela continue. Le plus longtemps possible.

J'aimais Brian. Depuis la première seconde de notre rencontre, je l'aimais d'un amour vrai.

Au diable Sara, au diable Matthew Hay et sa secte maudite !

Même si, tout au fond de moi, une voix discrète ne manquait pas de me chuchoter que ce genre de résolution était plus facile à prendre dans un paisible restaurant que dans l'envoûtante demeure familiale, elle ne parvenait pas à briser mon espoir. Du moins, c'est ce que je m'efforçais de croire en regardant, assis de l'autre côté de la table, l'homme que j'aimais.

VII

Lueur dans le Cimetière

LE dîner fut charmant. L'auberge était désuète, les assiettes en vieille porcelaine, la lueur des lanternes bancales amicale et douce. La cuisine, délicieuse, était entièrement naturelle : nous dégustâmes un homard merveilleux, qui, quelques minutes plus tôt, s'agitait encore dans son bassin, après avoir choisi une soupe de poissons épicée à souhait et une salade verte si fraîche qu'elle craquait sous la dent. Un somptueux clafoutis aux pêches, recouvert d'une crème qui n'avait jamais connu l'emprisonnement d'un pot en plastique, vint couronner le tout. Nos agapes terminées, nous prîmes congé de Colin, et convînmes qu'ils passerait me voir quelques jours plus tard, peut-être avec son associée à la bibliothèque, Claire Moffatt, que j'avais connue en Californie et que je serais contente de revoir.

— Habite-t-elle dans la même maison que la vôtre ? demandai-je avant de le quitter.

Il me parut un peu embarrassé.

— Oh, non... Elle est installée chez des parents à Madison Corners. Bonne soirée à tous les deux !

Nous regardâmes sa voiture s'éloigner puis Brian se tourna vers moi, tout sourire.

— Je suis libre pour la soirée. Il faudra seulement que j'interroge de temps en temps mon répondeur à distance. Voilà les avantages de la profession : on a parfois un peu de temps pour soi.

— J'en prendrai mon parti, fis-je, aussi joyeusement que lui.

— Dis-moi, Sara, comment, de ton côté, envisages-tu l'avenir ? En parfaite femme libérée, tu voudrais, je suppose, un bon job assurant ton indépendance. Comment vois-tu les choses ?

— C'est difficile à dire. Ce dont je suis certaine, c'est que je souhaite me réaliser dans une profession artistique. Si je parviens à en vivre, tant mieux. Sinon, quel que soit le métier que je serai obligée d'exercer pour gagner ma vie, je continuerai à peindre, parce que la peinture est pour moi une seconde nature. Ce qui est aussi évident, c'est que j'approuve les mouvements féministes dans la mesure où je veux exister par moi-même, et pas seulement à travers un homme dont je serais le jouet ou la poupée. Je refuse d'être réduite à un simple objet sexuel.

Brian, souriant, me tapota le genou.

— Entre nous, Sara, une femme réduite à un simple objet sexuel risque de devenir très vite terriblement ennuyeuse. On ne passe pas toute sa vie au lit. Tu t'imagines les heures creuses entre-temps ! Sur ce point, je suis sûr que la plupart des hommes doués d'un minimum de jugeote approuvent dans ses grandes lignes le féminisme. Les matrones sont passées de mode, les belles plantes aux hanches ondulantes aussi. Oh, bien sûr, les hommes trouvent toujours plaisir à passer un moment avec une belle fille en jupe de satin moulant... Mais, à la longue, franchement, leurs cœurs penchent, pour la plupart, en faveur des femmes pour qui les parties de jambes en l'air ne sont pas l'unique préoccupation.

Cette petite profession de foi déguisée me mit évidemment du baume au cœur. Brian, à mots couverts, ne laissait-il pas entendre qu'il aspirait à une liaison durable ?

La voiture s'arrêta devant une grosse ferme trapue. Brian en descendit pour utiliser le téléphone et interroger son répondeur. Il revint peu après, l'air contrarié.

— Il faut que j'aille examiner un gosse. Sa mère redoute une infection de la gorge par streptocoque, même s'il s'agit plutôt, à mon avis, d'un de ces virus bénins qui disparaissent en vingt-quatre heures. Veux-tu que je te dépose chez toi, ou préfères-tu m'accompagner ?

— Je t'accompagne, répondis-je sans hésiter.

Si je n'avais aucune bonne raison de rentrer, je n'en manquais pas de repousser mon retour.

— Il faudra que nous fassions installer le téléphone chez toi, Sara. D'abord, je serai plus tranquille. Ta vieille aïeule Latimer s'en passait mais tu es jeune, toi et il faut que là-haut tu restes reliée au reste du monde en cas de problème. Ensuite...

Il fit une pause, esquissant un sourire.

— Ensuite, je compte bien, ou plutôt j'aimerais pouvoir passer quelques nuits chez toi... Or, un médecin de campagne ne peut rester longtemps coupé de son répondeur.

Il conclut sa tirade en me prenant la main, qu'il pressa dans la sienne.

La voiture progressait maintenant sur un chemin cahoteux auprès duquel la route de Witch Hill paraissait une véritable autoroute.

— Pourvu que les pneus résistent aux nids-de-poule !

— Ils en ont vu d'autres, plaisanta-t-il. C'est bien pire par temps de neige ou pendant les pluies de printemps, quand on s'embourbe. L'hiver dernier, j'ai renoncé à compter le nombre de fois où les fermiers sont venus avec leur tracteur ou leurs mules pour me tirer d'une congère ou d'une mare de boue. Cela dit, ils sont plus efficaces qu'un bataillon de dépanneuses et font tout ce qu'ils peuvent pour me remettre en piste, au cas où leurs enfants ou eux-mêmes auraient besoin de mes services !

Le crépuscule tombait lorsque nous nous arrêtâmes devant une ferme isolée. Brian me demanda d'attendre dans la voiture garée le long d'un bâtiment massif qui projetait une ombre indécise sur la cour. Des grenouilles coassaient dans la mare ; un hibou poussait dans le lointain son hululement sinistre.

Brian ne tarda pas à revenir.

— Le gamin n'a pas l'air en trop mauvais état, m'expliqua-t-il, mais il faudrait que j'examine mieux sa gorge. Or il n'y a même pas de lampe à pétrole dans la chambre et on n'y voit goutte. Heureusement, j'ai une torche puissante dans mon sac. Pourrais-tu me la tenir pendant que je lui fais un prélèvement ?

— Bien sûr, fis-je, sortant aussitôt de la voiture et le suivant jusque dans la cuisine, à peine éclairée par une maigre chandelle qui avait le plus grand mal à vaincre l'obscurité croissante.

Empruntant un couloir étroit, nous gagnâmes alors un minuscule réduit où était allongé, l'œil inquiet, sur un lit de fer grinçant, un petit garçon aux cheveux filasse.

— Tiens bien la torche, Sara, veux-tu, pour que j'examine cette jolie bouche. T'en fais pas, mon petit vieux, tu peux l'ouvrir sans crainte, je ne vais pas te faire mal. Je veux juste jeter un coup d'œil sur tes amygdales.

Le gamin s'exécuta en tremblant, nullement rassuré par la promesse, tandis que Brian explorait sa gorge à fond.

— Voilà, c'est terminé, murmura-t-il bientôt en se redressant. Tu vois, ce n'était pas terrible. Puisque tu as été raisonnable, tiens, voilà pour toi une superbe sucette rouge. Et maintenant, madame Fairfield, je voudrais que vous le laissiez encore au lit tout la journée de demain. Si la fièvre remonte, donnez-lui une de ces tablettes toutes les quatre heures, mais je pense que ce ne sera pas nécessaire. En revanche, si l'un de vos autres gosses commence à se plaindre de la gorge, passez-moi un coup de fil. Nous ferons dans ce cas des examens plus approfondis.

Abaissant le faisceau de la lampe électrique, dont la clarté m'avait légèrement éblouie, je m'aperçus que la maîtresse de maison, une jeune femme grande et noueuse, vêtue d'une blouse en coton imprimé et d'une salopette d'homme, me considérait fixement, lèvres béantes. Comme nos regards se croisaient, elle recula d'un pas, effrayée.

— Mais c'est la vieille mam'zelle Sara qui vient rôder autour des mes petits ! Docteur, vous le savez, cette femme est une sorcière ! Je ne veux pas d'elle chez moi ! Déguerpissez immédiatement. Vous et vos semblables n'ont rien à faire dans ma maison !

Brian s'interposa pour la calmer.

— Voyons, madame Fairfield... Annie !... C'est absurde ! Il y a longtemps que les sorcières n'existent plus. Ensuite, mademoiselle Latimer qui m'accompagne vient juste d'arriver hier de New York. Comment voudriez-vous l'avoir déjà rencontrée ?

— Docteur, riposta avec véhémence la fermière, vous en connaissez peut-être un rayon sur la médecine et les remèdes, mais je vis ici depuis plus longtemps que vous. Je suis pas idiote ! Vous n'allez tout de même pas me dire que ce n'est pas mam'zelle Sara que j'ai devant moi ! Si c'est pas elle, comment se fait-y donc qu'elle soye le portrait craché de la vieille diablesse de Witch Hill ?

— Mademoiselle Sara Latimer était ma grand-tante, intervins-je d'un ton posé. Elle est morte depuis des années, madame Fairfield. Je ne la connaissais pas. Je ne l'ai jamais vue.

Annie Fairfield me tourna résolument le dos pour s'adresser de nouveau à Brian.

— Docteur, vous savez aussi bien que moi que les sorcières Latimer, elles meurent point, elles reviennent, toujours pareilles ! P'têt' bien qu'elle peut vous rouler, mais elle me roulera pas, moi ! Alors emmenez-la loin d'ici et ne me la ramenez jamais. Faut que je pense à mes petits, moi, docteur.

Brian secoua la tête. Insister était inutile.

— Vous êtes ridicule, Annie, soupira-t-il simplement en refermant sa trousse.

Nous revînmes à la voiture. Dans la cour la nuit était tombée, et quand nous fîmes demi-tour, nous eûmes le temps d'apercevoir le visage hostile de la fermière collé à la vitre sale de la cuisine. Exaspéré, Brian démarra en trombe, et faillit emboutir la barrière au bout du chemin.

— Quelle idiote ! s'exclama-t-il, posant affectueusement sa main sur mon bras. Je suis désolé. Tu as maintenant une idée précise de la bêtise des gens par ici. Franchement, je croyais Annie Fairfield plus sensée. Depuis le temps que je la connais ! Enfin, j'espère que nous n'aurons pas à subir ce genre de réaction dans toutes les fermes de la région !

— Tu ne crois pas sérieusement que j'y attache de l'importance, n'est-ce pas ?

Au vrai, j'étais plus ébranlée que je ne voulais le paraître. Le fait d'être sans cesse confondue avec ma grand-tante m'inquiétait de plus en plus. Comment allais-je pouvoir vivre dans la région si cette réputation de sorcière continuait à me coller à la peau ? A en croire Matthew Hay d'ailleurs, cette réputation n'était pas volée, loin de là.

— Et puis, repris-je à haute voix, pourquoi m'inquiéter ? On ne pend plus personne aujourd'hui pour sorcellerie. Sinon, je serais probablement déjà en train de me balancer à la plus haute branche d'un arbre au sommet de Witch Hill... Oublions l'incident, Brian. Cette femme n'a pas toute sa tête ou bien elle est ignare. Toujours est-il qu'il est peut-être préférable pour ta réputation d'éviter désormais de te promener en compagnie de la sorcière locale.

La Volkswagen pila net au beau milieu de la route. Brian me prit les mains, visiblement contrarié.

— Mettons les choses au clair tout de suite, Sara, dit-il sans hausser le ton. Je gagne ma vie en exerçant ma profession de médecin, et je n'ai de compte à rendre à quiconque et surtout pas aux gens d'ici. Ils ont d'ailleurs bien plus besoin de moi que moi d'eux. Et s'ils s'imaginent que leur opinion peut modifier ma façon d'être, ou influencer le choix de mes relations, ils se trompent du tout au tout !

Je me glissai dans ses bras, touchée par sa tendre détermination. Ses lèvres prirent mes lèvres, ses mains se refermèrent sur mes seins. Brusquement, il s'écarta.

— Non, pas ici, je suis fou, murmura-t-il d'une voix sourde. Sara, je te ferai l'amour quand tu en auras vraiment envie. Ne pense pas une seconde que je veux profiter de ta solitude et de ton désarroi. Je vais te ramener chez toi, et si tu souhaites que je reste...

— Oui, Brian, je veux rester avec toi, coupai-je les larmes aux yeux, mais pas à la maison. Cette fois, je voudrais que ce soit... ailleurs. Pas sous l'influence de cette maison maudite, pas dans cette chambre !

« Je veux être sûre que c'est bien avec moi, et non avec ma tante Sara, que tu fais l'amour », pensai-je sans le lui dire.

Il remit le contact, puis se tourna vers moi.

— Je crois que tu te laisses un peu trop impressionner par le décor, Sara. Mais je comprends tout à fait ce que tu peux ressentir. De toute façon, je ne peux pas me permettre de passer une deuxième nuit loin du téléphone. Mon cousin James... S'il y avait au moins un hôtel sympathique à proximité, je t'y emmènerais. Mais, tu sais, mon cousin est sourd comme un pot, et il habite seul avec moi. Veux-tu passer la nuit chez nous ?

J'acquiesçai d'un signe de tête, et la Volkswagen reprit la route. A l'approche du hameau endormi de Madison Corners, je sentis monter en moi une flamme qui ne devrait rien aux onguents de tante Sara, ni aux hypothétiques influences d'une maison hantée. Dans quelques minutes, il n'y aurait plus que Brian et moi, et le désir qui nous unissait.

Parvenu devant une petite maison basse, Brian se rangea et coupa son moteur. Nous étions arrivés. Au rez-de-chaussée, un peu de lumière filtrait derrière les volets tirés des deux fenêtres.

— Le cousin est dans sa chambre, planté devant sa télévision, dit-il. Je vais le prévenir de mon retour, et lui demander de débrancher son téléphone. Il est complètement sourd, et met la sonnerie au maximum quand je ne suis pas là. Nous serons tranquilles. Ma chambre est à l'étage, et je pourrais, sans qu'il s'en aperçoive, faire monter un harem entier !

La demeure, construite il y a plus d'un siècle, était, dans son genre, aussi étonnante, du point de vue architectural, que celle de ma famille. Mais, à l'intérieur, flottait un mélange rassurant d'odeurs de pommes et de noix, de savon, d'encaustique, avec en prime de vagues émanations d'éther et de pharmacie qui provenaient de la porte entrouverte du cabinet médical. Brian me demanda de l'attendre deux secondes dans le hall et disparut dans le couloir. Sa voix s'éleva alors, martelant chaque mot de la manière caractéristique dont on use pour parler à un sourd. Puis il revint, souriant.

— Mon cousin retire souvent son appareil pour la nuit et a tendance à l'oublier. Il n'entend même pas quand on lui demande de le rebrancher. Il a fallu que je me montre à côté de la télévision pour attirer son attention !

Me désignant l'escalier, Brian me prit tendrement par le bras. Sur le palier de l'étage, il ouvrit la porte de sa chambre. Dans la pénombre, se devinait une vaste pièce, soigneusement rangée, occupée par un grand lit de fer forgé couvert d'un édredon au patchwork multicolore. Brian décrocha le téléphone posé sur la table de nuit et composa le numéro de l'hôpital.

— Ne me dérangez pas dans l'heure qui vient, sauf en cas d'extrême urgence, dit-il. Voyons..., il est onze heures et demie. Je rappellerai vers une heure du matin.

Il raccrocha, alla verrouiller la porte, revint vers moi et me prit dans ses bras pour m'embrasser. Ses mains glissèrent sur mon corsage.

— Je ne peux plus attendre, ma belle aux yeux verts.

Sans le quitter des yeux, je me débarrassai de mes sandales et fis glisser ma jupe le long de mes hanches. Me devinant bientôt nue dans l'ombre, debout sur la descente de lit, il attira mon corps contre le sien.

— Tu es à croquer, murmura-t-il à mon oreille d'une voix rauque, le souffle court. Allez, viens.

Il contourna le lit, alluma sur la table de nuit une petite lampe de chevet et s'arrêta soudain, découvrant, effaré, mon buste meurtri. Je suivis son regard fixé sur les multiples ecchymoses, preuves irréfutables de la brutalité de Matthew Hay.

— Mon Dieu ! s'exclama-t-il. Comment ai-je pu te faire de telles marques ?

Affolée, je cherchai une parade.

— Ce n'est rien, répliquai-je vivement, espérant que la faible lumière atténuait ma rougeur. C'est complètement stupide mais j'attrape des bleus pour un rien.

Mettant sur le compte de l'excitation amoureuse la confusion qui m'empourprait, Brian s'approcha de moi et, avec une infinie délicatesse, effleura ma peau meurtrie, autour des seins et des épaules.

— J'espère que cette fois, mon amour, je ne te laisserai pas de telles traces. Comment ai-je pu te marquer ainsi ?

Il secoua la tête, visiblement partagé entre la stupeur et l'incrédulité.

— Jamais je n'aurais pensé avoir été si violent, ma pauvre chérie ; une telle sensibilité aux chocs est parfois symptomatique d'un début d'anémie. Mieux vaudrait peut-être que je t'examine.

Le sentiment de culpabilité qui m'étreignait le cœur me fit réagir avec brusquerie.

— Non, docteur Standish. Ce soir, je ne suis pas une patiente. Pas maintenant en tout cas. Ce n'est ni l'heure, ni l'endroit et je te le répète, depuis que je suis petite fille, au moindre choc j'ai un bleu. Ne t'inquiète pas.

— A vos ordres, mademoiselle Latimer, ne pensons plus qu'à nous pour l'instant.

Il se pencha sur moi et, comme s'il cherchait à se faire pardonner, déposa des petits baisers rapides sur le chapelet de meurtrissures qui noircissaient ma peau, ses lèvres chaudes et tendres éveillant en moi une fièvre irrépressible. Ne voulant plus penser qu'à mon désir, je fermai les paupières, sentis les pointes de mes seins durcir sous la caresse agile et douce de ses doigts. Et pourtant, en cet instant, il m'était impossible de ne pas me haïr. Je faillis lui avouer toute la vérité, lui raconter l'horrible scène de l'autel satanique. Mais ne pouvant être sûre de sa réaction, je m'abstins de le faire. Je n'aurais pu supporter de voir le soupçon, le mépris, la raillerie cynique ternir son regard. Au pire, ne risquais-je pas de le blesser dangereusement, de le rendre jaloux d'un acte qui n'avait été qu'abomination. Avec l'énergie du désespoir, je l'attirai à moi. Ma bouche se referma sur la sienne et un baiser sauvage me fit perdre haleine.

— Brian ! m'écriai-je, à bout de souffle, j'ai envie de toi ! Viens, mon amour, viens !

Il me rendit mon baiser avec fougue, puis se redressa pour me contempler avec une moue amusée.

— Ne sois pas si pressée, chérie. Nous avons toute la nuit devant nous. Faisons durer le plaisir.

Ses lèvres affamées reprirent de plus belle leur investigation, s'attardèrent avec frénésie sur chaque parcelle de mon corps, sur mes seins, sur mon ventre, mes cuisses, mes genoux, mes chevilles. Il prit un pied dans sa main, l'autre, embrassa tour à tour chaque orteil. Quand enfin il se glissa en moi, ce fut avec une lenteur extrême, ponctuée de longues pauses et de baisers très doux mettant le feu à tous mes sens. Nos deux corps s'arc-boutèrent l'un contre l'autre en un va-et-vient de plus en plus frénétique, et bientôt notre extase fut aussi totale que passionnément partagée.

Nous restâmes longtemps étendus côte à côte, échangeant des mots tendres et d'interminables caresses. Puis, comme il fallait nous quitter, nous descendîmes à la cuisine et fîmes du café. Brian téléphona à l'hôpital, et me raccompagna chez moi. Sur le perron, avant de nous séparer, il me serra longuement dans ses bras, puis relâcha son étreinte à contrecœur.

— Si j'entre, murmura-t-il, je ne pourrai plus te quitter. Il faut que je parte, Sara. Cette nuit, normalement, j'étais de garde à l'hôpital. Dors bien, amour. J'espère que tu rêveras de moi. Nous nous verrons demain.

Sitôt que la nuit eut englouti l'ombre et le ronronnement de sa voiture, je sentis mon bonheur s'envoler. Je frissonnai. La porte d'entrée refermée, renonçant à allumer une lampe à pétrole, j'allumai ma torche électrique pour monter à l'étage. Les yeux perçants de Barnabé brillèrent dans un recoin sombre. Telles deux billes de feu en suspens attachées à mes pas, elles me suivirent jusqu'en haut de l'escalier. Dans la chambre, le chat gagna aussitôt le lit de ma grand-tante et se mit douillettement en boule. Avant de me coucher, je redescendis pour vérifier que tous les verrous étaient bien poussés. C'est alors, à l'instant même où ma main se posait sur la poignée de la porte extérieure de la cuisine, qu'un bruit étrange suspendit mon geste. Mon cœur fit un bond.

C'était, me sembla-t-il, un frôlement léger, un bruissement de pas étouffés. Mais d'où venaient-ils ? De l'intérieur de la maison ? De dehors ? Du cimetière ? Je remontai l'escalier quatre à quatre, non sans me cogner au passage à un meuble du salon plongé dans les ténèbres. De retour dans la chambre, j'éteignis ma lampe électrique et me précipitai à la fenêtre pour fouiller la nuit.

Le disque roux de la lune, scindé en deux par un lambeau de nuage, se découpait dans la nuit à l'horizon. Dans la demi-obscurité du cimetière, les pierres tombales, grandes taches blanchâtres de guingois contre la terre noire, semblaient en équilibre précaire. L'une d'elles me parut même soudain vaciller imperceptiblement. Une forme mouvante venait-elle de l'effleurer ? Je retins mon souffle. Indiscutablement venait de se produire sous mes yeux un autre mouvement, accompagné cette fois d'une lueur timide. Quelqu'un arpentait-il le cimetière, une chandelle à la main ? Matthew Hay était-il en train de m'épier dans l'ombre ? S'adonnait-il à quelque rite de profanation sur les tombes de nos ancêtres ? Ma porte était fermée à double tour, je n'avais rien à redouter. Si lui, ou l'un des siens, voulait errer parmi les morts, qu'il ne s'en prive pas... Mes facultés d'étonnement s'étaient considérablement émoussées ces dernières vingt-quatre heures !

Pourtant, malgré toute ma détermination, je ne parvenais pas à m'arracher de la fenêtre. Un long moment s'écoula encore, puis une seconde lueur vint rejoindre la première, si ténue elle aussi que j'en vins à me demander si elles existaient vraiment, ou si j'étais victime d'une imagination exacerbée. N'étaient-ce pas des vers luisants ou ces phosphorescences à peine perceptibles qu'on aperçoit parfois sur les vieux arbres ou les branches pourries ? Ce genre de phénomène pouvait en fait fort bien se produire sur des stèles de marbre humides et moussues...

Mais comme pour me désavouer, les lumières s'évanouirent subitement, et je parvins enfin à m'écarter de mes carreaux et à rejoindre mon lit où je me laissai tomber de tout mon long, en enfouissant ma tête sous l'oreiller. Avant de sombrer dans le sommeil, je me souviens m'être encore demandée si mon indésirable voisin se glissait nuitamment chez moi pour cueillir des herbes du jardin, certaines d'entre elles, disait-on, devant être cueillies lors du dernier quartier de lune pour être efficaces.

Mais tout cela, après tout, n'avait pas d'importance. Seuls comptaient pour moi, pour l'instant, le sommeil qui venait et la fourrure rassurante de Barnabé qui réchauffait ma main tremblante.

[illegible] enfin rencontrées ces cer[illegible] vingt-quatre heures ?

Pourtant, malgré toute ma détermination, je ne parvins jamais à m'arracher de la Ténèbre. En fait, [illegible] encore plus un secours [illegible] à [illegible] et cette évidence que j'en vins à me demander si elles existaient vraiment ou si j'étais victime d'une hallucination [illegible]. Ne s'agissait-il pas des vers luisants ou des champignons phosphorescents qu'on [illegible] parfois sur les troncs d'arbres ou les branches pourries ? Ce genre de phénomène pouvait en effet fort bien se produire sur des stèles de marbre humides et moussues...

Mais comme pour me détromper, les lucioles s'évanouirent subitement et je [illegible] enfin à [illegible] de [illegible] et à m'expliquer le mal dont je me laissai tomber de tout mon long, en enfouissant ma tête sous l'oreiller. Avant de sombrer dans le sommeil, je me souviens m'être encore demandé si mon indésirable voisin ne glissait pas justement chez moi pour cueillir des herbes de [illegible], certaines d'entre elles, disait-il, devant être cueillies lors du dernier quartier de lune pour être efficaces.

Mais tout cela, après tout, n'avait pas d'importance. Seuls comptaient pour moi, pour l'instant, le sommeil qui venait et la fourrure réchauffante de Bastet qui frôlait ma main tremblante.

VIII

Une Âme sœur

JE savais que je rêvais. Pourtant, les images qui défilaient sous mes paupières closes étaient empreintes de la réalité mystérieuse des souvenirs vécus.

J'étais en haut de la colline, au pied du chêne foudroyé. Un concert de voix hargneuses réclamait ma perte.

— Sara Latimer !

— Tuez-la ! Pendez la sorcière !

— Noyons-la !

Je portais une longue robe de serge brune dont les boutons fermés oppressaient ma poitrine. Quelqu'un m'avait noué un foulard blanc autour du cou. Deux hommes m'encadraient, mains crispées sur mes bras. Ils étaient affublés d'un costume noir à large col, d'un haut chapeau comme on en porte au carnaval.

Je tentai en vain d'accrocher leurs regards. Jethro Hay refusait obstinément de poser les yeux sur moi et je sentais ses doigts trembler sur ma chair. Maudit lâche ! Combien de fois nous étions-nous étreints à flanc de colline, laissant la brise nocturne jouer amoureusement sur nos corps nus et moites ! Comment osait-il maintenant singer l'honnête homme ?

Je jetai un regard méprisant sur les femmes agglutinées en contrebas. Était-ce ma faute si leurs mâles préféraient dormir avec moi plutôt qu'avec des épouses aux lèvres sèches, au cul osseux ? Renversant la tête en arrière, je partis d'un grand éclat de rire, clair et moqueur, qu'elles haïssaient toutes.

— Jethro ! lançai-je, pleine de défi. Prétends-tu toujours que tes crampes intestinales t'empêchent de rejoindre ta Ruth au lit chaque soir ? Sait-elle, ton épouse au long nez, que tu refuses de partager la couche de toute autre que moi ?

Le visage déformé par la rage, l'homme, évitant de me regarder en face, leva le bras et me gifla avec violence.

— La ferme, sorcière damnée !

Je sentis un mince filet de sang perler à la commissure de mes lèvres. A nouveau, j'éclatai de rire et me tournai vers son complice qui avait resserré son étreinte.

— Et toi, Preserved ? As-tu déjà oublié ce jour de Carême où tu m'as suppliée de te suivre au fond de ton verger ? As-tu oublié la façon dont tu as arraché mon châle en clamant que mes seins avaient la douceur et le parfum des pêches mûres ?

Preserved Whitfield fuyait lui aussi mes yeux. D'un geste brusque, il tira mes cheveux, arracha le foulard noué autour de mon cou et m'en bâillonna.

— Que nul n'écoute les mensonges de cette catin ! hurla-t-il, fou de rage et de honte.

D'une main, Jethro déchira le haut de ma robe. Me voyant nue jusqu'à la taille, la foule se mit à rugir de plus belle.

— Tuez-la ! Au bûcher !

— Mort à la sorcière !

— Elle a envoûté nos maris et nos fils !

— Lapidons-la !

Un fruit pourri s'écrasa sur mon front. Je tentai de me débattre en hurlant. Une douleur perçante m'entailla la joue..., j'ouvris les yeux.

Roulé sur ma poitrine, Barnabé jouait avec ma joue de sa patte aux griffes acérées. Je secouai la tête pour échapper définitivement à mon cauchemar, sans doute le calvaire enduré par la première Sara au pied de son gibet. On l'avait accusée de sorcellerie. Mais la sorcellerie d'autrefois était-elle autre chose qu'un prétexte commode, aux yeux d'une populace ignare et puritaine, pour se débarrasser de tous ceux qui menaçaient l'ordre social, et parmi eux, d'un certain type de femmes, plus indépendantes que les autres, qui ne craignaient pas d'assumer leur liberté sexuelle ?

Je me levai. Après m'être aspergé le visage, je descendis à la cuisine et préparai un copieux petit déjeuner pour moi et Barnabé, qui abandonna aussitôt la souris qu'il venait d'attraper. Une fois rassasiée, je gagnai mon atelier et passai la matinée à peindre fébrilement, sans m'arrêter. Pour la première fois depuis mon arrivée, j'avais l'impression de redevenir un peu moi-même.

J'interrompis mon travail autour de midi pour déjeuner d'un sandwich au thon que je partageai avec mon chat, puis retournai vite à l'atelier pour mettre à profit l'inspiration qui m'habitait.

En début d'après-midi, la sonnerie de l'entrée rompit le silence. Malgré mon vieux jean et ma chemise maculée de taches, je ne pris pas la peine de me changer. Oscillant entre l'agacement et la joie, je descendis l'escalier quatre à quatre. Sans doute Brian était-il parvenu à s'échapper plus tôt que prévu. Mon sourire s'évanouit sitôt que je reconnus Matthew Hay sur le perron, accompagné d'une blonde inconnue. Le pasteur devina sur-le-champ ma déception.

— J'espère que nous ne vous dérangeons pas trop, Sara, lança-t-il d'une voix mielleuse.

— Un peu. Je suis en plein travail, soupirai-je.

— J'insiste, car ce que nous avons à vous dire est important. Nous serions mieux à l'intérieur pour parler. Je ne tiens pas à ce que les voisins nous aperçoivent ensemble. Ils ne sont pas tous des nôtres, malheureusement.

Quels voisins ? Si l'on exceptait les vaches des Whitfield et les morts du cimetière abandonné, il n'y avait âme qui vive dans un rayon de plusieurs centaines de mètres. Mais résignée, sachant qu'il était impossible de me dérober, j'acquiesçai d'un mouvement de tête.

— Entrez.

Passant devant moi avec sa compagne, Matthew se rendit directement au salon avec l'assurance d'un propriétaire. Une fois devant la cheminée, il se retourna et me prit affectueusement la main.

— Chère Sara, déclara-t-il en souriant, je viens vous présenter Tabitha Whitfield... quoique, en réalité, il s'agisse plutôt de retrouvailles...

Tabitha, petite et mince, arborait une taille élancée et des seins menus qui dardaient leurs pointes sous un corsage transparent. Son teint rose et ses boucles blondes m'induisirent d'abord en erreur, et je crus avoir affaire à une adolescente. Mais en apercevant les rides qui ourlaient ses lèvres et ses mains, je me rendis compte qu'elle devait avoir la trentaine, peut-être même un peu plus. Cela dit, elle était fort jolie et une sensualité quasi animale émanait de tout son être.

Je les laissai s'asseoir, préférant quant à moi rester debout, sur la défensive. Il n'était pas question de laisser Matthew Hay reprendre son ascendant sur moi. Le regard clair et vif de Tabitha m'observa un moment, puis s'éleva vers le portrait de ma tante, au-dessus de la cheminée.

— La ressemblance est frappante, s'exclama-t-elle, rompant la première le silence. C'est extraordinaire ! Mais ça ne prouve pas que tu aies raison, Matthew.

— Je préférerais que sur ce point tu me laisses en juger par moi-même, répliqua-t-il froidement.

Leurs regards s'affrontèrent l'espace d'une seconde, révélant du même coup leur intimité sous-jacente, une complicité mutuelle ne pouvant s'obtenir qu'au terme d'une parfaite connaissance des faiblesses de l'autre. Manifestement ils étaient amants, même si cette appellation convenait assez mal au pasteur. Ce qui, en tout cas, était sûr, c'est qu'ils couchaient ensemble depuis longtemps et une vague de jalousie, aussi violente qu'inexplicable, déferla sur moi.

« Comment ose-t-elle usurper ma place ! Matthew m'obéit depuis vingt ans, depuis trois siècles ! Qu'il s'amuse çà et là en mon absence, passe encore, mais qu'il affiche effrontément une liaison suivie relève de la provocation ! Je vais lui montrer qui est sa vraie maîtresse ! »

Abasourdie, je secouai la tête pour chasser la réaction inepte qui venait de m'assaillir. Mais que m'arrivait-il ? L'empreinte de mon aïeule était-elle si puissante pour subjuguer ainsi mes pensées ?

— Sara, j'ai complètement oublié de vérifier hier un détail, avança le plus naturellement du monde Matthew. Portez-vous sur le corps des marques de naissance ?

— Vraiment ? railla avec une pointe de perfidie la jeune femme. Tu n'en as pas profité, alors qu'elle était nue dans tes bras, pour l'examiner sous toutes les coutures ?

— Assez ! m'écriai-je, indignée. Comment osez-vous l'un et l'autre...

— Voyons, Sara, reprenez-vous, susurra le pasteur imperturbable, il nous reste encore beaucoup à faire tous les deux. Ne perdons pas notre temps en considérations stériles. Je sais que vous avez un talent évident de comédienne, mais de là à jouer devant nous le grand numéro de la vertu outragée dépasse les limites du ridicule, surtout après ce qui s'est passé hier. Adonnez-vous à ces démonstrations tant qu'il vous plaira pour les non-initiés, comme votre jeune médecin, mais de grâce, épargnez vos amis véritables !

Faisant nonchalamment un pas vers moi, il caressa mon visage, déboutonna tranquillement ma chemise, la fit glisser sous mes épaules. Son doigt alors courut sur ma peau, s'arrêta sur un grain de beauté à la naissance du bras.

— Regarde, Tabitha, triompha-t-il. Es-tu convaincue maintenant ?

D'un geste brusque, je rajustai mon chemisier.

— Je vous interdis...

— Il suffit, Sara. Vos sursauts de pudeur ne nous intéressent pas. L'Esbat a lieu demain au crépuscule, le temps presse ! J'espère que d'ici là votre mémoire ancestrale vous sera revenue, mais ce n'est pas indispensable. Il s'agit avant tout d'une cérémonie d'accueil, de bienvenue. Si je vous ai amené Tabitha, c'est parce que... Au fait, la reconnaissez-vous ?

— Comment le pourrais-je ? ripostai-je, interloquée. Je ne l'ai jamais vue de ma vie !

— Vous voulez dire que vous ne l'avez jamais vue dans cette vie, corrigea Matthew avec patience. Sachez que Tabitha est des nôtres depuis des siècles, Sara. Tout comme vous...

Instinctivement mon regard se posa sur la jeune femme, puis revint sur mon tourmenteur. Je secouai la tête. Tous les deux étaient fous à lier ! D'une main tremblante, je reboutonnai ma chemise, me demandant si je ne vivais pas à nouveau un cauchemar. Pour ne pas perdre pied, j'essayai de me raccrocher au visage rassurant de Brian, à sa sérénité, à sa voix calme, à ses paroles sensées, mais ma mémoire semblait elle aussi se diluer, à tel point que ses traits peu à peu s'estompaient dans mon esprit, s'évanouissaient comme dans un brouillard.

— Tabitha, votre sœur au sein de la confrérie, poursuivit Matthew, occupait jusqu'à présent les fonctions de grande prêtresse. Mais puisque vous êtes de retour, elle vous rendra bien sûr, de très grand cœur, la place qui vous revient.

J'observai Tabitha à la dérobée ; son regard démentait formellement les assertions de son amant. Sans doute était-il maître en sorcellerie, mais il ne connaissait rien aux femmes. Sorcière ou non, Tabitha était femme avant tout, et son sourire affable masquait bien maladroitement les morsures de la jalousie.

Malgré moi, je me demandai un instant si cette jalousie concernait Matthew, ou bien simplement la crainte de perdre les pouvoirs qu'elle exerçait jusqu'à présent sur la confrérie. Mais le pasteur ne me laissa pas le temps d'approfondir mon interrogatoire ni celui d'envisager les avantages éventuels que je pourrais tirer de la situation.

— Il revient à Tabitha de vous rappeler tout ce que vous avez pu oublier pendant une si longue absence, poursuivit-il. Il est d'ailleurs des choses que seule une femme peut enseigner à une autre. J'espère sincèrement que vous vous aimerez comme deux sœurs. Voilà ! Je vous laisse à présent à vos retrouvailles.

Sur ces mots, il se pencha vers moi et m'embrassa brièvement les lèvres. Puis il se dirigea vers la porte, non sans avoir effleuré au passage la joue de Tabitha.

— Un instant, Matthew !

Il se retourna vers moi en souriant, l'œil luisant de malice, la tête légèrement inclinée.

— Vous prétendez que je suis la réincarnation de Sara Latimer, alors que vous savez parfaitement que c'est impossible, puisqu'elle est morte depuis sept ans.

Or j'ai moi-même vingt-trois ans. Qu'avez-vous à répondre ?

— Je t'avais dit qu'elle ne comprendrait pas, intervint Tabitha, avec une évidente satisfaction. Tu commets une erreur, Matthew !

Le pasteur, ignorant la remarque, se contenta de planter ses yeux dans les miens :

— Une sorcière ne meurt jamais, Sara Latimer. Elle revient, encore et toujours. Lorsque son enveloppe charnelle se dissout, la part immortelle de son être — son âme, si vous préférez — rejoint le corps d'une autre femme de sa famille. Vous appartenez à l'une des plus anciennes lignées de grandes prêtresses. Une génération sur deux environ, votre famille met au monde une fille porteuse des stigmates. C'est votre tour, Sara. A votre insu, depuis votre plus tendre enfance vous possédez des pouvoirs innés. A la mort de votre tante vous êtes devenue le réceptacle de sa mémoire ancestrale, et vous avez acquis le rang qu'elle occupait au sein de la confrérie. Ce transfert se déroule actuellement. Bien sûr, vous ne pouvez encore le percevoir totalement, mais les propos que vous m'avez tenus hier, vos actes devant l'autel noir, m'ont confirmé la réalité absolue de votre retour. La mémoire vous reviendra bientôt, Sara ! Alors, alors seulement, vous redeviendrez l'une des nôtres pour des siècles et des siècles, au-delà de la vie et de la mort.

Anéantie, incapable d'opposer la moindre résistance, je le regardai quitter la pièce à pas souples. Tabitha se leva, vint à moi en souriant, posa les mains sur mes épaules.

— N'ayez pas peur, Sara ! murmura-t-elle avec une gentillesse qui me surprit. Matthew et moi sommes tellement familiers de ces vérités et depuis si longtemps, qu'il nous arrive parfois d'oublier combien ces révélations peuvent engendrer de perturbations dans le cœur des profanes. Que puis-je dire, ou faire, pour vous aider ?

Je redressai le buste pour mieux scruter son visage.

— J'aurais juré que Sara n'était pas particulièrement votre amie, murmurai-je d'un ton soupçonneux.

— Ce n'est pas faux, mais je respecte mes vœux par-dessus tout, et j'ai fait le serment de vous accueillir en sœur dans notre confrérie. Et puis, vous me semblez si jeune, si vulnérable...

Amicalement, elle m'effleura le front du revers de la main.

— Vous n'avez rien à craindre, reprit-elle. Matthew peut par moments paraître odieux, effrayant, mais cela fait partie de son rôle. Tel que je le connais, il n'a pas dû prendre des gants pour vous attirer.

— Pas vraiment, avouai-je. Mais je me suis vite rendu compte de ce qui m'attendait.

— Il est comme les autres, ni plus ni moins, admit Tabitha avec une pointe de mépris. Bien sûr, je l'aime... Mais comme tous les hommes, il a un peu trop tendance à croire que sa virilité provocante résout tous les problèmes. Son énorme phallus n'autorise pas tout...

Croisant mon regard choqué, elle eut un sourire désarmant.

— Excusez-moi, murmura-t-elle. Je ne voulais pas être grossière. Mais Matthew se comporte parfois comme un authentique idiot !

Ses mains douces et troublantes montèrent jusqu'à mes seins, s'y attardèrent. Étonnée, je baissai les yeux. Elle les retira sans la moindre hâte.

— Je vous gêne ? Ils sont beaux... J'avais seulement envie de les caresser.

Comme la veille, lorsque Matthew s'était jeté sur moi, je ne pouvais que reconnaître que je n'arrivais pas à me sentir choquée.

« Par nature, la sorcière est débauchée. Elle prend son plaisir comme il vient... »

— Aimez-vous les femmes ? interrogeai-je.

— Parfois, répondit-elle avec un naturel confondant. Si vous n'avez rien contre, je suis prête. Je crois que nous pourrions nous donner l'une à l'autre beaucoup de plaisir.

Je laissai échapper un petit rire embarrassé. Près d'elle, je me sentais une vieille prude, moi qui pourtant avais fréquenté en Californie toutes sortes de milieux pour le moins libérés. Familière de la luxure, Tabitha, elle, semblait complètement étrangère à toute manifestation de pudeur.

— Non, pas maintenant, me forçai-je à dire d'un ton faussement dégagé, pour réduire au silence la petite voix intérieure qui me poussait à la tentation. Dites-moi, les sorcières boivent-elles du thé ?

Tabitha pouffa.

— Si vous n'avez pas d'alcool, va pour le thé ! C'est une excellente idée. Rien de tel que de boire à deux pour briser la glace... Quand Matthew m'a conduite ici, je m'attendais à ce que vous me haïssiez.

— La haine n'est pas mon fort, répondis-je en la précédant dans la cuisine. Vous n'avez rien contre le thé en sachet ? Je sais bien qu'un connaisseur pousserait les hauts cris, mais je trouve désagréables toutes ces petites feuilles au fond d'une tasse.

— Au diable les connaisseurs ! Moi aussi, je bois du thé en sachet. Si vous voulez mon avis, en refusant de se plier au joug d'un mâle ignorant et borné, les sorcières ont été les premières féministes de l'histoire. Prenez mes parents, par exemple. Ma mère a passé sa vie à laver la terre battue de la cuisine à quatre pattes, simplement parce que mon père avait une dent contre le linoléum. Chaque fois qu'elle se plaignait, il la rouait de coups en braillant qu'elle était là pour ça. A la mort de maman, j'ai réuni toutes mes économies pour faire poser le revêtement qu'elle souhaitait. En voyant la cuisine à son retour, mon père a piqué une rage folle, mais je lui ai tenu tête en lui disant que s'il s'avisait de le retirer, il laverait désormais le sol lui-même. Il a fini par céder. Je crois qu'il a choisi le moindre mal.

La bouilloire siffla. Je préparai le thé et en emplis deux tasses, tandis que Tabitha s'asseyait à la table.

— Voulez-vous du lait ? du sucre ?

— Non, merci, répondit-elle, portant la tasse à ses lèvres.

— Répondez-moi franchement, Tabitha, dis-je, m'asseyant à mon tour. Cette histoire de sorcellerie est une sorte de jeu pour vous, n'est-ce pas ?

Sans ciller, elle leva ses grands yeux sur moi.

— J'ai parfois cette impression, soupira-t-elle. Mais par moments j'avoue que je m'y investis tout entière, comme si c'était mon unique raison d'être.

— Comment une personne sensée peut-elle adhérer à des croyances si aberrantes ? Comment vient-on à la sorcellerie ?

— Vous n'avez jamais vécu dans cette région de Nouvelle-Angleterre, Sara. Voyons les choses en face. Quel avenir attend une femme d'ici ? Comme je vous le disais, je crois que la sorcellerie est née parce que certaines femmes ont voulu revendiquer leur dignité de personne, en refusant l'exploitation du monde patriarcal. Une femme qui ne se mariait pas signait son arrêt de mort sociale ; en se mariant, elle devenait l'esclave d'un homme. J'ai lu quelque part que le Massachusetts et la Nouvelle-Angleterre ont été les derniers États à lever l'interdiction du contrôle des naissances.

Je hochai la tête. N'était-il pas naturel que les femmes, pour échapper à la tyrannie des mâles, aient décidé de se servir de leurs superstitions ?

— Imaginez une malheureuse qui vient de mettre au monde sept enfants en six ans, poursuivit Tabitha. Ne trouveriez-vous pas normal qu'elle ait envie de voir son mari réduit à l'impuissance, au moins pour quelque temps ?

— Selon vous, la sorcellerie est une réaction contre cette emprise sexuelle ?

— C'est ce que je pense parfois. Pourtant, je constate souvent que c'est bien davantage. Vous comprendrez ce dont je parle après quelques Esbats. Même si je m'en explique librement, je sais au fond de moi que j'y suis attachée à jamais.

Je sentis un élan de compassion pour elle. Pour une fille intelligente et si libre d'esprit, la vie n'avait pas dû être facile dans le monde où elle avait grandi. Certes son père n'avait jamais abusé de son corps, mais il l'avait privée d'une liberté qui aurait pu lui permettre de bâtir une vie heureuse, en harmonie avec ses facultés intellectuelles.

— Pourquoi n'avez-vous jamais quitté le toit paternel, Tabitha ? Vous auriez pu trouver du travail dans n'importe quelle grande ville.

Elle haussa les épaules avec une moue triste.

— Chez moi, on a toujours pensé que les études ne servaient à rien pour les filles. Même ma mère était persuadée que je ne demandais qu'à me marier. Si je lui avais dit que ce n'était pas le cas, elle aurait eu autant de mal à me croire que si je lui avais raconté par le menu mes ébats avec Matthew dans son église. Bref, je me retrouve à trente-deux ans, sans formation ni bagage. Si je partais maintenant, que pourrais-je trouver ? Un emploi de serveuse ou de femme de ménage ? Alors, je préfère rester et continuer à tenir la maison de mon père. Au moins, quand il ne sera plus là, j'aurai une maison à moi sans être forcée d'épouser un paysan du coin. Me croirez-vous si je vous dis maintenant que la sorcellerie est devenue pour moi une évasion, une compensation dans mon existence ?

— Comment y êtes-vous venue ? interrogeai-je, ne pouvant résister à la curiosité profonde qui me taraudait.

— Je le dois en grande partie à votre tante Sara. Oh ! c'était une femme souvent odieuse par bien des côtés, mais son intelligence était vive. Chez nous, il n'y a jamais eu que deux livres, la Bible de famille et l'almanach. Votre tante m'a appris à penser par moi-même ; elle m'a prêté des livres, puis elle m'a introduit au sein de la confrérie. C'est elle qui m'a donné le courage, vers dix-sept ans, de renoncer à me rendre à l'office le dimanche. Ça n'a pas été sans mal, car mon père suit les préceptes de la religion protestante qui passe son temps à agiter la menace du Jugement dernier comme un épouvantail. La vieille Sara me faisait une peur bleue, mais je crois que je l'aimais à ma manière. Je lui dois beaucoup. Elle m'a appris la liberté, elle m'a appris à jouir de la vie et c'est ce que je fais, même dans un trou perdu comme Witch Hill.

Elle prit ma main posée sur la table.

— Après sa mort, conclut-elle, il m'a semblé normal et naturel d'assumer le rôle qu'elle jouait dans la confrérie. C'est pour cette raison que votre retour m'a contrariée et mise en colère.

A mon tour, je pressai sa main.

— Rassurez-vous, Tabitha, vous n'avez rien à craindre de ce côté. Je ne suis pas la réincarnation de Sara Latimer et n'ai nullement l'intention de devenir votre prêtresse. Quant à Matthew Hay, je vous l'abandonne volontiers. Il ne m'intéresse pas.

L'œil en coin, elle me décocha un regard sceptique.

— Vous dites ça maintenant, murmura-t-elle. Mais qu'en sera-t-il si vous retrouvez complètement votre mémoire ancestrale ? Matthew me l'a dit, certaines questions que vous lui avez posées montrent que vous en savez beaucoup plus sur nous que le plus informé des non-initiés.

— J'avoue n'avoir sur ce point aucune explication à vous donner...

Tabitha venait de marquer un point. Comment avais-je pu interroger le pasteur sur un masque rituel, sur une dague à manche noir ? Dans quelle profondeur de mon inconscient avais-je été puiser ces mots pour l'avertir, comme si, en lui prouvant que je savais son nom, je brandissais à son encontre la plus terrible des menaces ?

Je laissai échapper un soupir.

— Je ne peux m'expliquer davantage, repris-je, ce qui m'a irrésistiblement poussée dans ses bras... Je n'en avais pourtant aucune envie, je vous le jure. Tabitha, parlez-moi franchement, pensez-vous que j'aie été victime d'une hypnose pure et simple ?

Tabitha hésita quelques instants avant de me répondre.

— Peut-être, finit-elle par dire, que cette pulsion qui vous a dépassée ne se serait jamais produite si vous n'étiez pas revenue. Mais ce qui est fait est fait. Vous êtes revenue, il est trop tard. Matthew vous a prise, vous lui avez prouvé que vous aviez connaissance de nos rites. Une grande révélation chemine en vous. Que sera-ce après l'Esbat quand vous aurez reçu l'onguent rituel ?

Je voulus répondre, mais restai sans voix. De nouveau, me semblait-il, un voile noir s'abaissait lentement sur ma conscience, refoulait toutes mes résistances au plus profond de moi, faisait naître dans mon esprit des pensées inconnues. Prise par une force qu'il m'était impossible de combattre, je me levai, dominai de toute ma hauteur la blonde effrontée qui avait eu l'audace de ravir non seulement mon amant, mais la place qui était mienne à la tête de la confrérie ! Je voyais à présent Tabitha se dédoubler sous mes yeux : elle et moi-même étions restées assises de part et d'autre de la table, et en même temps nous nous étions levées face à face, dressées l'une contre l'autre.

— De quel droit oses-tu me questionner, Tabitha Whitfield ? grondai-je d'une voix qui n'était pas la mienne. Prends garde à toi. Moi aussi, je connais ton nom !

A ces mots Tabitha recula précipitamment, bousculant sa chaise au passage. Sa tasse de thé se répandit sur la nappe blanche.

— Sara...

Aussi subitement qu'il était tombé, mon voile noir sembla se retirer peu à peu. Mon cœur battait violemment. Étais-je en train de sombrer dans la folie ?

— Que s'est-il passé ? Tabitha... je... je ne comprends pas ce qui m'a prise. Peut-être vaudrait-il mieux que vous ne me posiez plus ce genre de question...

En moi montait une sourde angoisse. Encore une fois, je venais de basculer dans un gouffre, celui qui m'avait entraînée à céder sans aucune résistance à Brian, puis à offrir mon corps à Matthew Hay au pied de son infâme autel. Effarée, j'enfouis mon visage dans mes mains.

— Mon Dieu, comme je déteste cet endroit ! Tabitha, je vous en prie, aidez-moi ! Que dois-je faire ? Si je reste, je vais perdre la raison... Mais où aller ?

Tabitha contourna la table et me prit doucement dans ses bras.

— Quoi qu'il arrive, murmura-t-elle avec tendresse, n'oubliez pas que je vous aime.

— Mais je ne pourrai jamais vivre ici en dehors de votre église, me libérer de l'influence de ma tante...

Elle secoua la tête.

— Non, Sara, il est trop tard. Je crois que vous êtes déjà allée trop loin. D'ailleurs, Matthew ne le permettrait pas. A votre place, je ne me dresserais pas contre lui. Vous n'en avez pas pour l'instant la force. Peut-être la trouverez-vous plus tard quand vous serez redevenue ce que vous êtes vraiment. Mais alors, vous ne souhaiterez plus partir...

Un vertige me prit. D'une main tremblante, je portai la tasse à mes lèvres et bus une gorgée de thé froid.

— J'ai promis à Matthew de me charger de votre initiation, reprit Tabitha. Je vous montrerai l'usage de l'onguent rituel, je vous montrerai aussi...

— Non ! Non ! Je ne veux pas !

— Mais j'ai promis, Sara...

Des coups frappés à la porte de la cuisine interrompirent notre dialogue. Tabitha eut aussitôt un mouvement de recul.

— Je préfère ne pas être vue par les voisins, chuchota-t-elle en se glissant dans le couloir.

J'hésitai quelques instants puis me dirigeai vers la porte pour ouvrir. Un homme d'âge mûr, mal rasé, aux traits épais, à la silhouette massive, me faisait face. La première seconde de surprise passée, je reconnus Jeb Meyers, le chauffeur de la camionnette de Madison Corners.

— J'vous livre votre bonbonne de gaz, m'dame, marmonna-t-il, portant, en guise de salut, un index crasseux à son front. L'épicier de Madison Corners m'a dit que vous en aviez besoin. M'a dit, aussi, de venir vous la brancher, des fois que vous sauriez pas comment on fait ce truc-là.

Brutalement ramenée à la réalité des choses, je me contentai de hocher affirmativement la tête.

— J'vais vous chercher ça dans mon bahut. C'est ici dehors que ça se branche, juste sous la fenêtre de la cuisine. Pas la peine de payer aujourd'hui, les Latimer ont toujours eu un compte chez l'épicier, y'a pas de raison que ça change... La douloureuse tombe le premier du mois, aussi sûr que deux et deux font quatre.

Tandis qu'il s'éloignait en roulant des épaules, je songeai pour me consoler qu'il y avait au moins un avantage à appartenir à une famille connue dans la région : on me faisait crédit ! Avec un peu de chance, mes maigres économies me permettraient peut-être de tenir jusqu'au règlement de mes aquarelles sans qu'il soit nécessaire de vendre des meubles.

— Peut-être feriez-vous mieux de voir comment il s'y prend, me glissa Tabitha, toujours cachée dans le couloir. Ça peut toujours servir.

Elle avait raison. En ville, l'électricité, le gaz et le chauffage m'avaient toujours paru couler de source. Mais ici... Je sortis donc. Jeb Meyers revenait, poussant la bonbonne sur un petit chariot qu'il fit rouler jusqu'à la plate-forme aménagée sous les volets de la cuisine et protégée par un petit toit en tôle ondulée. L'extrémité d'un tuyau de cuivre, relié à l'intérieur de la maison par un trou percé dans le mur, était visible. En quelques gestes rapides, Jeb brancha la bouteille neuve et replaça l'ancienne sur son chariot.

— L'était presque vide, se borna-t-il à remarquer. M'est avis qu'y avait plus là-dedans de quoi se faire cuire un œuf. Voilà, m'dame... Ça vous durera un bon mois, sauf si vous tirez beaucoup sur le four.

Fascinée, j'observai ses mains carrées et expertes qui s'affairaient autour du robinet métallique pour vérifier que le branchement était correct. Mes idées se brouillèrent. Comme si un démon malin prenait plaisir à aiguillonner mes sens, je me trouvais à nouveau en flagrant délit de concupiscence. J'imaginais ces mains calleuses sur mes seins, sur mon corps nu. Jeb Meyers semblait si fort, si membré, si animal... Dans ses bras, devait se retrouver la jouissance de l'étreinte primordiale, la force éternelle poussant le mâle et la femelle l'un vers l'autre... Je sentis ses petits yeux porcins posés sur moi avec insistance, glissant avidement sur chaque courbe de mon corps.

Lisait-il donc dans mes pensées ?

— Puisque vous êtes de retour, mam'zelle Sara, vous voulez peut-être qu'on reste un peu ensemble, comme autrefois au bon vieux temps ?

J'avalais ma salive. Était-il des leurs, lui aussi ? Une flambée de désir bouillonnait dans mes veines... Je voyais déjà ses mains arracher mon corsage, son visage râpeux s'enfouir dans mon cou, son corps à l'odeur de terre se plaquer au mien...

Dans un effort douloureux, je parvins cependant in extremis à refouler en moi les vils instincts qui me rongeaient. Non, je n'avais pas le droit de me laisser aller ainsi. Rassemblant toutes mes forces, je bravai son regard.

— Je ne vois vraiment pas ce que vous voulez dire, monsieur Meyers, lâchai-je, cinglante. Votre travail est terminé. Plus rien ne vous retient ici.

D'un seul coup, son air lubrique céda la place à une sorte de soumission respectueuse.

— C'est vous qui commandez, mam'zelle Sara ! J'croyais seulement que vous vouliez comme autrefois... grogna-t-il en tournant le dos. J' m'en vais. A plus tard...

Puis il s'éloigna, tirant son chariot vers la camionnette.

J'attendis que celle-ci eût démarré pour regagner la maison, le corps encore frissonnant. Mais pour la première fois, j'avais résisté à l'impérieuse tentation. Moi-même et non ma tante, avait eu le dernier mot.

En rentrant dans la cuisine, je cherchai Tabitha du regard, impatiente de lui conter ce qui venait de se passer. Je ne la trouvai nulle part. Sans doute était-elle ressortie par la porte principale.

Tabitha Whitfield... La ferme de son père se trouvait en contrebas sur la route qui menait à l'arrêt d'autocar. C'était celle où Matthew Hay m'avait recommandé d'acheter œufs, fruits et légumes. Peut-être, si je décidais de rester à l'écart de la confrérie, vaudrait-il mieux que j'aille m'approvisionner ailleurs.

Songeuse, je remontai à l'étage. Sur le seuil de la chambre, je m'arrêtai net, apercevant Tabitha assise sur le lit à baldaquin. Elle avait ôté ses chaussures et se contemplait dans le miroir incliné de la coiffeuse.

— Pourquoi ne pas l'avoir fait monter ? demanda-t-elle, découvrant mon reflet dans la glace. Jeb est un vrai mâle, il a tout ce qu'il faut pour combler deux femmes à la fois !

Ma stupeur était telle que je ne pus trouver aucune réponse. Je me contentai de la fixer en gardant le silence.

— Allons, petite Sara, railla-t-elle avec impatience, ne soyez pas stupide ! Puisque vous le voulez, soyez tranquille, je ne vais pas vous bousculer. L'Esbat n'a lieu que demain soir. Je peux encore attendre.

Souriante, elle se leva et vint à moi.

— Je suis désolée, mon petit chat. Il faut que vous compreniez... Inconsciemment, je crois toujours que vous allez vous comporter comme l'une des nôtres, mais vous êtes tellement déconcertante ! J'ai horreur des fausses réticences..., encore moins des excuses. Mais vous n'avez pas à m'en faire. Je ne vous en veux absolument pas. Je le devrais sans doute, mais je n'y parviens pas.

Elle se pencha sur la coiffeuse, tendit la main vers le flacon de porcelaine que j'avais ouvert la veille avec Brian.

— Je vois que vous connaissez déjà l'onguent de Vénus, dit-elle, en flairant le flacon sans me quitter des yeux. Même s'il n'est pas très puissant, il favorise tout de même les épanchements.

Comme elle continuait à me dévisager avec insistance, elle dévissa lentement le bouchon, laissant s'échapper dans la pièce le troublant parfum. Mal à l'aise, je reculai d'un pas.

— S'agit-il de l'onguent rituel dont vous m'avez parlé tout à l'heure ? demandai-je d'une voix mal assurée.

Son regard se ficha sur moi.

— Non, celui-ci n'est qu'un hors-d'œuvre. Auriez-vous vraiment oublié ce qu'est l'onguent rituel ? N'avez-vous aucun souvenir de son pouvoir ?

— Comment pourrais-je l'avoir oublié puisque je ne l'ai jamais su ? ripostai-je, sentant pourtant s'effondrer toutes mes résolutions. Tenez-vous vraiment à jouer avec ceci ? hasardai-je encore, voyant Tabitha humecter ses tempes et ses poignets. L'autre nuit, j'ai eu l'impression qu'il pouvait être passablement dangereux...

Le parfum cependant me montait à la tête, éveillait en moi un flot de réminiscences troublantes. Dans le miroir, j'aperçus Tabitha qui éclatait de rire.

— Dangereux ? Mais non ! Pas celui-ci, Sara. L'onguent rituel, lui, peut conduire à certains excès si l'on dépasse la dose. Je crois même que parfois il peut être mortel, quoiqu'il n'ait, à ma connaissance, tué personne depuis des années. Avec celui-ci, vous ne risquez rien. C'est un simple jeu, un allié bienvenu. Voulez-vous jouer avec moi ? Ce serait sûrement le plus doux et inoffensif moyen de vous initier. Je me demande d'ailleurs si ce n'est pas ce que Matthew avait en tête en nous laissant seule à seule.

L'insidieuse musique de ses paroles s'insinuait en moi tel un poison inexorable. D'avance, j'acceptais ma défaite avec une résignation mêlée curieusement d'impatience. Mon esprit avait de plus en plus de mal à se défendre contre les souvenirs, les émotions et les fantasmes qui déferlaient sur moi comme la marée montante. A présent, le reflet vacillant de ma compagne dans le miroir paraissait à la fois beaucoup plus jeune et beaucoup plus âgé. J'allai vers elle. D'une main hésitante, je glissai un doigt dans le flacon, saisis une noisette d'onguent verdâtre, l'appliquai à la naissance de mon cou.

— Laissez-moi vous aider, chuchota Tabitha à mon oreille, dégageant un à un les boutons de ma chemise.

Sur ma peau nue, le baume diffusait une fraîcheur bienfaisante et parfumée. Comme les doigts de mon amie étaient agiles, curieux et tendres ! Ils finirent par s'attarder sur une sombre ecchymose qui marquait mon sein gauche.

— Matthew est une brute, bredouilla-t-elle. Mais j'aime ça... Regardez.

Elle ôta son corsage d'un geste souple. Plusieurs traces de morsure marquaient son épaule. J'y fis glisser mon doigt avec un singulier mélange d'horreur et de plaisir.

— Dommage que Matthew ne soit pas resté avec nous, fit-elle encore. Mais cela n'a finalement pas d'importance. Je sens que nous allons nous comprendre si bien toutes les deux.

Lentement elle fit glisser son jean sur ses hanches. Je vis qu'elle ne portait rien en dessous. Nue, elle me parut plus frêle encore, presque une enfant. Un élan de compassion m'envahit, bien vite chassé par son sourire pervers, très éloigné de l'innocence, ses grands yeux bleus luisant avec l'intensité féline entr'aperçue parfois dans ceux de Barnabé.

L'aphrodisiaque commençant à produire pleinement ses effets, nos corps, comme s'ils se connaissaient depuis toujours, se rejoignirent joyeusement, la poitrine durcie de Tabitha frôlant délicieusement la mienne. Éclatant soudain d'un rire sauvage, elle m'attira alors jusqu'au grand lit.

De tous les événements qui intervinrent lors de cet été fou, l'heure que je passai avec elle dans le lit à baldaquin de ma grand-tante est celle dont je garde le plus troublant souvenir. Pour tout le reste, je parvins à trouver une explication, voire une excuse. Pour celle-ci, jamais je ne pus ressentir le moindre remords. Avec le recul, il m'est même impossible d'accuser l'onguent aphrodisiaque. Je l'avais déjà expérimenté avec Brian, et ne pouvais donc ignorer son effet. J'aurais pu refuser de l'utiliser et, pourtant, lorsqu'elle m'avait attirée sur le lit, je l'avais enlacée avec un mélange d'étonnement et de tendresse, m'émerveillant de découvrir une telle explosion de désir quand ses lèvres s'étaient entrouvertes sous les miennes.

Pour la première fois de ma vie — pourquoi le nier ? —, le contact soyeux d'une autre femme sur ma peau avait été pour moi un plaisir méconnu et incomparable. Je frémis encore en repensant à ces instants.

Les mains de velours de Tabitha, longues et fines, effleurèrent ma poitrine et nous restâmes longtemps à nous mêler l'une à l'autre. Tabitha, consciente de mon inexpérience, prit l'initiative en me repoussant sur l'édredon. D'une pression de son genou, elle entrouvrit mes cuisses et se plaqua contre moi, répandant sur mon visage, mon cou et mes épaules un chapelet de baisers brûlants. Sa main avide glissa sur mon ventre, trouva mon entrejambe, s'y attarda longuement pour stimuler ma jouissance. Le bassin secoué de soubresauts de plus en plus violents, je répondis avec ardeur à ses assauts experts et sans pitié. Et lorsque, haletante, elle me vit prête à me pâmer, elle ralentit soudain ses explorations, attendit que mon souffle s'apaise. Puis elle recommença de plus belle.

Cette fois, je ne me contentai plus d'être passive. Mes mains remontèrent le long de ses hanches jusqu'à la douce moiteur de sa toison. J'étais sous l'emprise d'une mystérieuse dualité ; j'étais à la fois moi-même et une autre. Sous l'action de mes doigts fébriles, Tabitha se mordait les lèvres, poussait des petits grognements de plaisir qui décuplaient mon audace et mon propre désir. Heureuse, je voulais désormais lui arracher d'autres cris, encore d'autres, toujours d'autres, jouant de tout son corps comme d'une harpe docile et harmonieuse. La moindre de ses réactions, le plus petit de ses gémissements suscitaient en moi un écho identique, comme si nos sens, à l'unisson, s'entrecroisaient en mille connexions chaleureuses et complices. Arc-boutées l'une contre l'autre, soupirant et criant ensemble, nous parvînmes d'un même élan au comble de la félicité, et Tabitha s'écroula brisée à mes côtés. Reprenant quant à moi peu à peu mes esprits, je promenai alors un regard humide sur la pièce. J'aperçus dans le grand miroir le reflet vague de nos corps étendus côte à côte dans une cascade de cheveux roux et blonds. Les yeux de Tabitha étaient immenses, dilatés par la volupté. Soudain, elle rampa de nouveau sur moi, m'envahit toute, poussa un gémissement affamé.

— Assez joué..., ordonna-t-elle, entrelaçant de toute sa force ses cuisses aux miennes. Viens, Sara ! Viens... !

Nous repartîmes alors dans un va-et-vient frénétique, emportées toutes deux dans un final syncopé, entrecoupé de soupirs et de cris. Puis vint, de tout au fond de moi, l'ultime vague libératrice, le déferlement bienfaiteur qui me transportèrent, au-delà de moi-même, aux limites extrêmes de la béatitude et de l'évanouissement.

Tabitha, qui paraissait avoir partagé mon bonheur, se redressa lentement, écarta de son front une mèche rebelle qui cachait son visage. Assise sur le lit, souriante, elle me regarda longuement, laissa échapper un soupir de bien-être.

Confuse et émerveillée à la fois, je pouffai de rire.

— Je t'avais dit qu'on serait bien ensemble, s'esclaffa-t-elle à son tour, complice et tendre. Rien de tel pour se mettre en train par un bel après-midi d'été, tu ne trouves pas ? Mon petit doigt m'avait tout de suite prédit notre connivence...

Nous nous rhabillâmes gaiement. Je l'aidai à boutonner son corsage ; elle peigna ma chevelure en s'asseyant près de moi devant la coiffeuse.

— Il faut que je t'avoue encore quelque chose, reprit-elle après un long silence. Je tiens à rester ton amie, Sara, je suis ton amie, tu le sais maintenant. Mais, je t'en prie, ne t'oppose surtout pas à Matthew. Si tu le fais, je ne pourrai pas te défendre. Voilà. Pour le reste... je ne souhaite pas te voir souffrir. Tout ira bien, tu verras, si la mémoire ancestrale te revient à temps. Sinon...

— Tabitha, l'interrompis-je, dis-moi la vérité : crois-tu vraiment à toutes ces histoires ? Crois-tu vraiment à l'immortalité des sorcières ?

— Comment pourrais-je ne pas le croire ? Je t'ai vue de mes yeux, Sara. Tout à l'heure, en bas devant la cheminée, la sorcière qui est en toi m'est apparue pendant quelques secondes. Tu sais que je dis vrai, n'est-ce pas ? Si elle revient définitivement, tu retrouveras tes pouvoirs, tu pourras lutter avec Matthew à armes égales. La seule chose qui m'inquiète, c'est qu'elle ne reprenne pas totalement possession de ton corps et de ton esprit. Sais-tu comment se déroule l'Esbat ? Sais-tu ce qu'on attend de toi ?

— Non, je l'ignore. D'ailleurs, ça ne m'intéresse pas. J'ai décidé de ne pas m'y rendre.

— Que feras-tu si Matthew t'y oblige ? Réponds-moi !

— Je n'irai pas, te dis-je, je ne me mêlerai en rien à des pratiques qui m'indiffèrent et ne me concernent pas. Je resterai tranquillement ici, à lire ou à peindre.

A ces mots, Tabitha se leva, esquissa une moue dubitative.

— Quoi qu'il arrive, ajouta-t-elle cependant, je te souhaite bonne chance ! Tu risques d'en avoir besoin. Tu n'es pas la première à vouloir éviter un Esbat. Personne, pourtant, n'a jamais pu s'y soustraire, Sara. Tu y seras. Si d'ici là ta mémoire te faisait défaut, il n'est pas impossible qu'on me demande encore de te faciliter les choses...

— Je ne veux pas en entendre davantage, Tabitha, je t'en prie, suppliai-je en l'embrassant. Il faut que tu partes maintenant. Je suis toujours ton amie, mais je ne désire pas être mêlée à vos histoires. Oublions tout cela, veux-tu ?

— Comme tu voudras, finit-elle par répondre, après un temps d'hésitation. J'espère seulement que tu n'oublieras pas que je t'ai prévenue.

IX

La Confrérie

APRÈS la tension fiévreuse de ces dernières heures, tout parut s'apaiser un peu et reprendre un rythme plus normal. J'en vins même à me demander si les événements chaotiques qui s'étaient succédé depuis mon arrivée n'étaient pas en fait consécutifs à mon état nerveux et aux débordements d'une imagination excessive. Brian, dans la soirée, vint me chercher et nous sortîmes dîner. Bien décidée à le séduire, j'avais, en son honneur, passé une robe « très mode » achetée récemment à New York. Tant pis si les fermiers du coin y trouvaient à redire, qu'ils aillent au diable ! Comme nous passions, sur la route d'Arkham, devant la ferme Whitfield, j'aperçus Tabitha qui se dirigeait vers l'étable, un seau à la main. Je lui fis un petit signe du bras, tout en pensant qu'avec un peu de chance, je parviendrais à la convaincre de quitter Witch Hill avant que je ne parte moi-même. Boston, Providence, ou New York seraient, de toute façon, une solution meilleure pour elle. Prisonnière d'un père ignare, esclave d'un pénible labeur à la ferme, il n'était pas très étonnant qu'elle cherche refuge dans un culte sachant abuser à merveille de la crédulité et de la détresse humaines.

Brian surprit mon geste.

— Tu connais Tabitha ?

— Elle est venue cet après-midi en voisine me souhaiter la bienvenue... parvins-je à répondre, m'efforçant de ne pas trop rougir.

— Ah ! c'est vrai, elle était, je crois, la protégée de ta défunte tante ; les Latimer et les Whitfield se fréquentent depuis des siècles. Je connais à peine cette fille et ne tiens guère à développer mes relations avec elle. Elle n'est pas très farouche et prend un malin plaisir à laisser entendre qu'elle accueillerait favorablement les avances du jeune médecin venu de la ville... Elle peut attendre longtemps. Je n'éprouve pas beaucoup d'attirance pour la maîtresse de Mr Matthew Hay.

Cette confidence, évidemment, mit définitivement un terme à mes dernières hésitations quant à l'opportunité de lui avouer ce qui s'était passé avec Matthew. Elle me dissuada également de lui parler de la réincarnation dont j'étais soi-disant l'objet...

Comme d'habitude, la soirée avec lui passa trop vite à mon gré. Sa présence me faisait oublier ce que je voulais fuir. Ses bras chaleureux, sa présence bienfaisante apaisaient mes doutes, calmaient mes craintes et mes appréhensions. En me quittant, il me promit spontanément de me consacrer tous ses instants de liberté dorénavant.

Le lendemain matin, je me remis à mon chevalet. La première série d'illustrations était quasiment achevée, lorsque le tintement de la sonnette me força à descendre. Matthew Hay, ténébreux et enjoué, se tenait nonchalamment sur le pas de la porte, un sourire enjôleur aux lèvres.

— Je passais simplement pour vous rappeler que nous aurons ce soir la première nuit de pleine lune.

Nous nous rassemblerons deux heures après le coucher du soleil, devant l'église de l'Ancien Rite. Comme vous n'avez pas encore complètement recouvré votre mémoire, je vous dispense d'apporter quoi que ce soit. Par le passé, vous avez d'ailleurs, plus que tout autre, fourni denrées, vin et décoctions indispensables.

Je sentis de nouveau une boule se former au creux de mon estomac. Cet homme considérait comme acquis ma présence à la cérémonie nocturne. Faisant appel à toute mon énergie, je décidai de lui tenir tête.

— Je suis navrée, Matthew, mais après mûre réflexion, j'ai décidé..., je ne souhaite pas participer à votre comédie. La sorcellerie n'est pas pour moi. Je comprends votre insistance à vouloir m'accueillir parmi vous, j'en suis flattée, croyez-le bien, mais je ne suis pas la tante Sara que vous croyez, et je n'ai pas ses convictions. Veuillez donc considérer la question comme close, s'il vous plaît.

Jamais je n'aurais cru que l'expression « vert de rage » fût autre chose qu'un cliché éculé pour les romans à bon marché, mais elle se matérialisa littéralement sous mes yeux ébahis ; le visage de Matthew verdit à tel point, qu'effrayée, je fis d'instinct un pas en arrière.

— Par tous les diables de l'enfer !... siffla-t-il d'une voix méconnaissable.

— Je ne crois pas à l'enfer, l'arrêtai-je calmement. Pas plus qu'aux démons et aux sorcières ! Je suis navrée, mais mon opinion est définitive. Maintenant, je vous prie de m'excuser, mais j'ai beaucoup de travail. Mon livre m'attend, je dois le terminer. A bientôt, Matthew...

Au moment même où je m'apprêtais à fermer la porte, sa main saisit mon poignet avec la vitesse d'un serpent fondant sur sa proie.

— Si c'est Tabitha qui vous a menacée ou vous a mis cette idée en tête par jalousie, rugit-il, je lui tordrai le cou !

— Non, criai-je à mon tour, tentant de me dégager. Tabitha n'y est pour rien... Au contraire, elle s'est montrée extrêmement persuasive. Non, j'ai pris cette décision moi-même. Vous n'avez rien à lui reprocher.

Je me débattis encore, sans succès, la colère, hélas, ne parvenant pas à pallier l'inégalité de nos forces.

— Lâchez-moi ! m'exclamai-je à nouveau, lâchez-moi ! Comment osez-vous entrer chez moi et vous conduire de la sorte ?

— Vous le savez parfaitement, éructa-t-il, martelant chaque syllabe. Inutile de le nier.

— Si vous croyez que vous allez pouvoir me manipuler comme cette pauvre Tabitha, uniquement parce que vous m'avez déjà prise de force, je crois que vous ne tarderez pas à déchanter !

— Ce n'est pas ce que j'ai voulu dire. Je parle de vous, Sara, de vous, de ce que vous êtes vraiment ! Par tous les diables, je croyais vous avoir convaincue ! Mais il vous suffit donc d'échapper quelques heures à notre influence pour vous remettre à douter de vos propres pouvoirs !

— Au diable ces pouvoirs ! m'insurgeai-je indignée.

Ah, comme j'aurais, en cet instant précis, voulu les posséder vraiment pour réduire à néant sa stupide arrogance ! Lorsque je m'étais dédoublée devant Tabitha, lorsque j'avais prononcé des mots étranges d'une voix qui n'était pas la mienne, elle s'était mise à trembler de peur. Comme j'aurais voulu effrayer de la sorte Matthew ! Ivre de fureur, j'aspirai goulûment une longue bouffée d'air.

Un voile noir tomba aussitôt sur mes yeux. La pièce se mit à osciller, j'eus l'impression de grandir, grandir encore, dressée sur mes talons, prête à frapper. Comment cet impudent osait-il me défier, lui qui me devait tous ses pouvoirs ?

Je fis un pas vers lui, le menaçai. Le pasteur recula légèrement, un bizarre sourire aux lèvres, qu'il réprima sur-le-champ.

Avait-il délibérément cherché à susciter au plus profond de moi cette réaction ? Dans une crispation douloureuse, je tentai alors de refouler l'étrangère qui s'emparait de ma volonté, serrai les poings pour lutter contre le flot de réminiscences qui envahissait ma mémoire...

Au prix d'un effort désespéré, je l'emportai enfin. Redevenue moi-même, je rouvris les mains, puis m'adressai à Matthew Hay en m'efforçant de paraître sereine :

— Je suis, me semble-t-il, victime d'hallucinations, murmurai-je simplement. Cette maison me détraque les nerfs. N'importe quel psychologue digne de ce nom me conseillerait d'éviter toute expérience susceptible d'aggraver mon cas. Pour revenir donc à votre invitation, je crois que le seul fait d'y assister pourrait avoir sur moi des effets très néfastes. Je vous remercie encore une fois, mais c'est non.

Sans autre commentaire, je le repoussai fermement sur le seuil de l'entrée et brusquement refermai la porte sur lui, la verrouillai à double tour. La poignée tourna énergiquement plusieurs fois puis, se rendant compte que le verrou était mis, Matthew n'insista pas. J'entendis ses pas s'éloigner et quelques instants plus tard, observai de l'étage sa silhouette puissante qui coupait à travers champs en direction de la ferme des Whitfield.

Pour ma part, je me remis à peindre, mais l'inspiration s'était envolée. M'obstiner dans ces conditions ne servirait à rien, si ce n'est à gâcher le travail réalisé jusqu'ici. Me raccrochant au souvenir de Brian et regrettant dans le même temps de n'avoir pas le téléphone pour le joindre, me sentant de plus en plus isolée entre des murs hostiles, je décidai de me remonter le moral avec un bon sandwich. J'eus cependant du mal à le finir. Matthew s'était rendu trop facilement pour avoir vraiment renoncé à son projet. Je commençais à le connaître assez bien pour me douter qu'il prendrait moins de gants lorsqu'il reviendrait à la charge.

Bientôt, l'idée de rester enfermée dans cette maison à attendre son inévitable retour me fut insupportable. Me souvenant que le car qui faisait la navette entre Innsmouth et Arkham passait au coin de la route à onze heures, je consultai ma montre. Il était presque onze heures moins vingt. J'avais juste le temps de le prendre. J'irais à Arkham, y passerais la journée, visiterais le campus universitaire, achèterais du matériel de peinture —j'avais besoin de pinceaux neufs —, irais même peut-être au cinéma : Arkham, avec dix-neuf mille habitants, devait bien compter une salle. Ensuite, je passerais la nuit dans le premier hôtel venu. S'il ne me trouvait pas, Matthew Hay n'aurait aucun moyen de me forcer à participer à l'Esbat.

A toute vitesse, je fourrai quelques affaires dans un gros sac que j'utilisais naguère pour partir en week-end, enfilai un tailleur d'été vert pomme et troquai mes mocassins pour des chaussures à talons mi-hauts. Aussitôt prête, je me hâtai en direction de l'arrêt d'autocar. La route passait devant la ferme Whitfield, mais je ne risquais guère de rencontrer Matthew sur mon chemin, sachant d'ores et déjà qu'il préférait couper à travers champs.

On était au plus fort de l'été. Les ronces croulaient sous les mûres. Je marchais d'un pas vif, regrettant de n'avoir pas le temps d'en cueillir quelques-unes. Me sentant le cœur un peu moins lourd au fur et à mesure que je m'éloignais de la maison, je songeai qu'il me serait facile à Arkham de téléphoner à Brian ou de lui laisser un message à l'hôpital. S'il y était de garde, sans doute trouverait-il le moyen de se libérer quelques instants à l'heure du déjeuner pour venir me retrouver.

— Sara !

Une voix familière dans un champ voisin ralentit mon élan et j'aperçus Tabitha qui courait vers moi, l'allure juvénile dans son jean trop large et sa chemise d'homme aux manches coupées. Craignant de voir mes projets contrariés, je repris rapidement ma marche, mais Tabitha eut tôt fait de me rattraper.

— Je ne peux pas m'arrêter, lui lançai-je, j'ai un car à prendre. Je vais passer la journée à Arkham. Il est même possible que je ne rentre pas ce soir.

— Tu ne peux pas faire ça ! s'exclama-t-elle et tu le sais très bien. C'est la pleine lune, Sara. Aurais-tu oublié notre rendez-vous ?

— Non, je n'ai pas oublié, répliquai-je avec impatience, n'ayant nullement envie de revenir sur le sujet. C'est même pour ça que je pars. Je pensais que Matthew t'avait prévenue. Je l'ai vu qui se dirigeait vers ta ferme en sortant de chez moi. A plus tard ! Je te le laisse, garde-le pour toi seule, j'espère que tu seras heureuse avec lui. Sois gentille, Tabitha, ne me retarde pas. Sinon je vais rater mon car.

— Tu n'as pas le droit de partir, répéta-t-elle se faisant plus pressante.

— Vraiment ? Sans vouloir t'offenser, crois-tu pouvoir m'en empêcher ?

— Je préférerais, je te le jure, ne pas être forcée de le faire. Si cela dépendait de moi seule, je t'aurais volontiers laissé aller. Seulement Matthew veut que tu restes, il me l'a ordonné et dans ce cas, je ne peux lui désobéir. Quand il veut quelque chose, je fais tout ce qui est en mon pouvoir pour qu'il l'obtienne.

Alors, elle tourna la tête et émit un très long et strident sifflement.

Presque aussitôt un bruissement lourd et étrange se fit entendre dans la haie que nous longions, et je vis s'envoler un oiseau noir qui vint se poser en douceur sur l'épaule de Tabitha.

— Tabitha ! Tabitha ! croassa le volatile, tournant la tête de tous côtés.

— Quel est cet oiseau, Tabitha ?

— Un corbeau, tu le vois. C'est moi qui lui ai appris à parler. Tu dois comprendre cela puisque toi tu as Rouquin... ou plutôt Barnabé. Écoute, Sara, ne complique pas les choses. Cela n'a aucun sens. Tu sais que tu dois obéir à Matthew, il est le maître, du moins tant que tu n'auras pas le pouvoir de l'affronter. Et ce pouvoir, tu ne l'as pas encore. Ne m'oblige pas à faire ce que je n'ai pas envie de faire. Sois raisonnable, je t'aime bien, tu sais.

— Moi aussi, je t'aime bien, répliquai-je sèchement, mais tu me sembles maintenant aller un peu trop loin.

— Arrête ! siffla l'oiseau. Arrête ! C'est pleine lune, ce soir ! Pleine lune !...

— Écoute, je m'extasierai sur le numéro de ton oiseau prodige une autre fois, Tabitha. Mais, maintenant, ça suffit ! J'ai un car à prendre.

Accélérant l'allure, je cherchai à nouveau à lui fausser compagnie mais Tabitha, s'adressant à l'oiseau en des termes incompréhensibles, m'en empêcha.

Sans pouvoir davantage aujourd'hui trouver une explication sur ce qui intervint alors, je sentis les yeux malfaisants de l'oiseau attirer les miens comme deux aimants, et malgré ma volonté contraire, je m'aperçus que je rebroussais chemin. Je tentai de me retourner. En vain. Tabitha et le corbeau, devant moi, semblaient m'ouvrir la route, tant et si bien que je les rattrapai bientôt sans m'en rendre compte et dus brusquement m'arrêter pour ne pas les heurter.

Le regard bleu, presque compatissant, de Tabitha, croisa le mien.

— Tu sais bien que je ne peux te laisser partir, Sara. Où que tu ailles, j'irai.

— Je veux prendre mon car !

— Il est déjà trop tard, écoute !

Dans le lointain, en effet, j'entendis le ronronnement du moteur fatigué. Me retournant, je repérai sur la crête de la colline la masse poussive et cahotante du car soulevant derrière lui un nuage de poussière. Avec lui s'envolait ma dernière chance.

Quand le car ne fut plus là, Tabitha siffla son corbeau qui disparut aussitôt. Instantanément, je sus que j'avais recouvré ma liberté d'action.

— Tu peux aller maintenant où tu veux, confirma d'un air absent la jeune femme. Le car est parti, tu n'as plus aucun moyen de quitter le hameau.

— Je ne suis pas près d'oublier ce que tu viens de faire, dis-je, m'étonnant cependant de n'éprouver pour elle nulle rancœur.

— Je l'espère bien, Sara. Pourquoi m'en voudrais-tu ? Je l'ai fait pour Matthew et pour toi.

Je n'avais rien à ajouter. Tournant les talons, je repris avec résignation le chemin de la maison. J'aurais dû fondre en larmes, éclater en sanglots, me répandre en lamentations. Curieusement je n'en fis rien. J'acceptais la fatalité avec une sorte de soulagement.

Rentrée chez moi, je m'assis dans la cuisine et gardai un moment l'immobilité d'une statue. J'étais calme et me sentais cependant prise au piège comme un rat. Je m'étais réjouie trop vite de ma victoire apparemment facile sur Matthew Hay. Il venait, dans une deuxième manche, d'obtenir une revanche cinglante. J'ignorais où, quand et comment il porterait sa prochaine attaque. Pour l'instant, je décidai de lui résister encore en verrouillant toutes les portes. Lui et sa clique n'iraient tout de même pas jusqu'à les forcer pour m'obliger à assister à leur grotesque cérémonie !

Barnabé se rappela à moi en poussant un miaulement significatif. Je me levai et lui ouvris une boîte de pâté en conserve.

— Où diable étais-tu tout à l'heure ? le sermonnai-je en le servant. J'aurais pourtant eu bien besoin de toi. Tu aurais sûrement mis en fuite ce corbeau de malheur !

En tout état de cause, Brian maintenant était ma seule bouée de sauvetage. S'il se rendait cet après-midi à l'hôpital d'Arkham, peut-être pourrait-il me prendre ? Je lui demanderais alors de me garder avec lui cette nuit, loin de ce maudit cimetière, de Matthew et de ses congénères, de leur rituel démoniaque et absurde.

Barnabé ayant achevé son repas, je le fis sortir. Puis, ayant repris mon sac, je décidai sans attendre de mettre mon plan à exécution en gagnant le plus rapidement possible Madison Corners. Le hameau était distant d'environ deux kilomètres, mais je n'avais pas le choix. Fort heureusement, en repassant devant la ferme Whitfield, je ne décelai aucun signe de vie, et parvins, avec un immense soulagement, en vue du petit carrefour autour duquel se lovait le hameau. Bientôt, j'allais parler à Brian, peut-être voir Colin.

L'épicerie-bazar disposant d'un téléphone public, je trouvai le numéro de l'hôpital dans l'annuaire d'Arkham. Après quatre sonneries, une voix inconnue m'avisa que le Docteur Standish était parti consulter dans la région d'Innsmouth et qu'il risquait de rentrer fort tard dans la nuit.

Remerciant brièvement, je raccrochai toute décontenancée. Brian rentrerait en pleine nuit, sans doute bien après le début de l'Esbat. Désemparée, je m'achetai une glace et m'attardai de longues minutes, l'esprit vide, à contempler un étalage d'aliments pour volailles. Une chose était sûre : je ne devais pas rentrer chez moi.

— Vous voulez vous lancer dans l'élevage de poulets, mam'zelle Sara ? fit une voix dans mon dos. Si ça vous intéresse, j'pourrais essayer de vous dénicher d'excellentes pondeuses et un coq de première qualité.

Je me retournai vivement. Un inconnu, voulant paraître aimable, me faisait face.

— Excusez ma familiarité, mam'zelle, poursuivit-il, mais tout le monde dans le coin sait qui vous êtes. Je suis Raboth Tate et m'occupe d'un élevage de poulets. Aussi, comme j'vous le disais, si ça vous intéresse, j'pourrais vous faire un bon prix.

— Je vous remercie, mais à vrai dire, je ne sais même pas si je serai encore là la semaine prochaine.

— Dans ce cas, j'peux vous proposer quelques bons poulets de grain pour votre consommation personnelle. Mais vous vous fournissez peut-être chez Nahum Whitfield ? Paraît que vous êtes très bien avec sa fille.

— Je la connais en effet, monsieur Tate, mais rassurez-vous. Je n'ai passé aucun marché de ce genre avec elle. J'ai seulement l'intention de lui demander si son père peut me fournir des légumes, du lait et des œufs. Cela dit, une fricassée de volaille ne me déplairait pas, et je vous promets de me souvenir de votre offre à l'occasion. Dans l'immédiat, ne connaîtriez-vous pas, par hasard, quelqu'un qui se rendrait à Arkham cet après-midi ? J'ai raté le car du matin et j'ai des courses urgentes à faire. Il me faut des pinceaux, quelques tubes de peinture...

— Des pinceaux ? C'est facile, m'interrompit-il. Inutile de courir à la ville, vous en avez ici dans la boutique voisine. Regardez l'étalage, il y a tout ce qu'il faut.

Je ne pus m'empêcher de rire, en voyant l'arsenal du parfait peintre en bâtiment qu'il me désignait.

— Non, il ne s'agit pas de ce genre de pinceaux, précisai-je. Je fais de l'aquarelle.

— Ah, des pinceaux d'artiste ? Ça change tout !... Évidemment, j'ai bien peur que vous n'en trouviez qu'à Arkham.

— Quelqu'un y va-t-il aujourd'hui ? insistai-je. Je paierai le prix de la course naturellement.

— Vous plaisantez ! se récria l'homme en se rengorgeant. Ici, les gens du pays sont toujours prêts à rendre des petits services gratuitement, il faut bien s'entraider. Mais pour ce soir, faut pas trop y compter, vu le jour qu'on est. Aujourd'hui, personne n'a l'intention de bouger, j'en mettrais ma main au feu.

Marquant une pause, il me décocha un regard inquisiteur :

— Matthew Hay ne vous a donc pas mise au courant ?

Ainsi, lui aussi était des leurs ! Tout le monde en somme, ou presque, se préparait à se rendre à l'Esbat. Mes dernières illusions envolées, je ne me souviens plus aujourd'hui comment finit notre entretien. Ce qui est certain, c'est que je me retrouvai, un peu plus tard, poussant la porte de ma maison, ne sachant plus du tout ce que je devais faire. La seule idée qui me vint à l'esprit fut de barricader portes et fenêtres, puis de monter dans ma chambre, résolue à n'ouvrir à personne. La bande d'illuminés qui me harcelaient, n'irait sans doute pas jusqu'à venir m'enlever dans ma retraite bien que, après tout ce qui m'était arrivé, il m'était difficile d'imaginer les vraies limites de leur pouvoir. Quoi qu'ils fassent en tout cas, j'étais bien décidée à leur résister bec et ongles, de toutes mes forces.

L'essentiel, pour l'instant, était de garder son sang-froid, de ne pas sombrer dans la paranoïa. Il y avait certainement plus de gens sensés que de fous malfaisants parmi les paysans de la région. Un insidieux délire de la persécution ne s'était-il pas emparé de moi ? Quelle était la situation ? J'étais enfermée dans la maison de ma tante, n'osant plus mettre le nez dehors, de peur de rencontrer Matthew Hay ou Tabitha, présumés être toujours résolus à poursuivre contre moi leurs sombres et troublantes manœuvres. Mais mon pire ennemi, beaucoup plus redoutable, en fait, n'était-il pas tapi tout au fond de moi-même ? Le souvenir des fugitifs instants où j'avais eu l'impression que c'était ma grand-tante qui parlait par ma bouche, agissait par mon corps, n'était-il pas la cause unique et principale de mon effroi ?

L'esprit en déroute, les nerfs à vif, l'après-midi, on l'imagine, me parut interminable. J'errais dans la maison comme une naufragée ayant perdu tout espoir de trouver une planche de salut. Chaque objet que j'effleurais soulevait en moi la même question, obsédante et douloureuse : quand ma tante Sara l'avait-elle touché pour la dernière fois ? N'en pouvant plus de tourner et retourner pensées et objets en tous sens, je finis par renoncer à mes errements et m'installai dans le salon pour essayer de lire un roman policier apporté de New York, relatant les exploits tortueux d'un détective privé évoluant entre maîtresses et clients, une bouteille de whisky semblant son associée favorite...

Un peu d'alcool n'aurait peut-être pas été inutile dans mon cas. J'y renonçai cependant, sachant que j'avais trop besoin de conserver ma lucidité pour résister aux assauts de Matthew Hay qui ne tarderait sûrement pas à revenir à la charge.

Les heures s'égrenèrent. Elles me parurent des siècles. Enfin le soleil consentit à décliner à l'horizon et je gagnai à pas lents la cuisine pour me restaurer un peu, espérant de la sorte tromper quelques minutes l'angoisse qui me serrait la gorge.

J'étais en train de m'obliger à couper consciencieusement des tomates en rondelles quand un faible grattement se fit entendre à la porte. Je voulus l'ignorer, mais on gratta de nouveau. Ce n'était ni la façon de s'annoncer de Matthew, ni celle de Tabitha, cette dernière n'ayant aucune raison de faire preuve de discrétion. Délaissant mes tomates, je jetai donc un coup d'œil derrière la vitre pour tenter d'identifier mon visiteur. Il s'agissait d'une femme de haute taille, assez maigre, se tenant sur le seuil, un panier sous le bras.

Faisant taire mes appréhensions, je décidai d'ouvrir. L'inconnue était de toute évidence une inoffensive voisine. J'éteignis le feu qui couvait sous mes œufs, et tirai le verrou.

La visiteuse tressaillit en m'apercevant. Elle portait une robe imprimée et paraissait avoir la cinquantaine. Son teint coloré attestait d'une vigoureuse santé.

— Nom d'une pipe en bois ! Matthew m'avait prévenue pour la ressemblance, mais j'aurais jamais cru que ce soit à ce point ! Mon enfant, je suis une vieille amie de votre tante Sara. Je m'appelle Judith Hay. Matthew m'envoie ici pour l'excuser de la scène qu'il vous a faite cet après-midi. Il m'a bien dit de vous dire que vous faites comme vous voulez. J'espère que ça vous rassure, ma belle ?

Méfiante, je hochai la tête. Je me souvenais vaguement avoir entendu parler de sa sœur en des termes peu flatteurs, mais elle semblait en l'occurrence assez inoffensive.

— Mon frère a tendance à oublier que tout le monde n'est pas de feu comme lui, poursuivit-elle. Bon ! Je vous apporte une de mes tartes aux fraises. J'ai pensé que ça vous ferait un bon petit dessert pour votre dîner. Tenez, prenez le panier. A votre place, je mettrais ça au frais. Voilà, je ne vous dérange pas davantage. Je reviendrai une autre fois, peut-être... J'espère que vous aimez les fraises, ma belle, je les ai cueillies ce matin. Allez, au plaisir de vous revoir !

Là-dessus, elle tourna les talons et s'en fut.

Je rentrai avec le panier et refermai la porte. Après avoir posé le présent sur la table, je soulevai le linge qui le recouvrait. Les fraises, rouges et brillantes dans leur couronne de pâte dorée à point, étaient appétissantes à souhait. Je regardai de plus près le moule, m'interrogeant sur les risques qu'il y avait à goûter le gâteau. Il pouvait être empoisonné. Matthew et sa clique étaient capables de tout. Dans le doute, mieux valait s'abstenir.

Mes doigts glissèrent alors sous le moule pour le saisir. Il était enduit d'une fine couche de matière huileuse. Me frottant les mains pour m'en débarrasser, je ne parvins qu'à l'étaler davantage sur mes paumes. Étonnée, j'approchai prudemment une main de mon visage pour humer son odeur qui dégageait un puissant effluve végétal, mêlé à un relent de pourriture. Soudain prise de nausée, je me frottai les mains de plus belle.

« L'onguent agit très vite... »

Je laissai tomber le panier à terre, non sans avoir enregistré dans ma conscience chancelante le bruit assourdi de sa chute, le moule en terre cuite s'étant pulvérisé sur le carrelage. Pour moi, il était trop tard pour réagir. Je n'en avais plus la force. Un voile d'obscurité s'abattait en dansant sur mes yeux. J'étais empoisonnée... A grand-peine je titubai jusqu'au divan du salon et m'y écroulai de tout mon long. Dans un ultime éclair de lucidité, je réalisai avec effroi que j'avais oublié de repousser le verrou de la cuisine.

Mais, à présent, ce détail n'avait plus aucune importance.

geant sur les risques qu'il y avait à goûter le gâteau. Il pouvait être empoisonné. Matthew et sa clique étaient capables de tout. Dans le doute, mieux valait s'abstenir.

Mes doigts glissèrent alors sous le moule pour le saisir. Il était enduit d'une fine couche de matière huileuse. Me frottant les mains pour m'en débarrasser, je ne parvins qu'à l'étaler davantage sur mes paumes. Intriguée, j'approchai prudemment une main de mon visage pour humer son odeur qui dégageait un puissant effluve végétal, mêlé à un relent de pourriture. Soudain prise de nausée, je me frottai les mains de plus belle.

« [illegible] »

Je laissai tomber le moule à terre, non sans avoir enregistré d'un air consterné l'atterrissage en bruit assourdi de sa chute, le moule en terre cuite s'étant pulvérisé sur le carrelage. Pour moi, il était trop tard pour regarder. Je n'en avais plus la force. Un voile d'obscurité s'abattait en chavirant sur mes yeux. J'étais empoisonnée... À grand-peine, je me traînai jusqu'au divan du salon et m'y écroulai de tout mon long. Dans un ultime éclair de lucidité, je réalisai avec effroi que j'avais oublié de repousser le verrou de la cuisine.

Mais, à présent, ce détail n'avait plus aucune importance.

X

Orgie à la pleine Lune

JE ne saurai jamais combien de temps dura mon inconscience. D'étranges vagues noires obscurcissaient mon esprit, noyaient, dans leur va-et-vient continuel, sons, images et sensations. Des paroles insensées emplissaient mes oreilles, venaient buter contre mes tempes sous l'effet d'un puissant écho, comme si mon crâne était un corridor vide où se répercutaient cris et mots démentiels :

— Cheval, hattock, à cheval et au loin !...

— Af baraldim Azathoth !...

— Aklo, aklo, dors de ma main...

Suivit une phase tout aussi douloureuse et interminable où je crus me tenir accroupie dans un incommensurable néant, une voix me soufflant inlassablement à l'oreille une grotesque ritournelle. La litanie se prolongea un temps infini, croissant et décroissant tour à tour, comme si les mots, dérisoires, contenaient en eux-mêmes une signification primordiale. Dans mon délire, les vagues de nausée se succédaient. Mon corps, me semblait-il, secoué de spasmes intermittents, était enchaîné à une longue pierre. Il luttait dans l'obscurité, tandis que mon âme se débattait au cœur d'un univers baigné d'une lumière glauque, où s'irradiaient de multiples étincelles qui éclataient en gerbes dans mon cerveau.

Enfin, après un laps de temps dont je ne peux pas davantage évaluer la durée, j'entendis une porte s'ouvrir avec un grincement. Il y eut un piétinement étouffé, et je sentis, une fraction de seconde, un peu de moi-même frémir, à la fois de colère et de terreur, mais aussi de jouissance inexplicable.

— Sara ?

— Laissez-la ! Dans l'état où elle se trouve, les mots, pour elle, n'ont plus de sens.

« Vous le croyez... », voulus-je balbutier un instant.

Mais je décidai aussitôt de laisser ignorer que j'étais à demi lucide. Malgré mes yeux clos, je voyais en effet soudain comme en plein jour des formes sombres qui s'agitaient autour de moi.

— La lune se lève, chuchota une voix.

C'était vrai. Les rayons de la lune s'insinuaient maintenant sous mes paupières. J'avais l'impression de me lever, de me mouvoir dans une lumière incolore et blafarde. Des silhouettes me frôlaient ; des voix rocailleuses ou feutrées chuintaient dans l'ombre des syllabes syncopées...

— Prenez garde en la portant. Le Grand Maître sera furieux si vous lui faites du mal, dit l'une d'elles.

Un rire moqueur fusa alors et j'aperçus le fameux « Être à Cornes ». Il portait un masque en demi-teinte, mi-souriant, mi-sévère.

— Il est temps, Sara, dit doucement quelqu'un.

Je reconnus cette voix caressante, tendis la main, effleurai de pulpeuses rondeurs, tandis que plusieurs bras soulevaient mon corps, le projetaient soudain en l'air, à travers l'incolore lumière astrale.

Dans un éclair de lucidité, j'eus vaguement conscience d'un mouvement ascendant, de marches qu'il me fallait gravir péniblement, soutenue par de nombreuses mains qui me guidaient. Je rêvais, naturellement. Ces mains, ces marches ne pouvaient être qu'illusions. Seule l'immensité incolore du ciel était réalité.

— Allons ! Marchons, frères et sœurs des Ténèbres, l'astre noir nous attend !

Maintenant, je planais ; l'air glacé, soudain, griffait mon visage. J'oscillais doucement, vibrais, m'élançais vers les étoiles qui scintillaient dans le firmament autour du disque énorme de la lune, rouge et incandescent. Autour de moi évoluaient des formes sombres et singulières, à part celle de Barnabé que je reconnus près de moi, poursuivi par le corbeau de Tabitha, aussi grand qu'un condor, brassant la nuit de ses ailes immenses. Oui, la lune paraissait en feu, mais sa flamboyante lumière me parvenait filtrée à travers mes paupières closes. J'apercevais aussi en dessous de moi le hameau, les maisons endormies blotties les unes contre les autres et, au loin, le vaste horizon s'étirant jusqu'à Arkham et ses toitures enchevêtrées. Le paysage tout entier se déroulait sous des angles et des couleurs fantomatiques, tel un gigantesque film négatif. C'est alors qu'intervint pour moi la sensation d'être aspirée vers le bas. Je perçus un grondement furieux ; des démons me semblèrent jaillir des entrailles de la terre, m'enveloppant d'une haleine écœurante, tandis que les dalles de l'ancien cimetière s'entrouvraient, vomissant l'une après l'autre des formes blanchâtres rampant comme des larves vers l'air libre.

Le flamboiement d'un cierge tout près de mon visage m'obligea à ouvrir les yeux. L'église en ruine m'enserrait dans ses murs, clinquante et théâtrale, bien différente de celle que j'avais entrevue avec Matthew Hay. Ses voûtes grandioses, lucifériennes, englobaient à perte de vue toute la campagne, embrassaient même le chêne foudroyé et le gibet en haut de la colline où l'on m'avait pendue, assaillie par des dogues venus s'abreuver de mon sang.

Dans l'éblouissement de la flamme maintenue contre ma joue, l'Être à Cornes marcha sur moi. J'étais trop loin pour percevoir tous les cris et les chants qui se répercutaient à l'infini, mais je le vis clairement, monstrueux par la taille, diminuer peu à peu, happé par l'ombre grandissante tout autour du cierge, devenir minuscule au point de pouvoir le saisir dans ma main, puis s'enfler, se dresser à nouveau, dardant vers moi un sexe démesuré.

Sa voix, comme le tonnerre, gronda contre les parois de l'église, une voix que j'avais déjà entendue mais que je ne connaissais pourtant pas, où venait se mêler celle de Matthew Hay affreusement amplifiée, roulant et se perdant dans les pierres comme s'il hurlait dans un porte-voix.

— Bienvenue, bienvenue à toi, grande prêtresse ! Nous t'accueillons en joie après ces sept années d'absence dans les geôles glacées de la mort !

Ses mains pétrirent les cendres du feu rituel, puis se portèrent sur mes seins, dessinant sur leurs globes de mystérieuses arabesques. Électrisées par sa clameur, des formes vagues surgirent de l'ombre, des silhouettes se profilèrent, devinrent en peu de temps hommes et femmes, jeunes et vieux, se pressant nus, les uns contre les autres. Dans la lumière blême et tremblotante, ils n'étaient plus qu'êtres de chair et d'os, avides de plaisirs et de jouissances. Ma conscience, un instant, semblant se fondre dans le grand vide astral, je les vis s'approcher par couples du foyer, puis reculer en poussant des cris stridents, tandis que tout mon corps était environné d'une senteur doucereuse et puissante. Les vivants et les morts ramenés à la vie ne formaient plus qu'une cohorte unique autour de moi, leurs visages rayonnant d'une étrange clarté n'ayant jamais baigné ni la terre ni les cieux. Quelques sorcières se détachèrent du cercle, se mirent à danser, à psalmodier un chant aux accents graves puis stridents quand l'Être à Cornes me souleva de terre pour m'élever au-dessus de l'autel. Fascinée par son membre en érection, je n'éprouvais plus qu'un immense vertige, noyée, perdue dans une fulgurante lumière qui semblait désormais émaner, sourdre de moi-même : un parfum d'au-delà, une musique d'ailleurs exacerbaient mes sens en déroute. Je n'étais plus moi-même et j'étais moi ; l'Être à Cornes, sous mes yeux, flottait, désincarné, et pourtant bien réel.

D'une main fébrile, avec convoitise, il palpa mes seins, caressa leurs pointes qui durcirent. Mes paupières ne s'ouvraient toujours pas. Ma peau frissonnante bouillonnait, comme si chacun de ses pores se transformait en bouche avide, n'en pouvant plus d'attendre, voulant par-dessus tout être prise, conquise, comblée.

— Azathoth ! Hertha ! Cernunnus ! Astarté ! Ishtar ! hurla le dieu à Cornes. Soyez témoins du grand retour de la prêtresse ! Consacrez-la ici, maintenant, sur cet autel !

Alors ce fut brutalement la nuit et son corps s'abattit sur le mien, m'écrasant de son poids indicible. Avec violence il me pénétra, se mit à fouir inlassablement mes entrailles. Je ne sentis d'abord qu'une déchirure sauvage dont la réalité me permit de comprendre qu'il ne s'agissait pas d'un rêve seulement, qu'une partie de ce qui se passait était, pour le moins, bien réelle. Puis le monde bascula de nouveau, et je me retrouvai étendue sur un monolithe gigantesque surgi de la préhistoire, le corps sillonné d'étranges signes lumineux, avec toujours sur moi, en moi, l'effrayant dieu à Cornes allant et venant, comme un diable, me pénétrant inlassablement pour m'arracher ensemble des râles de douleur et de volupté.

Tout autour de moi la rumeur et les chants s'étaient amplifiés ; hommes et femmes, sortis de l'obscurité, s'étreignaient sur les dalles, deux par deux, trois par trois, ou même davantage, dans un délire obscène et animal.

A l'extrême limite de mon champ de vision, tandis que mon corps continuait de plus belle à tanguer, je voyais une femme ridée mais aux seins fermes, au ventre plat, accueillir, pâmée, les coups de boutoir répétés d'un garçon aux épaules carrées et velues, dont les yeux à demi clos rappelaient ceux d'un fauve ensommeillé ; une délicate jeune fille s'arc-bouter, haletante, la bouche crispée par le plaisir, sous la silhouette massive du vieux Jeb Meyers ; une femme ondoyante et svelte, au regard de chat, offrir sans vergogne sa croupe rebondie et nacrée aux assauts furieux d'un homme au visage masqué.

Cependant, l'Être à Cornes ne se lassait pas de me labourer, encore et encore, encore et toujours ; le ciel pâlissait, et moi, inexplicablement, je continuais à vibrer de toutes les fibres de mon corps.

Lorsque enfin il explosa en moi en hurlant, ce fut tout aussitôt la délivrance. Ses mains agrippées à mes seins, il se retira violemment d'un seul coup.

— Le Mariage sacré est cette fois consommé ! triompha-t-il. Écoutez tous, tous soyez témoins du sacrifice accompli !

A ces mots, les flammes du foyer redoublèrent de vigueur, semblèrent s'élever jusqu'aux voûtes de pierre. Quelqu'un porta une coupe de vin à mes lèvres, amer, lourd et tiède. Tabitha murmura :

— Sara, te sens-tu bien ?

— L'effet de l'onguent ne devrait pas tarder à se dissiper, murmura au-dessus de ma tête une voix inconnue. Elle va bientôt revenir à elle.

— Pas si sûr ! Elle a absorbé une dose inhabituelle. Pour être sûrs de l'effet, nous avons été obligés de forcer la mesure.

Des mots, des phrases inintelligibles se perdaient dans mon crâne douloureux. Je m'entendais moi-même prononcer des paroles insensées ; le croassement d'un corbeau résonnait dans mes tempes. Pétrifiée, je ne bougeais pas, mais sentais de nouvelles présences s'impatienter autour de moi. De nouveau, on m'empoignait par les épaules et on me violentait sans ménagement. Je voulais protester, mais en vain. Quelqu'un derrière moi me maintenait la tête et les bras.

Combien de fois dus-je subir ainsi de nouveaux outrages ? Je ne le saurai jamais. Grâce au ciel, ou plutôt à l'enfer, peu à peu, le plaisir l'emporta sur l'horreur, et je m'arc-boutai pour accueillir les inconnus qui furieusement jouissaient de moi, gémissant, soupirant, criant même au fur et à mesure que la lubricité de la sorcière reprenait possession de mon être. J'ignore combien de fois le rituel se répéta, mais il parut durer une éternité. Et quand la dernière silhouette me quitta, que tout s'estompa dans l'ombre, anéantie mais comblée, je poursuivis longtemps par la pensée la délirante chevauchée. Puis je sombrai dans un précipice, me sentis tournoyer dans l'espace, épouser l'éternelle rotation de la Terre. Une brise légère, le frémissement des arbres m'arrachèrent pour finir au grand silence du néant.

Je m'étirai dans un demi-sommeil. Quel cauchemar horrible ! J'avais entendu dire que les délires orgiaques des adorateurs du Démon avaient pour cause l'usage excessif de substances hallucinogènes. On m'avait droguée. Il n'y avait pas d'autre explication... Toute la nuit, couchée sur un divan, j'avais été la proie non d'hallucinations mais d'un viol collectif. A l'évidence, mon inconscient n'avait pas subi seul le choc de fantasmes infâmes !

Une nausée m'étreignait toujours. Ma bouche était pâteuse, j'avais une soif terrible. J'entrouvris les paupières, m'assis difficilement, jetai autour de moi un regard stupéfait. Je n'étais plus sur un divan. Je ne portais plus mes vêtements de la veille au soir.

J'étais couchée dans le vieux cimetière, abandonnée et nue sous la fine bruine de l'aube.

XI

Sombre Lendemain

TENTANT de m'arracher aux sortilèges de cette nuit hallucinante, j'essayai, avec l'énergie du désespoir, de me raccrocher à la réalité des choses.

Que s'était-il vraiment passé ?

M'avait-on, inconsciente, entraînée à l'Esbat ? Avais-je été victime d'un viol rituel, parachevé par les adorateurs déments de l'Être à Cornes ?

J'avais peur d'y croire. Le vol dans l'espace lumineux, le dieu masqué, l'énorme monolithe illustraient-ils les jalons successifs d'une cérémonie immonde ?

Accusant, tout étourdie, le contrecoup de mon équipée, je me levai en grimaçant au contact des graviers meurtrissant mes pieds nus. On pouvait me voir depuis la route, mais personne heureusement n'y passait jamais, surtout à l'aube, un dimanche. Frissonnant sous la pluie glacée qui s'intensifiait subitement, je décidai de regagner à la hâte ma maison. Mes cheveux trempés pesant sur mes épaules, je courus de toutes mes forces dans sa direction, parvins, haletante, à la porte de la cuisine, m'y engouffrai en claquant des dents. La pièce était exactement dans l'état où je l'avais quittée la veille. La salade s'étiolait au fond du saladier ; les tomates à demi découpées attendaient qu'on achève la besogne sur la planche de bois.

Soudain revint à mon esprit le souvenir du panier de Judith Hay, de la tarte aux fraises et du moule enduit de drogue. C'était donc ça... Sans avoir la certitude que je me risquerais à goûter la tarte, ils savaient bien que je poserais les mains sur le moule, ne fût-ce que pour l'extraire du panier.

Mais panier, moule et tarte restaient invisibles... Tout avait disparu.

Une indicible angoisse m'étreignit à nouveau. Me raccrochant aux murs, je montai à l'étage, fis couler un bain brûlant. Quand il fut prêt, je plongeai tout mon corps dans l'eau chaude, attendant que mes tremblements s'apaisent et disparaissent tout à fait.

Le viol avait-il réellement eu lieu ?

N'étais-je pas plutôt victime du plus épouvantable des cauchemars ?

Avais-je marché seule, dans mon sommeil ou mon délire, jusqu'au cimetière abandonné ?

Matthew Hay et sa bande, furieux de mon refus, s'étaient-ils introduits chez moi pour m'entraîner, inconsciente, vers le cimetière, par vengeance ou pour me jouer tout simplement un tour à leur façon ? Pour s'adonner à ces turpitudes, il fallait en tout cas avoir l'esprit complètement dérangé et l'on devait par conséquent s'attendre à tout.

L'idée que ce que j'avais subi avait peut-être bien eu lieu, fit renaître mes tremblements. Comment croire en effet que j'avais été projetée dans le ciel ? ! J'avais été contrainte de marcher évidemment, ou, plus vraisemblablement, portée. Sous l'emprise d'une substance hallucinogène, la moindre petite flamme peut se métamorphoser en brasier, un homme masqué en monstrueux être à cornes. Quant aux viols successifs, à regarder mon pauvre corps endolori, ils n'avaient pas été, hélas, le simple fruit de mon imagination déformée !...

Sans doute une poignée de paysans éméchés en étaient responsables, même si mon esprit enfiévré en avait exagéré le nombre. Mais pouvait-on d'ailleurs en l'occurrence parler de viol véritable puisque, jamais, je n'avais opposé la moindre résistance ?

A me torturer davantage, je risquais à coup sûr de perdre tôt ou tard le contrôle de moi-même, de glisser dangereusement dans un état d'esprit propice à tous les égarements.

Où était la réalité vraie, où commençait, où finissait l'illusion ?

Je me levai lentement, regardai de plus près mon corps sorti de l'eau. Il était marbré de petits hématomes, griffé d'égratignures dont la plupart n'existaient pas avant cette nuit d'épouvante, quelques-unes provenant vraisemblablement des ronces du cimetière et du jardin.

M'étant longuement et méticuleusement séchée, je remis de l'ordre à mes cheveux, soignai attentivement la peau de mon visage, puis enfilant un peignoir d'éponge, je descendis et me préparai une tasse de thé très fort, que je saupoudrai généreusement de sucre. Il me fallait à tout prix reprendre des forces.

Les premières gorgées répandant en moi une chaleur bienfaisante me firent beaucoup de bien, et un semblant de lucidité me revint. N'avais-je pas commis une erreur en prenant un bain, qui risquait d'avoir atténué les marques caractéristiques de violence ? N'aurais-je pas dû plutôt enfiler quelques vêtements et me précipiter à Madison Corners pour alerter la police ?

Mais qui aurait cru un mot de mon histoire ?

Que mon corps portât encore les stigmates édifiants de l'orgie, n'était pas en soi une preuve suffisante. Comment aurait-on accueilli aujourd'hui une femme seule, venant raconter qu'elle avait été droguée, violée, puis abandonnée nue dans un cimetière ?

Le scepticisme et l'éventuel comportement égrillard de quelques hommes s'ennuyant dans un commissariat auraient-ils permis un examen approfondi des faits et des circonstances ? Comment prouver d'ailleurs que je ne m'étais pas prêtée, de mon plein gré, à cette mascarade ?

Du coin de l'œil, j'aperçus Barnabé, boule rousse trempée de pluie qui se coulait silencieusement dans la cuisine par la porte entrebâillée.

— Ah, te voilà ! lâchai-je, amère. On peut dire que tu m'as été d'un grand secours hier soir...

Non, décidément, je divaguais. Qu'aurais-je pu attendre d'un chat et en quoi pouvais-je le rendre responsable de ce qui était arrivé ? Barnabé n'était pas un chien de garde.

D'un bond, il fut sur la table et vint flairer ma tasse de thé. Trop épuisée pour lui préparer sa pitance, je lui offris un morceau de ma tartine, qu'il huma au préalable avec circonspection, avant de se décider à y goûter. C'est alors que je constatai à l'horloge murale qu'il était six heures et demie.

Il était temps de me décider sur la conduite à adopter. J'allais faire mes bagages, abandonner la maison ou la vendre à Matthey Hay, puisque c'était ce qu'il voulait. Puis je rentrerais à New York...

Mais allait-on me laisser partir ? Tabitha, hier, m'avait bien prouvé qu'ils avaient le pouvoir de m'en empêcher.

Un léger écœurement continuait à m'indisposer. « Si l'on passe la mesure, m'avait avertie Matthew Hay, la belladone tue sans pitié. » Ma vue se brouillait par intermittence ; un mal de tête persistait ; mes os et mes muscles me faisaient mal. J'avais l'impression de mourir de faim, et pourtant quelques gorgées de thé, une bouchée de pain, avaient suffi à me retourner l'estomac, risquant à tout moment de me faire vomir.

Les murs de la cuisine dansaient autour de moi et pendant quelques secondes, je dus me retenir au dossier de la chaise pour ne pas tomber.

Il était trop tôt pour entreprendre quoi que ce soit, même pour me rendre à la police. Si j'y allais maintenant, dans l'état de choc où je me trouvais, allez savoir si on ne m'expédierait pas à l'asile aussitôt, sinon à l'hôpital ? Même si je parvenais à prouver que j'étais saine d'esprit, j'y passerais sans doute plusieurs jours. Dans le meilleur des cas, ce contretemps m'empêcherait de remettre dans les délais prévus les illustrations que je devais achever pour mon éditeur.

Allant refermer la porte de la cuisine, je vérifiai d'un pas mal assuré que toutes les autres issues étaient bien closes, chaque effort m'obligeant à puiser dans mes maigres réserves d'énergie. Épuisée, je remontai enfin dans ma chambre, et me laissai tomber sur le lit de ma grand-tante en enfouissant ma tête sous l'oreiller.

Barnabé m'avait rejointe. D'un bond souple, il sauta sur le matelas, se lova près de l'oreiller et se mit à ronronner en cherchant ma main. Réchauffée par la douceur de sa fourrure, je sombrai pour de longues heures dans un sommeil sans rêve.

Lorsque je m'éveillai en sursaut, la matinée tirait à sa fin. Le ciel s'était assombri et il pleuvait toujours. M'interrogeant sur la cause de mon réveil, j'entendis retentir la sonnerie de l'entrée.

Un frisson me parcourut de la tête aux pieds. Mon cauchemar n'était donc pas fini ? Tout allait de nouveau recommencer ? Était-ce Matthew Hay ou l'un de ses acolytes qui venait s'assurer que je vivais toujours ? Je courus à la fenêtre pour jeter un coup d'œil au-dehors, oubliant dans mon désarroi qu'elle donnait sur l'arrière de la maison... Je n'y vis donc personne. Sortant dans le couloir, je dévalai l'escalier et allai épier par la fenêtre du salon. Devant le perron, une petite voiture était garée. A deux pas, je reconnus la rassurante silhouette de Claire Moffatt, la collaboratrice de Colin à San Francisco.

Quelle que fût la raison de sa visite, jamais personne ne m'avait paru tomber plus à pic. Je poussai d'une main tremblante le verrou, oubliant complètement que je ne portais pour tout vêtement qu'un peignoir entrouvert. La vue de Claire, si réelle, si humaine, si réconfortante, faillit me faire fondre en larmes.

— Je vous dérange ? s'enquit-elle, ne pouvant pas ne pas remarquer mon aspect étrange. Colin m'a dit que vous habitiez Witch Hill. Je ne connais pas grand-monde dans la région, si ce n'est Brian Standish, et ça me fait très plaisir de vous revoir. Ce dernier m'a d'ailleurs chargée de vous prévenir qu'on lui avait bien transmis votre message téléphonique. Il vous fera signe dès que possible. Malheureusement, un début d'épidémie du côté d'Innsmouth l'occupe beaucoup et il n'a eu connaissance de votre message qu'à trois heures du matin. Mais dites-moi, chère Sara, tout va bien, j'espère ? Vous avez une petite mine ! Suis-je venue trop tôt ? Il me semble pourtant me souvenir que vous étiez plutôt matinale à San Francisco. Nous pourrions faire ensemble du café, ce serait beaucoup plus sympathique qu'au bistrot d'Arkham. Maintenant, préférez-vous peut-être que nous allions déjeuner quelque part, si toutefois il existe dans la région un endroit acceptable. Mais, comme vous êtes pâle ! Seriez-vous malade, Sara ?

— Non, pas exactement, répondis-je lentement. Entrez, Claire, je vous en prie. Ne restez pas sous la pluie. Je suis contente de vous voir. Je vais me changer. J'avoue que je dormais. C'est pourquoi je vous ai fait attendre.

Claire, la quarantaine, l'air franc et décidé, était une grande femme alerte aux cheveux légèrement grisonnants. Elle s'avança sur le seuil pour s'abriter et me serra dans ses bras.

— Vous n'avez pas besoin de vous habiller, protesta-t-elle. Voyez comment je suis moi-même attifée.

De fait, elle portait un vieux jean et un imperméable passablement fripé qui m'ôtaient tout complexe.

— Je vous apporte une livre de café et une cafetière, expliqua-t-elle, déballant un grand sac qu'elle avait sous le bras. Je sais que vous êtes plutôt une buveuse de thé, et je me suis dit que vous n'auriez peut-être pas le matériel nécessaire. Me permettez-vous de préparer deux tasses si vous souhaitez, pendant ce temps, vous faire belle ?

— Merci. Faites comme chez vous, j'en suis ravie.

A la réflexion, boire un café serré était sans doute ce que j'avais de mieux à faire pour l'instant. Cette présence inespérée m'apportait d'ailleurs un soulagement incontestable. Si je décidais d'aller trouver la police, la compagnie d'une femme risquait de m'être fort utile. Telle que je la connaissais, Claire accepterait volontiers de m'aider. A San Francisco, elle travaillait bénévolement dans toutes sortes d'associations de solidarité. Elle comprendrait donc sans peine ma situation.

Comme elle se dirigeait vers la cuisine, je remontai dans ma chambre sous l'œil contempteur de la tante Sara, qui semblait me demander, sarcastique : « Alors, oseras-tu encore prétendre maintenant que tu n'es pas sorcière ? »

J'enfilai les premiers vêtements qui me tombèrent sous la main, une jupe de velours bleu et un pull, pris place devant la coiffeuse. En croisant mon regard dans le miroir, je compris aussitôt pourquoi ma visiteuse avait paru inquiète en me voyant. Mes yeux grands ouverts, dilatés, étaient ourlés de cernes noirs ; quant à ma mine et à mon teint, ils étaient détestables.

Pour atténuer la lividité de ma peau, je m'entourai le cou d'un foulard orange, puis dessinai un léger trait de rouge sur mes lèvres, ce qui eut pour résultat de me faire ressembler à un clown. Je m'en débarrassai aussitôt. L'odeur végétale qui imprégnait tous les objets de la coiffeuse était plus forte que jamais. Je saisis le pot qui contenait l' « onguent de Vénus » et le jetai à toute volée contre le mur, geste dérisoire symbolisant en fait mon rejet d'une certaine Sara Latimer, de la maison tout entière, de tout ce qu'elle représentait. Mais, contre toute attente, la porcelaine ne se brisa pas.

Lorsque je redescendis, l'arôme délicieux du café emplissait tout le rez-de-chaussée. Je retrouvai Claire qui s'affairait dans la cuisine, faisant, apparemment, déjà bon ménage avec Barnabé.

— Il est superbe, s'exclama-t-elle en me voyant. L'avez-vous trouvé ici ? C'était le chat de votre tante Sara ?

— Dieu seul le sait, fis-je d'un ton sombre. Certains ici ont, paraît-il, une théorie à ce sujet, mais je n'y ai guère attaché d'importance.

— Avez-vous déjà pris quelque chose ce matin, Sara ?

— Non, je n'y arrive pas. Rien ne passe.

Elle me dévisagea un long instant.

— Que vous arrive-t-il ? Quelque chose me dit que vous êtes au bord de l'inanition. Asseyez-vous. Vous ignorez sans doute que je fais d'excellentes omelettes, à faire pâlir d'envie un cuisinier français. Ah ! Je vois qu'il vous reste des œufs, fit-elle, considérant les restes intacts de mon dîner de la veille sur une desserte près de l'évier. Quel capharnaüm ! Cela ne vous ressemble guère ! Vous, si ordonnée d'habitude, presque maniaque même ! Et voilà qu'à présent...

Son regard revint à moi. Elle cessa de sourire.

— Sara, je plaisante, mais si vous vous sentez vraiment mal, je suis là pour vous aider. Voulez-vous que j'appelle un médecin ? Une ambulance ? Que se passe-t-il ?

Au bord des larmes, n'y tenant plus, je lui contai d'un trait tout ce qui m'était arrivé : l'acharnement de Matthew à me faire participer à l'Esbat, mon refus, ma tentative de fuite, l'étrange intervention de Tabitha sur la route, Judith Hay, le panier, le moule enduit de poison, mon délire, et aussi la cauchemardesque cérémonie, le viol...

Sans m'interrompre une seule fois, sans émettre le moindre commentaire, elle m'écouta attentivement et déclara, quand j'eus terminé :

— Je crois que vous avez besoin de café, ma petite Sara, et d'un solide déjeuner. Je vais vous faire une bonne omelette.

Posant devant moi une tasse fumante, elle dit encore :

— Buvez-le noir, si vous le pouvez. Il va vous faire du bien.

— Vous me prenez pour une folle, n'est-ce pas ? Vous ne me croyez pas ?

— Je ne sais que penser, je l'avoue. Je crois tout à fait que vous croyez ce que vous dites. J'ai même la conviction que vous n'êtes pas en train d'essayer de me raconter des histoires. En revanche, je ne suis pas sûre que vous ayez réellement assisté à une messe noire, même si je sais que ce genre de célébration existe... Et même si, je ne le cache pas, j'avais pressenti que vous aviez des ennuis. A vrai dire, c'est d'ailleurs la raison de ma venue.

— Que voulez-vous dire ?

— Eh bien, voilà. Colin, hier, m'a parlé de votre présence ici. Au cours de la nuit dernière, c'est étrange, j'ai senti que vous n'alliez pas bien. C'est pourquoi, j'ai saisi le premier prétexte pour accourir.

Elle s'interrompit en me voyant secouer la tête. Je n'en croyais pas mes oreilles. Donnait-elle, elle aussi, dans la sorcellerie ? Tout le monde devenait-il sorcier dans la région ? Fritz Leiber n'a-t-il d'ailleurs pas écrit que dans toutes les femmes sommeillait une sorcière ?

— Vous arrive-t-il souvent de... d'avoir ce genre de prémonition ?

— Oui, et uniquement quand une personne de mon entourage se trouve en difficulté. Rassurez-vous, mes talents de médium s'arrêtent là. D'après Colin, c'est un don. C'est d'ailleurs grâce à ce don que je l'ai rencontré... mais je vous raconterai tout cela une autre fois. Pour le moment, laissez-moi faire cette omelette, il faut absolument que vous vous alimentiez.

Cassant des œufs dans un saladier, elle entreprit de les battre énergiquement pendant que j'essayais d'avaler à petites gorgées mon café noir, qui, en dépit de son amertume, me parut étonnamment savoureux. Claire versa les œufs dans la poêle, les laissa cuire quelques instants, plia l'omelette, la fit glisser dans un plat et la partagea en deux.

— Mangez pendant qu'elle est chaude, m'ordonna-t-elle en posant une assiette devant moi. Je ne vous laisserai pas seule. Moi aussi j'ai très faim.

Elle s'assit de l'autre côté de la table et, comme elle l'avait annoncé, attaqua sa part avec appétit. Quant à moi, je m'étais crue trop faible pour pouvoir avaler quoi que ce fût, mais je m'aperçus, dès la première bouchée, que je mourais de faim. Puis, ayant dévoré jusqu'à la dernière miette le contenu de mon assiette, j'acceptai une deuxième tasse de café.

— Vous sentez-vous mieux ? demanda Claire, reposant sa fourchette.

— Un peu, répondis-je. Mais je persiste à croire qu'une grande partie de ce que j'ai vécu s'est réellement produite. Bien sûr, j'ai été aussi victime d'hallucinations : le Dieu à Cornes, mon envol dans les airs... sont des choses impossibles.

— Tout cela, peut-être, n'a été qu'un terrible cauchemar, Sara. Colin m'a dit que cette maison exerçait une très mauvaise influence sur votre équilibre nerveux. Et puis, surtout, n'oubliez pas que vous êtes toujours en état de choc affectif. Vous en subissez actuellement le contrecoup. Perdre tous ses proches en l'espace de quelques jours...

— Non, Claire, ce n'était pas un rêve. Je ne vous ai pas tout dit. A mon réveil, j'ai pensé comme vous que je venais de faire un songe, le plus affreux de tous. Mais en ouvrant les yeux, il m'a bien fallu constater que je me trouvais hors de la maison, au cimetière, entièrement nue...

Claire manqua s'étrangler. Elle reposa brusquement sa tasse.

— Mon Dieu ! Que me dites-vous là ? Ça change tout, évidemment.

— D'autant plus que je me suis d'abord demandé si j'avais pu, inconsciemment, arriver jusque-là pendant mon sommeil. Mais, n'ayant jamais été somnambule, pas une seule fois en vingt-trois ans, et ayant de plus entendu dire qu'un somnambule répète dans son sommeil ce qu'il a l'habitude de faire en état de veille, il m'a bien fallu admettre qu'il n'était pas possible d'envisager cette hypothèse, car même dans ce cas, je ne serais jamais sortie sans m'habiller auparavant.

— Vous avez raison. Et le fait que vous ayez envisagé cet éventuel état second prouve bien que vos facultés de raisonnement sont intactes. Quand j'étais en pension, ma camarade de chambre se levait parfois la nuit. Une ou deux fois par mois, quand ça lui arrivait, elle s'habillait en dormant, laçait même ses chaussures, puis fourrait sa clé dans sa poche. Il fallait que je lui murmure à l'oreille qu'il était l'heure de se coucher. Alors, elle se déshabillait sans aucune difficulté, remettait son pyjama et regagnait son lit, d'où elle ne bougeait plus jusqu'au matin. Dans son cas, c'était évidemment différent, mais pour vous... Bon, Sara, regardons les choses calmement, reprit-elle, en resservant du café. Supposons qu'une partie de tout cela soit vraiment arrivée. Ma première question est : pourquoi ?

— Une plaisanterie de très mauvais goût.

— Quand le mauvais goût atteint de telles proportions, mieux vaut enfermer son inspirateur. J'ai déjà eu l'occasion de rencontrer Matthew Hay. Il m'a donné l'impression de n'être pas tout à fait normal, d'avoir en lui quelque chose même de très inquiétant. Mon appréciation était faible. Ce qui m'étonne, c'est qu'il ait été assez fou pour commettre ce genre d'agression.

— Vous ne l'en croyez pas capable ?

— Si, je le crois capable de tout, Sara, mais à condition seulement qu'il puisse en tirer un quelconque profit ! Or...

— C'était le cas, la coupai-je. Il voulait à tout prix me convertir à son culte délirant. Il répétait sans cesse qu'il m'appartenait de prendre la suite de ma tante Sara, ancienne grande prêtresse de l'Église de l'Ancien Rite. Peut-être, après mon refus de lui vendre la maison, voulait-il aussi me faire peur. Je crois qu'il ne veut surtout pas qu'une personne étrangère à ses pratiques habite si près de son église et puisse surprendre ses agissements.

— C'est en effet une explication qui se tient, acquiesça Claire d'une voix hésitante.

— C'est en tout cas la seule pouvant coïncider avec sa logique. Si ce n'est pas la bonne, je suis en train de devenir complètement folle.

— Cela, non, j'en suis certaine, protesta-t-elle amicalement, prenant mon bras pour m'aider à me lever.

Elle me guida jusqu'à la fenêtre. La faible luminosité du jour noyé de pluie me fit plisser les yeux. Intriguée, Claire se pencha sur mon visage.

— La lumière vous fait mal ? Oui, vos pupilles sont dilatées. Sara, vous n'avez rien mangé de nocif ? Des fruits étranges, des baies inconnues ? L'année dernière, en vacances, j'ai croisé sur un chemin des promeneurs complètement inconscients qui cueillaient de la belladone, persuadés qu'il s'agissait d'innocentes myrtilles... Il faut dire que la plupart des baies se ressemblent...

— Mon Dieu ! Mais il y a de la belladone dans le jardin... Matthew Hay m'a expliqué qu'elle est utilisée pour certains rites sataniques.

— Je vois ! Il faut s'attendre à tout avec ce genre d'individu. Cela dit, il en faut une grande quantité, et il est fort probable qu'elle a été mélangée à quelque chose d'autre. D'après ce que vous m'avez raconté, il est possible que vous ayez ingéré de la stramoine, une variété de datura hallucinogène, peut-être aussi du LSD ou de la méthédrine. S'ils ont voulu vous intoxiquer par seul contact cutané, ils ont dû enduire le moule d'une dose énorme, capable de tuer un village entier.

La terrible question qui me torturait depuis que j'étais revenue à moi dans le cimetière m'échappa, presque malgré moi.

— Claire, pensez-vous que j'aie été vraiment violée ?

— Sara, il est presque impossible de prouver légalement le viol d'une femme ayant, disons... une vie sexuelle active. Oui, Brian m'a parlé de votre liaison... Dans ces cas-là, il est toujours très difficile de convaincre les juges.

— Je ne veux pas de procès, expliquai-je. Je ne songe d'ailleurs pas à porter plainte. Je voudrais seulement savoir... J'ai besoin d'être sûre de ne pas être en train de perdre les pédales !

Elle secoua la tête.

— C'est très difficile. Bien sûr, nous pourrions tenter de déceler des traces vraiment tangibles... Avez-vous pris un bain depuis ?

— Oui, reconnus-je aussitôt. C'est même la première chose que j'aie faite en reprenant conscience. Je crois que n'importe qui dans ce cas aurait eu le même réflexe.

— Vous ne portez donc vraisemblablement plus la moindre trace visible. Quant aux hématomes et autres égratignures, laissez-moi vous raconter une expérience très instructive, à laquelle j'ai moi-même assisté quand j'étais à la faculté. Après avoir hypnotisé un étudiant, le médium a appliqué un sac de glaçons sur son bras en lui disant qu'il s'agissait d'un fer chauffé au rouge. Instantanément, comme si le cobaye avait été brûlé au deuxième degré, des cloques sont apparues sur sa peau ! Or, sous l'influence d'un hallucinogène, on se trouve dans un état très voisin de l'hypnose. Sara, permettez-moi de vous donner un conseil. Je ne suis pas médecin, mais j'espère être votre amie. Persuadez-vous qu'il s'agissait d'un rêve. Forcez-vous à croire que ce n'était rien de plus. Aussi longtemps que vous ne connaîtrez pas, de manière indiscutable, le déroulement et la véracité des faits, cela vous facilitera immensément la vie.

Je la regardai sans comprendre, les yeux noyés de larmes amères.

— Et si, dans quelques semaines, je m'aperçois que je suis enceinte ? m'insurgeai-je d'une voix tremblante, faudra-t-il toujours croire qu'il s'agissait d'un rêve ?

C'en était trop. Je fondis en sanglots.

— Ma pauvre petite..., murmura Claire m'attirant dans ses bras. Si cela se produit, tout le monde pensera que Brian est le père. Tel que je le connais, il sera même sûrement ravi de vous épouser dès l'automne.

— Je ne peux pas lui faire une chose pareille ! m'écriai-je indignée. Tôt ou tard, il faudra bien que je lui dise la vérité !

— Je suis sûre que l'idée de vous épouser lui viendra spontanément, que vous soyez enceinte ou non. Je connais Brian, c'est une simple affaire de temps. Néanmoins, vos scrupules vous honorent.

Ne parvenant pas à me maîtriser, mes sanglots redoublèrent. Je me trouvais maintenant au bord de la crise de nerfs. Une telle abomination pouvait-elle se produire ? Étais-je condamnée à ne jamais connaître la vérité ? Porterais-je l'enfant de Brian ? Porterais-je l'engeance monstrueuse d'un viol collectif, perpétré par une bande de fous abrutis par la drogue ?

Brian lui-même m'avait dit qu'il n'était pas homme à se contenter des restes d'un Matthew Hay !...

L'horreur, la honte décuplèrent ma nausée.

— Je ne pourrai jamais supporter l'idée de ne pas savoir ! Jamais ! hurlai-je hors de moi.

— Je comprends ce que vous ressentez, répondit Claire doucement, s'efforçant de me réconforter. N'importe quelle femme réagirait comme vous dans ces circonstances. Voulez-vous venir avec moi à l'hôpital ? Les urgences sont ouvertes vingt-quatre heures sur vingt-quatre. Nous dirons ce qui vous est arrivé. Même en l'absence de preuve, ils s'occuperont de vous. Ou préférez-vous que j'appelle Brian ? Avez-vous d'autres amis dans la région ?... Que puis-je faire pour vous, Sara ?

Avant que je n'aie pu seulement rassembler mes idées, un coup de sonnette strident m'empêcha de lui répondre.

XII

L'Ennemi mortel

Me faisant signe de ne pas bouger, Claire se dirigea vers l'entrée, jeta, par la fenêtre, un coup d'œil dehors. Elle revint aussitôt.

— C'est Matthew Hay, dit-elle à voix basse. Vient-il sur place vérifier la noirceur de son forfait ? Maudit soit-il ! Sa présence en tout cas signe sa responsabilité. Ah, si je pouvais lui tordre le cou !

— Cachez-vous, Claire. Peut-être, s'il me croit seule, commettra-t-il une imprudence, laissera-t-il échapper une phrase susceptible de prouver quelque chose, dans un sens ou dans l'autre. Au moins, j'en aurai le cœur net.

— Vous n'allez pas rester seule avec ce dément ?

— Il n'y a pas d'autre solution, insistai-je. Et puis je sais que vous êtes là en cas de besoin.

Sur l'injonction de mon regard, elle alla se cacher derrière un rideau dissimulant quelques ustensiles de ménage. Quant à moi, je marchai d'un pas décidé vers la porte, suivie par Barnabé, et ouvris.

C'était bien Matthew. Il me salua d'un sourire entendu.

En voyant son rictus démoniaque, mes derniers doutes s'envolèrent.

— Eh bien, Sara, à présent vous êtes vraiment des nôtres. Je suis sûr que la mémoire ancestrale vous est enfin revenue, n'est-ce pas ?

— Vos certitudes vous trompent, répliquai-je cinglante. Votre misérable suffisance vous égare ! Oser venir me trouver après ce qui s'est passé cette nuit !

Comment ne m'étais-je pas aperçue plus tôt que tout en lui respirait frustrations et refoulements ? Quoi qu'il puisse prétendre, il demeurait prisonnier des tabous, incapable d'exprimer ses penchants naturels dans la liberté et la joie : puritain pervers, il n'était obsédé que par le désir vicieux d'enfreindre les interdits et de faire le mal. Pour lui, le sexe perdait tout intérêt s'il ne conduisait pas à l'assouvissement de ses instincts morbides. Le plaisir pour le plaisir lui était inconnu. Il avait besoin pour jouir de s'accoupler au pied d'un autel d'église, car seuls le sacrilège et l'interdit le stimulaient. Pis encore, les stupéfiants lui étaient nécessaires.

La cruauté sadique dansait dans son sourire.

— Je suis venu quand même, comme vous pouvez le voir. Ça n'a pas l'air de vous déplaire tellement, puisque vous m'avez ouvert votre porte.

A ces mots, une tornade d'émotions me fit presque chanceler. Un voile noir à nouveau passa devant mes yeux. Je me sentis grandir, grandir encore, à tel point que je dominais maintenant Matthew complètement, le toisais de toute l'extension de ma taille. Un flot de paroles s'échappa de mes lèvres, porté par une voix forte et caverneuse qui n'était plus la mienne :

— Si je voulais te réduire à l'impuissance, Matthew Hay, sache que le plus grand de tes pouvoirs ne te servirait plus à rien ! Te croirais-tu devenu mon égal ? Jamais tu n'y parviendras, ni dans ce monde, ni dans l'autre ! Je connais ton nom ! A-ba-star-no...

Il devint pâle comme un os desséché au soleil. Comme s'il était écrasé par un poids invisible, il tituba en arrière.

— Non, Sara ! Non ! Je sais...

J'abaissai les mains, jointes malgré moi en une mystérieuse invocation. Un sourire ourla mes lèvres, et je sentis la présence étrangère me quitter.

— A présent, nous nous comprenons, dis-je d'une voix redevenue normale, avec un calme olympien. Je n'ai pas tout saisi encore, mais j'en sais manifestement assez. Dites-moi le reste, Matthew. Que s'est-il réellement passé la nuit dernière ?

Son sourire revint, plus malsain et ambigu que jamais.

— Tout ce que vous avez cru réel l'était, Sara. Je ne sais pas exactement jusqu'où vous êtes allée ni tout ce que vous avez vu, mais j'ai rarement vu quelqu'un se donner à ce point, comme vous. Vous planiez ! Quel voyage !

Ses derniers mots me frappèrent. Il employait les termes usités par les familiers des voyages artificiels. « Planer » pour eux est une image courante. Combien de toxicomanes, sous l'effet du LSD, se sont en effet littéralement jetés par la fenêtre, persuadés qu'ils pouvaient voler !

— Félicitations pour la ruse, renchéris-je, sarcastique. Enduire le fond du moule de l'onguent était habile, car vous vous doutiez bien que j'hésiterais à toucher une tarte venant de votre part. L'idée ne pouvait venir que de vous, Matthew. Tabitha n'en aurait pas été capable.

— Sur ce point vous avez raison. Tabitha d'ailleurs n'a guère de suite dans les idées. La sorcellerie n'est qu'un dérivatif pour elle. Vous m'avez dit un jour, il y a de cela peut-être une quinzaine d'années, qu'une femme devait passer le cap de la cinquantaine pour devenir une vraie sorcière. Une fille comme Tabitha peut obtenir ce qu'elle veut sans avoir recours à la magie. Cela dit, malgré toutes ses insuffisances, je trouve qu'elle progresse de manière très encourageante. C'est prometteur. Sa petite intervention hier pour vous empêcher de partir le prouve éloquemment. Il s'agissait, bien sûr, de suggestion pure et simple, et dans l'état de conscience où vous êtes aujourd'hui, vous les auriez balayés d'un revers de la main, elle et son volatile.

— Vous auriez pu m'empoisonner irrémédiablement.

Il haussa les épaules.

— Bah, on ne fait pas d'omelette sans casser d'œufs, Sara ! Tout a fonctionné à merveille : la mémoire ancestrale vous est revenue. Dans le cas contraire, il aurait bien fallu que nous vous écartions d'une manière ou d'une autre. Bref, nous n'avions rien à perdre, tout à gagner. Vous êtes vivante, personne ne s'en plaindra.

Indignée, Claire surgit de sa cache comme un diable de sa boîte.

— Je vous prends sur le fait, monsieur Hay ! Ainsi vous admettez avoir empoisonné Sara ! Mais vous l'avez aussi violée.

L'espace d'un instant, Matthew resta coi. Son regard ahuri glissa de mon visage à celui de Claire. Puis il grimaça un sourire.

— Violée ? Beaucoup de femmes comme Sara prétendent l'avoir été. Or, j'ai eu pour ma part, dans le feu de l'action, une toute autre impression. Je suis sûr d'ailleurs que votre amie partage mon avis, n'est-ce pas, Sara ? Félicitations, ma chère ! vous me rendez la monnaie de ma pièce si je puis dire, vous voilà vengée. Maintenant, dites à cette vieille peau de débarrasser le plancher, afin que nous puissions en venir aux choses sérieuses.

— Sara m'avait demandé de rester dans l'espoir de vous arracher un aveu, répliqua Claire, tranchante comme un couperet. C'est chose faite.

Tel un rapace prêt à fondre sur sa proie, il renversa la tête en arrière, éclata d'un rire rauque.

— Un aveu ? Et qu'ai-je donc avoué ?

— Vous avez essayé de l'empoisonner avec votre onguent immonde !

— Mais c'est absurde, répliqua Matthew d'une voix redevenue suave. Sara s'est simplement trompée dans les dosages en voulant expérimenter les recettes végétariennes de sa tante, voilà tout. En quoi serais-je responsable ? D'ailleurs, le serais-je, vous ne pourriez jamais rien prouver !

— Et la nuit dernière ? insista Claire, ne voulant lâcher prise.

— Quoi donc ? Que s'est-il passé la nuit dernière ? ironisa le pasteur de plus en plus doucereux. Je dispose d'un grand nombre de témoins qui pourront affirmer que j'étais occupé ailleurs.

— Dans une église, je suppose ?

— En effet, je dirigeais une cérémonie religieuse. Et il vous faudrait bien plus d'influence que vous n'en avez, qui que vous soyez, pour détruire cet alibi irréfutable ! ajouta-t-il avant de se tourner vers moi. Sara, tout cela est très divertissant, mais je vous suggère tout de même de bien vouloir nous débarrasser sur-le-champ de cette harpie névrosée.

Nullement démontée, Claire fit un pas en avant.

— Je partirai, monsieur, quand Sara me le demandera. En attendant, j'ai bien envie de vous jeter dehors !

Matthew resta de marbre.

— Sara, murmura-t-il, les mâchoires crispées, ne quittant pas des yeux son interlocutrice, la plaisanterie a assez duré.

— Elle ne veut plus avoir affaire à vous, aboya Claire, menaçante, empoignant par le bras le pasteur médusé. Et maintenant, dehors !

Matthew se dégagea d'un coup de coude.

— Je vous suggère de demander d'abord à Sara si elle souhaite que je parte. Si oui, je m'inclinerai, car c'est son droit. Dans le cas contraire, je vous interdis de me donner des ordres, et vous préviens que si vous levez la main sur moi...

— Eh bien, que ferez-vous ? coupa Claire, de plus en plus agressive. Comptez-vous appeler Lucifer à la rescousse pour m'envoyer en enfer ? Je suis sûre que vous vous y retrouverez vous-même bientôt, Mr Hay, mais je n'ai nullement l'intention de vous y rejoindre. Pour qui vous prenez-vous ? Je vous assure en tout cas que vous ne me faites pas peur. Et je sais mieux que vous ce que désire Sara.

— Vraiment ? fit Matthew. Qu'attendez-vous donc alors ? Demandez-le-lui.

Immobile entre eux deux, étrangement déstabilisée, je me sentais soudain incapable de proférer un mot. Pourquoi, en cet instant, trouvais-je l'intervention de Claire stérile, inefficace, gênante ? La silhouette de Matthew flottait devant moi dans un étrange halo de brume, me semblait sur le point de redevenir l'Être à Cornes, puissant et majestueux, terrifiant et terriblement attirant à la fois...

Mais Claire ne me regardait pas. Une nouvelle fois, elle menaça Matthew.

— Allez au diable ! Et ne revenez plus ! s'écria-t-elle, galvanisée par une extraordinaire énergie.

Lui saisissant le poignet selon une prise de kung-fu, elle lui tordit le bras, le poussa sans lâcher prise vers le seuil. Déséquilibré, il trébucha contre un meuble. Profitant de son avantage, Claire ouvrit brutalement la porte, l'empoigna par les épaules, le catapulta littéralement sur les marches du perron. Après quelques secondes d'hébétude, ayant manqué de s'étaler de tout son long, Matthew se retourna, blême de rage, brandit le poing en direction des femmes.

— Vous le regretterez toute votre vie ! rugit-il.

— Sûrement pas ! Je rêvais depuis longtemps d'expérimenter cette prise, vous m'en avez donné l'occasion, merci ! J'aurais été navrée de l'essayer sur un innocent. Je suis ravie de voir que mon entraînement de défense intensif a porté ses fruits. Maintenant déguerpissez, et vite, sinon j'appelle la police !

Appeler la police ? Sans téléphone ? Mais peut-être Matthew ignorait-il qu'il n'était pas encore installé.

— Si vous insistez vraiment, persifla Claire, claironnante, je peux encore vous faire bénéficier de mes connaissances avant l'arrivée des flics !

— Vous aussi, Sara, vous le regretterez ! hurla Matthew, hors de lui, levant les bras au ciel. N'oubliez pas que je suis maintenant, que vous le vouliez ou non, votre allié, votre serviteur... ou votre plus mortel ennemi. A vous de choisir !

Je ne répondis pas, sentant mon sang se glacer dans mes veines. Quant à Matthew, il tourna les talons sans demander son reste et disparut à grands pas derrière les buissons.

Venais-je d'en faire un ennemi irréductible ? Une petite voix au fond de moi me rassura tout à fait. Oui, il me pardonnerait, tout comme il m'avait pardonné tant de fois au cours des siècles...

Claire m'enlaça en riant. Mais tandis qu'elle cherchait à me réconforter, une partie de mon être se détacha de son étreinte pour assister l'œil en coin à la scène...

Je venais d'être consacrée sur un autel plus vieux que le plus vieil autel de la Chrétienté, plus vieux que le temps lui-même.

« Sara, tu es sorcière et tu le resteras toujours... »

Ainsi, étais-je redevenue Sara Latimer, sorcière pour l'éternité.

— Vous le regretterez toute votre vie ! rugit-il.

— Sûrement pas ! Je rêvais depuis longtemps d'expérimenter cette prise, vous m'en avez donné l'occasion, merci ! J'aurais été navrée de l'essayer sur un innocent. Je suis ravie de voir que mon entraînement de défense intensif a porté ses fruits. Maintenant décampez, et vite, sinon j'appelle la police !

Appeler la police ? Sans téléphone ? Mais peut-être Matthew ignorait-il qu'il n'était pas encore installé.

— Si vous insistez vraiment, persifla Claire, claironnante, je peux encore vous faire bénéficier de mes connaissances avant l'arrivée des flics !

— Vous aussi, Sara, vous le regretterez ! hurla Matthew, hors de lui, levant les bras au ciel. N'oubliez pas que je suis maintenant, que vous le vouliez ou non, votre allié, votre serviteur... ou votre mortel ennemi. À vous de choisir !

Je ne répondis pas, sentant mon sang se glacer dans mes veines. Quant à Matthew, il tourna les talons sans demander son reste et disparut à grands pas derrière les buissons.

Venais-je d'en faire un ennemi irréductible ? Une petite voix au fond de moi me rassura tout à fait. Oui, il me pardonnerait, tout comme il m'avait pardonné tant de fois au cours des siècles.

Claire m'enlaça en riant. Mais tandis qu'elle cherchait à me réconforter, une partie de mon âme se détacha de son étreinte pour assister l'œil en coin à la scène.

Je venais d'être consacrée sur un autel plus vieux que le plus vieil autel de la Chrétienté, plus vieux que le temps lui-même.

« Sara, tu es sorcière et tu le resteras toujours... »

Ainsi, étais-je redevenue Sara Latimer, sorcière pour l'éternité.

XIII

Sorcière à jamais

CLAIRE ne parut pas s'apercevoir de la métamorphose qui venait de s'opérer en moi.

— J'ai l'impression très nette que vous n'aurez plus d'ennuis avec cette ordure, fit-elle en recouvrant son calme d'un air satisfait. Il n'est pas près de revenir. Il faut cependant rester vigilant. Lui et sa clique peuvent commettre une bourde qui permettrait de porter plainte à la police.

— Non ! répondis-je aussitôt.

— Je croyais que vous...

— Claire, je...

Je cherchais mes mots pour ne pas la blesser. Avec elle, je ne souhaitais pas la rupture. Peut-être même pourrais-je, le moment venu, la convertir à l'Ancien Rite.

Quant à Brian, je le désirais, je brûlais pour lui plus que jamais. En dépit de tous les hommes que j'avais connus cette nuit, la seule idée de le perdre était une souffrance affreuse, intolérable. Je devais avant tout maintenant protéger mon passé, mon avenir, ma vie qui ne finirait pas. Au cours des temps, j'avais vu tant de confréries se désagréger, disparaître, par la faute d'un profane trop curieux.

Claire posa sur moi un regard étonné.

— Vous sentez-vous bien, Sara ? Un bref instant, lorsque vous parliez avec Matthew Hay, j'ai eu peine à reconnaître votre voix. Il m'a même semblé que vous étiez de son côté.

Elle me prit par l'épaule, m'obligea à lui faire face.

— Sara, vous n'êtes pas de son côté, n'est-ce pas ?

— Bien sûr que non. Mais à supposer même que nous découvrions quelque chose, il n'existe aucune loi contre la sorcellerie. Alors ne vaut-il pas mieux oublier tout cela ?

— Non, car il existe des lois contre le viol, il existe des lois contre les stupéfiants. Aussi longtemps que je serai ici, je traquerai ce fou lubrique. Il ne pourra lever le petit doigt sans que j'en sois aussitôt informée ! Je ne prendrai pas une minute de repos avant de le savoir bouclé dans une cellule capitonnée de l'asile le plus proche, si toutefois ce genre d'institution existe dans la région ! On voit tellement de détraqués en totale liberté, qu'on peut, surtout ici, en douter.

Claire parlait, mais je n'avais plus de temps à lui consacrer. D'abord, il me fallait convertir Brian au culte de l'Être à Cornes. Les paroles de Matthew n'étaient que trop claires : la seule alternative consistait à écarter de notre route tous ceux qui pouvaient nous nuire. Mais l'idée seule de ne plus voir Brian m'était insupportable. Peut-être les sorcières ignoraient-elles l'amour, mais moi je désirais Brian de toute mon âme, de tout mon corps. J'avais réussi à le séduire, il était tombé sous ma coupe. A présent, j'allais apprendre à me servir de lui, dans notre intérêt à tous deux, débarrassée des naïfs scrupules de ma vie antérieure. Il me fallait me mettre à l'œuvre sans tarder, si du moins Claire se décidait à me laisser en paix.

— Vous feriez mieux de partir, lui dis-je doucement. Je... j'ai besoin de repos, et je suis sûre qu'il ne reviendra pas. Après tout, rien d'irréversible ne s'est passé. Mieux vaut faire une croix sur le passé.

— Très bien, si vous êtes certaine...

— Tout à fait certaine. Il me laissera tranquille, maintenant.

Je dus prendre sur moi pour ne pas sourire, pour obliger mes lèvres à rester totalement inexpressives. Claire ne devait pas savoir. Surtout pas. Son heure n'avait pas sonné.

Elle prit congé de moi quelques instants plus tard. Sur le perron, je suivis un instant des yeux la petite voiture qui s'éloignait, ne pouvant étouffer la bouffée de reconnaissance qui montait en moi à son égard. Elle était arrivée à un moment critique et sa présence m'avait réconfortée. Il est vrai que Matthew aurait pu m'envoyer Tabitha si je l'avais voulu...

Revenue au salon, je m'assis, étonnamment dispose, me surprenant à méditer le vieil adage selon lequel la jeunesse est un bien trop précieux pour être abandonné aux jeunes. A la différence des mortels, nous autres sorcières avons la chance de pouvoir jouir d'une éternelle jeunesse.

Le timbre de la sonnette vint interrompre ma revigorante rêverie. Décidément, le rythme des visites ne ralentissait pas. Un coup d'œil dehors m'apprit l'arrivée de Brian. Bien que mes pupilles aient retrouvé un aspect normal, je ne me sentais pas encore entièrement prête à l'affronter. Ne pouvant cependant l'éconduire après le message pressant laissé à l'hôpital la veille au soir, j'ouvris la porte et tendis mes lèvres en quête d'un baiser.

— Que se passe-t-il, ma chérie ? demanda-t-il, après m'avoir longuement embrassée. On m'a laissé ton message, et...

— Je suis navrée, Brian. Je me suis affolée pour rien, j'ai cru... mais tu es là, et c'est bien.

C'était trop tôt, beaucoup trop tôt, pour m'occuper de lui. La manière de le prendre comme je le voulais, de l'ensorceler, n'était pas encore évidente.

— Es-tu sûre que tout va bien, chérie ? Claire m'a dit qu'elle était passée tout à l'heure. Apparemment, ton sinistre voisin est encore venu faire des siennes. Elle m'a expliqué que tu voulais me voir, mais elle n'a pas voulu me dire exactement pourquoi. Quelque chose ne va pas ? Parle, je t'en prie...

Un verset de la Bible trouvée dans ma chambre me revint en mémoire. Je le récitai à brûle-pourpoint :

— « Prends garde à la femme étrange, mon fils ! Le miel ruisselle de ses lèvres, les mots dans sa bouche sont plus veloutés que l'huile ! »...

Marquant un léger temps d'arrêt, je continuai sur ma lancée :

— ... « Mais sa fin sera plus amère que l'armoise, plus déchirante que la lame d'un glaive. »

Brian me dévisagea avec stupeur.

— Qu'as-tu, Sara ? Quel est donc ce galimatias ? J'ignorais que tu appréciais à ce point les versets de la Bible ?

Comme il était difficile de tout recommencer dans la peau d'une femme nouvelle !...

— Tout le monde cite la Bible de temps en temps, répondis-je platement.

Il eut pour moi un long et singulier regard, mais ne répliqua rien. Sentant que la conversation ne mènerait à rien, il boutonna sa veste, cherchant manifestement une excuse.

— Je dois y aller, Sara, se résolut-il à me dire. Je suis passé en coup de vent uniquement parce que je pensais que tu avais besoin de moi. Mais puisque tout va bien, il faut que je file interroger mon répondeur. Je m'apprêtais à le faire il y a une heure, mais on m'a donné ton message, puis j'ai reçu dans la foulée le coup de fil de Claire qui m'a décidé à faire un bond ici.

Je ne protestai pas. Il m'embrassa. Je me sentais de nouveau lasse, j'avais besoin de réfléchir. Non seulement Brian était un merveilleux amant, mais en tant que médecin il pouvait s'avérer une recrue précieuse. Il fallait réfléchir au moyen de le convertir à la cause. Un médecin dans la confrérie nous permettrait d'obtenir toutes les drogues souhaitables. De plus, en cas d'accidents, comme il pouvait en survenir, il signerait les certificats de décès et personne n'y trouverait à redire.

Toujours est-il qu'en cet instant, il parut déçu de mon peu d'insistance à le retenir et se contenta de m'embrasser encore.

— C'est vrai, tu as l'air épuisée. Dors bien, mon amour. Il faut absolument faire installer le téléphone, cela m'évitera des allées et venues inutiles.

« Plutôt mourir », songeai-je...

Sourire aux lèvres, je le regardai s'éloigner sous la pluie qui venait de recommencer à tomber. Bientôt, le ronflement de sa petite Volkswagen décrût dans la campagne et je n'entendis plus que le clapotis de l'averse sur le perron et sur les vitres. Alors je remontai dans ma chambre et me couchai.

Tard dans la nuit, je fus de nouveau arrachée au sommeil. On sonnait à l'entrée. Je descendis ouvrir et levant ma lampe à pétrole à hauteur du visage, je reconnus Tabitha plantée comme un i sur le seuil.

— Entre, Tabitha, dis-je sèchement, je t'attendais. L'élève viendrait-elle prendre des nouvelles de sa maîtresse ?

Elle tressaillit dans la pénombre.

— Il ne s'agit pas de cela, Sara. Je voulais seulement m'assurer que tu allais bien. J'avais peur que tu n'aies pas encore retrouvé ta mémoire. Me voilà tout à fait rassurée. J'avais besoin de vérifier que tu n'avais pas trop souffert. Je suis déjà passée dans la matinée, mais constatant que tu avais de la visite, j'ai préféré ne pas te déranger.

— Merci, c'est vraiment très délicat de ta part. J'ai cependant une petite revanche à prendre sur toi pour le tour que tu m'as joué avec ton damné corbeau. Tu t'es montrée fort habile. Enfin, tout est bien qui finit bien, et je crois que tu échapperas même au châtiment pour cette fois. Mais prends garde ! Si à l'avenir tu t'avisais une seule fois d'utiliser à mon encontre cet oiseau de malheur, tu t'en repentirais aussitôt !

Elle me dévisagea intensément, une lueur au fond des yeux curieusement hostile et affectueuse à la fois :

— Ne t'inquiète pas. Je ne suis pas de taille encore à t'affronter, je le sais, Sara. Mais un jour viendra peut-être... De toute façon, je crois que je t'aimais mieux avant.

— Je n'en doute pas, répliquai-je, les yeux dans ses yeux. Avant, tu me manipulais aisément, espérant garder Matthew pour toi seule. Mais ce temps est révolu, Tabitha, n'oublie pas.

Elle hocha brièvement la tête.

— Je vois que tu n'as plus besoin de moi, dit-elle encore d'une voix traînante. C'est bien ! Je m'en vais.

— Va ! dis-je, je t'aurai prévenue.

Je lui claquai la porte au nez, et remontai sans aucun état d'âme me recoucher.

Les jours qui suivirent furent pour moi riches en expériences nouvelles et en réminiscences. Je passai mon temps à tendre l'oreille et affiner mon regard, tentant d'assimiler un flot de souvenirs et de pouvoirs qui me revenaient en foule.

Trois cents ans d'âge... Des saisons entières, des années, des siècles ressuscitaient dans ma mémoire.

L'Être à Cornes remboursait au centuple le prix de nos souffrances.

Cela durerait-il éternellement ?

Je disposais en somme d'un crédit sur le temps, avec faculté de jouissance immédiate et paiement différé !

A deux ou trois reprises cependant, mon ancienne personnalité affleura de bien près la surface de ma conscience, surtout lorsque je me trouvais avec le jeune médecin. L'envie même de redevenir la jeune fille que j'avais été, le souhait fugitif et confus de faire marche arrière, m'assombrissaient fugitivement.

Mais à quoi bon ? On ne revenait pas sur ses pas après s'être engagée sur la voie des ténèbres.

Dans l'espoir peut-être de retrouver le fil perdu de ces temps d'innocence, je m'installai un matin à l'atelier pour essayer de terminer les illustrations de mon livre. En vain. Il m'était désormais impossible de dessiner gentils lutins et fées bienfaisantes, châteaux, monts et merveilles incrustés de pierreries. Ces niaiseries me semblaient insipides et dénuées de tout sens. Aussi déchirai-je rageusement tout ce que j'avais fait jusqu'alors, n'ayant d'ailleurs maintenant plus de besoin d'argent à satisfaire. La faim, la soif n'existaient plus pour moi ; les membres de notre confrérie partageaient tout ce qu'ils possédaient avec leurs frères et sœurs. Mon rôle consistait seulement à fournir les herbes sacrées et médicinales. Je passais donc des heures dans le jardin à sarcler la terre, à la ramener à la vie après tant d'années d'abandon. C'était une tâche de longue haleine, qui désormais occupait la majeure partie de mon temps.

La nouvelle de mon grand retour commençait à se propager dans le voisinage. Où que j'aille, il me semblait qu'il se trouvait toujours quelqu'un pour m'adresser un signe de reconnaissance. Un soir, au crépuscule, une pâle jeune femme en détresse vint frapper à ma porte. Je ne l'avais jamais vue, mais l'histoire qu'elle me conta n'était que trop commune : cinq enfants en quatre ans, un mari brutal, trop imbu de ses droits conjugaux pour se préoccuper des conséquences de ses actes pour sa femme...

Je l'emmenai dans le jardin, cueillis avec elle les herbes qui lui seraient utiles, lui donnai des instructions précises concernant leur emploi. Oui, on nous accusait, à juste titre, depuis la nuit des temps de pratiquer l'avortement pour empêcher des générations de mâles ignares d'obtenir, selon leur bon plaisir, une main-d'œuvre gratuite. Il était trop facile, par le canal des rejetons qu'ils se fabriquaient impunément en engrossant leurs femmes, pour justifier leurs irresponsabilités, d'invoquer ensuite la loi de Dieu. Eh bien, si leur Dieu goûtait de les voir tenir les simples et lamentables rôles de reproducteurs, semblables à ceux tenus par leurs bestiaux, tant pis pour Lui !

La cueillette finie, je lui donnai quelques conseils supplémentaires pour lui éviter de se retrouver enceinte avant d'avoir recouvré force et santé. A cet effet, j'enveloppai plusieurs feuilles séchées dans un papier sur lequel je griffonnai à la hâte un symbole masculin.

— Mets-en quotidiennement quelques pincées dans le café de ton mari, mais prends bien garde de ne pas les mélanger aux autres. Il ne faut surtout pas que tu en prennes toi-même.

— Elles ne lui feront pas de mal, n'est-ce pas ? demanda la jeune femme d'une voix craintive.

— Mais non ! la rassurai-je, dardant sur elle un regard méprisant, comprenant mal qu'une esclave puisse s'inquiéter ainsi du sort de son bourreau. Simplement, quand l'envie lui prendra à nouveau de se vautrer sur toi, il s'apercevra, médusé, que sa virilité ne répond plus à ses ardeurs. Son dépit lui servira peut-être de leçon. L'homme, que je sache, n'a pas été doté d'arrogants attributs uniquement pour peupler le monde de marmots en haillons !

Je lui montrai le cimetière du doigt.

— Fais comme je te dis, si tu ne veux pas rejoindre bientôt ceux qui dorment sous ces dalles. Sinon ton mari, après toi, éreintera encore deux ou trois épouses, au rythme de sept ou huit rejetons par victime !

La jeune femme étant partie en me remerciant chaudement, je ne pus m'empêcher, non sans amusement, de penser à Brian. Il aurait sûrement approuvé mon travail, avec peut-être quelques réserves pour la forme. N'avait-il pas, à plusieurs reprises, reconnu son impuissance à convaincre les paysans de l'utilité du contrôle des naissances ? A ma manière, j'y réussissais manifestement mieux que lui !

Une autre visite me surprit davantage. Je ne l'attendais plus. Colin McLaran débarqua en effet chez moi un après-midi, tout à fait à l'improviste.

— J'espérais vous revoir plus tôt, Sally, déclara-t-il sans ambages. Claire m'a dit que vous n'étiez pas très en forme en ce moment. J'espère que vous allez mieux ?

— Tout à fait, répondis-je évasive, désireuse de le voir repartir au plus vite.

Mais Colin était un ami de Sally, la jeune femme que j'avais été. Un minimum de courtoisie s'imposait donc.

— Une tasse de thé vous ferait-elle plaisir, docteur McLaran ?

— M'avez-vous déjà vu refuser si avenante proposition ? minauda-t-il d'un air enjoué.

Nous passâmes à la cuisine et je mis la bouilloire sur le feu. Le thé prêt, je posai sur la table deux tasses et une boîte de biscuits.

— Laissez-moi vous servir, proposa-t-il, le regard pétillant, en prenant la théière. Au fait, saviez-vous que j'ai réussi à me faire inviter au prochain Sabbat ? J'ai téléphoné à Matthew Hay et lui ai raconté que je donnais des cours à l'université de Miskatonic sur Cthulhu et les anciens dieux, le tout saupoudré de citations judicieuses tirées du *Nécronomicon*...

Je crus qu'il se moquait de moi.

— Le *Nécronomicon* ? répétai-je. Est-ce ce livre d'imagination, cette encyclopédie du mal inventée par Lovecraft pour son œuvre ?

— Exactement. Mais ce qui m'a tout à fait étonné, c'est que Matthew Hay semblait en ignorer jusqu'à l'existence. Je me demande si, finalement, il n'en sait pas beaucoup moins sur la sorcellerie qu'il ne se l'imagine. Figurez-vous qu'il m'a admis au Sabbat comme Grand Adepte.

« Vous l'êtes peut-être sans le savoir », songeai-je avec courroux, sachant qu'il ne m'était pas possible de m'allier à lui contre Matthew. Ridiculiser toutefois ce dernier aux yeux de mes frères et sœurs ne m'aurait pas déplu.

— Ainsi participerez-vous au prochain Sabbat ? repris-je, après mon aparté.

— Je ne le manquerais pour rien au monde.

— Ne sous-estimez pas Matthew, docteur McLaran ! lançai-je à brûle-pourpoint.

Ce ne fut qu'alors que je me rendis compte que j'avais jusqu'ici toujours appelé Colin par son prénom. Une fraction de seconde, il parut le remarquer, mais son sourire affable démentit instantanément la plus minime contrariété. Sans doute avais-je été victime d'une illusion.

— Non, ne vous inquiétez pas sur ce point, répliqua-t-il d'une voix égale, je m'en garderai bien.

Sur ce, abrégeant sa visite, il prit congé de moi, disparaissant aussi vite qu'il était venu, ses dernières paroles ayant, à mon corps défendant, jeté un certain trouble dans mon esprit. Fallait-il avertir Matthew ?

Au terme d'un bref débat intérieur, je décidai de n'en rien faire ; puis, une impulsion soudaine me ramena à l'atelier et à mes pinceaux. J'entrepris sur-le-champ de peindre, n'écoutant que ma propre impulsion. Le résultat ne tarda guère : ma toile représentait le paysage lugubre du cimetière, envahi par des formes surnaturelles, le tout surplombé par une immense et noire créature à cornes. C'était saisissant, à la fois réaliste et immatériel, envoûtant, et d'une telle puissance, que je ne pus résister à l'envie de la montrer à Brian lorsqu'il revint me voir.

— Tu te mets à peindre tes cauchemars, Sara ?

— Ça ne te plaît pas ?

— Je n'ai pas dit cela. Mais c'est tellement étrange, mystérieux. Tu es peut-être plus douée que je ne le croyais. Ce qui me frappe évidemment, c'est le côté... comment dirais-je, négatif de l'ensemble. J'avoue découvrir un aspect de ta personnalité que je ne soupçonnais pas.

— Oh ! je peins simplement ce que j'ai à peindre, répliquai-je, feignant de n'y attacher qu'assez peu d'importance.

— Il est vrai que, de ton côté, tu ne me demandes pas d'explications sur la manière dont j'exerce la médecine. Chacun son métier, tu as raison. Cette toile est étonnante, je le reconnais. Et puis, peut-être s'agit-il là d'une excellente forme de thérapie ? La maison est-elle toujours aussi néfaste pour tes nerfs ?

Je le regardai sans comprendre. De quoi parlait-il ? Comment diable la maison où j'avais toujours vécu aurait-elle pu me perturber ?

— Je ne comprends pas. Que veux-tu dire, Brian ?

— Rien, rien du tout. Si tu n'as plus de problème, tant mieux ! Mieux vaut en effet ne plus en parler. Désolé, il faut que je parte, mes malades m'attendent.

Il m'embrassa et s'en fut. Depuis plusieurs jours, une épidémie de grippe l'accaparait du matin au soir. Je l'avais très peu vu, et m'en accommodais fort bien. La présence de mon chat Rouquin me suffisait. Je n'avais nul besoin d'autre compagnie.

Les jours passèrent, puis la lune se mit à décroître. La nuit du Grand Sabbat approchait maintenant. Un soir, j'entr'aperçus Matthew se dirigeant, à travers champs, vers la ferme de Tabitha. Il eut la sagesse de ne pas s'arrêter chez moi. Tabitha pour l'instant pouvait bien l'accueillir. Leur rencontre ne suscitait en moi qu'indifférence. Mais la trêve touchait à sa fin. Et comme toute trêve, elle s'acheva brutalement.

Ce matin-là, j'étais allée à Madison Corners procéder à certains achats. Je savais maintenant que Matthew et moi, ainsi que Tabitha à un moindre degré, étions les guides spirituels de la confrérie, les seuls à comprendre vraiment la dimension mystique de l'Ancien Rite. Les autres, nos fidèles, n'éprouvaient que le vague espoir de s'attirer l'attention bienveillante des forces de la nature, plus conscients de participer à une émoustillante tradition qu'à obéir aux exigences d'un culte ancestral. Ils auraient aussi bien pu entonner des gospels ou des hymnes presbytériens ; mais je tenais, malgré leur ignorance, à maintenir leur présence autour de notre autel, afin que nous puisions en elle, dans leur énergie instinctive, dans leur foi naïve, un pouvoir sans cesse renouvelé.

En somme, nous leur donnions autant que nous prenions. Certes ils n'étaient attirés que par la sexualité animale de nos congrès, et, par suite, étaient bien incapables de dissocier dans l'orgie la réalité matérielle de la cérémonie tendant à attirer sur l'assemblée les forces cosmiques et surnaturelles. La frénésie des accouplements était alors leur unique préoccupation. Le courant puissant et continu d'énergie vitale, tout droit jailli des entrailles de la terre qui en résultait, échappait complètement à leur fruste entendement. Seule comptait pour eux l'occasion de forniquer ; à moi, prêtresse, revenait donc d'utiliser au mieux la force qu'ils engendraient.

Absorbée par mes courses, je vérifiais que je n'avais rien oublié, quand une pensée irritante vint m'assaillir pour la énième fois : si je ne parvenais pas à attirer Brian dans mes filets, il me faudrait le persuader de quitter la région. Sa présence rassurante et tranquille, rationnelle parmi nos fidèles, était en effet une menace permanente pour notre confrérie, pour l'existence même de l'Ancien Rite qu'il risquait de déstabiliser en répandant autour de lui une vision de la vie simple et claire, en totale contradiction avec nos principes résolument tournés vers les ténèbres et le passé.

Il serait donc des nôtres, ou partirait. Sinon... Une troisième hypothèse, plus terrifiante encore, s'imposerait ; mais celle-là, je n'osais même pas y penser.

Un cri d'enfant m'arracha à cette réflexion macabre.

— M'man, c'est la dame qui est sorcière ? Elle ressemble pas à une méchante fée ! On dirait que c'est elle qui est avec le docteur Standish !

Je me retournai lentement. La mère du gosse, très ennuyée, avait saisi la main de son rejeton, et lui intimait l'ordre de se taire.

Une bouffée de colère me saisit. Je les fusillai du regard puis, sur le point de les prendre à partie, je leur tournai soudain le dos en ricanant et quittai la boutique. Celle que j'avais été, la jeune Sara, n'aurait jamais agi ainsi, mais les gens de Madison Corners devaient apprendre maintenant à qui ils avaient affaire.

Derrière moi j'entendis quelques voix étouffées et une quinte de toux mais je ne me retournai pas. Imperturbable, je repris le chemin de Witch Hill. Sans doute retiendraient-ils la leçon.

Attendant Brian pour dîner, je décidai, dès mon retour, de mijoter à son intention un poulet rôti, l'un de ses plats préférés. J'étais en train de surveiller sa cuisson quand j'entendis enfin le ronronnement de sa voiture. Il était en retard de plus d'une heure. Furieuse, je m'apprêtais à lui faire une scène, mais son allure et ses traits fatigués m'en dissuadèrent aussitôt.

— Eh bien, que t'arrive-t-il, Brian ? Tu as vu l'heure ? me contentai-je de lui faire remarquer.

— Désolé mais j'ai eu une urgence. Le gosse Fairfield fait une crise d'asthme, et j'ai cru un instant que j'allais devoir l'emmener à l'hôpital d'Arkham sur la banquette arrière de ma voiture. Bon Dieu, si je pouvais seulement avoir un peu plus de matériel, ne serait-ce qu'une modeste tente à oxygène ! Il va tout de même falloir envisager de se moderniser, si on ne veut pas avoir à se rendre à la ville au moindre pépin ! Chaque fois que je reçois un appel urgent, je me dis qu'il est vraiment très difficile d'exercer ici.

— Fairfield ? N'est-ce pas...

— Oui, c'est le fils d'Annie.

— Que cela lui serve de leçon !

— Sara ! s'exclama-t-il, choqué. Comment peux-tu dire une chose pareille ? Ce n'est pas la faute de ce gosse si sa mère, une pauvre ignorante qui n'a pas tous ses esprits, t'a bêtement offensée l'autre jour !

— Ces gens ne méritent pas qu'on s'apitoie sur eux, rétorquai-je butée.

Brian fronça les sourcils.

— Sara, vraiment, cette maison exerce sur toi une influence néfaste, j'ai le regret de te le dire. Tu n'étais pas comme ça à ton arrivée. Je commence à me demander si tu as raison de rester ici.

— Ne te fatigue pas trop à réfléchir sur ce point, le coupai-je brutalement. J'y suis, j'y reste. Il y a d'ailleurs trois cents ans que je vis en ces murs, il n'est pas question une seconde que je les abandonne.

L'œil rivé sur moi, mais cette fois décontenancé, il se débarrassa de son blouson et revint à moi.

— Sara, je n'ai nullement envie de me quereller avec toi. Je suis trop fatigué. Je ne sais pas ce que tu as fait pour le dîner, mais ça sent rudement bon. Est-ce prêt ? Je meurs de faim !

Nous passâmes à table et tout au long du repas, il ne cessa de s'extasier sur mes talents culinaires, le poulet étant succulent et doré à point. Mais le malaise subsistait entre nous et ne se dissipa pas un instant.

Ayant donné quelques restes débarrassés des os à Rouquin, je constatai avec lui que le chat avait tendance à engraisser.

— Il est trop bien nourri, remarquai-je et il laisse les souris proliférer. A la campagne, un chat n'est pas un simple animal de compagnie. Finie la belle vie, mon vieux, il va falloir désormais que tu gagnes ta pitance !

Comme nous n'avions pas grand-chose à nous dire, la conversation devint bientôt insipide. Nous passâmes au café, moi-même n'ayant en tête que de trouver le meilleur moyen pour attirer mon beau médecin dans notre confrérie.

— Il faut vraiment que l'on t'installe le téléphone, Sara, dit-il soudain en rompant le silence. Ce soir, je suis de garde, et je vais devoir partir. James, mon cousin, a passé la moitié de la nuit dernière debout pour un accouchement. Je lui ai promis d'être de retour à neuf heures pour qu'il puisse se reposer. Tu ne m'écoutes pas, Sara ?

Je ne pouvais le contredire. Je pensais en effet au Sabbat qui se préparait pour la prochaine lune. Il ne me restait donc qu'une dizaine de jours pour le convertir.

— Pardonne-moi, répondis-je précipitamment. Mais j'avais cru entendre un bruit dans la cour.

Il tendit l'oreille sans me lâcher des yeux. Le silence dehors était total.

— Je me fais du souci pour toi, Sara. Tu ne veux pas que je te trouve un chien de garde ?

— C'est inutile. Rouquin vaut tous les chiens du monde. Si un étranger s'approche de la maison, il m'avertit aussitôt.

Je me levai et marchai vers la fenêtre. Brian me suivit. Une forme sombre, me sembla-t-il, venait de se fondre dans l'obscurité. Était-ce Matthew ? Il devait ruminer sa vengeance, mais la proximité du Sabbat me laissait vraisemblablement un répit. Ensuite, bien sûr, tout pourrait arriver. Même si je n'avais personnellement rien à craindre dans l'immédiat, il me fallait être prudente car rien ne l'empêchait de s'attaquer à Brian.

— Je te quitte, Sara, me dit-il à regret en enfilant son blouson. Mon cousin se fait vieux, il faut que j'aille le relayer.

La lampe en main, je le raccompagnai à sa voiture. Malgré moi un malaise croissant me nouait l'estomac.

— Ne me laisse pas seule, Brian ! m'exclamai-je en me jetant à son cou. Reste encore un moment avec moi !

Il me serra contre lui, m'embrassa avec passion, puis se déroba à mon étreinte.

— Sara, sois raisonnable. Quelle idée as-tu eue de tomber amoureuse d'un médecin de campagne ! Finalement, je crois que tu ferais mieux de m'épouser vite et de venir t'installer avec moi à Madison Corners !

A cette perspective, je me rebiffai violemment. Qu'allait-il donc imaginer ? Le plaisir était une chose, le mariage et l'asservissement une autre, radicalement opposée, que je ne pouvais admettre.

Lui révéler ma pensée en cet instant me fut cependant impossible. J'insistai au contraire pour le dissuader de partir :

— Je t'en supplie, Brian, ne monte pas dans cette voiture !

Visiblement agacé, il écourta nos adieux.

— Sara, ne joue pas en plus les voyantes avec moi. J'en ai assez entendu pour aujourd'hui. Tes sornettes à propos d'Annie Fairfield sont tout à fait déplacées. Elle fait tout ce qu'elle peut pour me convaincre que tu es une sorcière et je l'ai envoyée bouler. Mais, bon sang, ne me pousse pas à bout, je finirai par croire qu'elle a raison ! Bonne nuit, chérie. J'essaierai de repasser demain.

Il s'installa au volant, claqua violemment la portière et démarra en trombe. Clouée sur place, je restai stupide, rongée par un affreux pressentiment.

Regardant la voiture s'éloigner dans la nuit, je me sentais pourtant incapable d'esquisser le moindre geste, terrifiée de n'avoir pas su le retenir. Mais déjà il était trop tard et la Volkswagen amorçait le virage de la colline.

Soudain se produisit sur la route un vacarme effroyable. Depuis que Brian avait posé la main sur la poignée de la portière, j'avais senti confusément monter une menace. Il y eut d'abord un hurlement de pneus sur l'asphalte, puis une déflagration étrange que je ne pus identifier, enfin, un fracas métallique et strident de tôle et de verre broyés.

J'attrapai une torche électrique et partis en courant comme une folle sur la route. Au pied de la colline, elle traversait un petit pont jeté en travers du ruisseau, puis bifurquait avant de remonter en lacet en direction de la ferme Whitfield. La voiture avait manqué le virage et gisait sur le flanc dans le fossé, pare-chocs, portières et ailes enfoncés. Je crois me souvenir avoir poussé un hurlement et m'être élancée vers la carrosserie fumante.

Ma main agrippa frénétiquement la poignée de la porte. Brian était affaissé contre son volant. Du sang coulait sur son visage. Pendant quelques secondes interminables, je crus qu'il ne respirait plus.

Enfin, ses paupières frémirent imperceptiblement et il ouvrit lentement des yeux hébétés. Je poussai un long soupir de soulagement.

— Ah, c'est idiot ! balbutia-t-il d'une voix faible, je savais qu'il fallait faire vérifier ces maudits freins. Ils m'ont lâché juste dans le virage. J'ai eu de la chance. Si la portière s'était ouverte au moment où j'ai heurté le pont, j'aurais été projeté à l'extérieur et me serais brisé la nuque.

— Tu es blessé ?

— Pas grand-chose, je pense, fit-il, en essayant prudemment de bouger. Ma cheville est peut-être cassée, ou démise... Elle est coincée entre la pédale d'embrayage et le frein.

— Que dois-je faire, Brian ?

Grimaçant de douleur, il réfléchit quelques secondes.

— Je suis désolé, mais il faudrait que tu ailles chercher du secours. Ça m'ennuie de t'envoyer ainsi toute seule dans la nuit...

— Ce n'est rien. Que peut-il m'arriver ?

Il hocha lentement la tête.

— Ne t'arrête pas chez les Whitfield, ils n'ont pas le téléphone. Essaye d'aller jusqu'à la ferme Millard, tu sais, cette grosse bâtisse verdâtre avec la grande étable à l'arrière. Appelle mon cousin de là-bas. Il viendra me chercher.

Je me précipitai dans les ténèbres, le cœur serré, trouant à peine la nuit du faible faisceau de ma torche, ne pensant qu'à Brian, prisonnier de la tôle.

Parvenue à destination, à bout de souffle, je prévins les fermiers et téléphonai aussitôt au cousin James. Les secours s'organisèrent rapidement. Les Millard et moi parvînmes en même temps que le cousin sur les lieux de l'accident. Les deux hommes extirpèrent avec mille précautions le blessé de son véhicule, puis l'installèrent doucement sur la banquette arrière de la voiture de James.

— Savez-vous conduire ? me demanda ce dernier d'un ton bourru.

Lui ayant répondu par l'affirmative, il ajouta :

— Très bien ! Emmenez-le à l'hôpital d'Arkham. En tant que médecins, nous ne pouvons pas tous les deux ensemble déserter le comté... Là-bas, faites procéder à une radiographie de sa cheville, et à tous les examens nécessaires.

Nous arrivâmes à l'hôpital au milieu de la nuit. Un interne veillait au service des urgences. Brian s'en tirait bien : sa cheville n'était que déboîtée. On voulut le garder vingt-quatre heures mais il refusa net, prétextant que son cousin âgé ne pouvait assumer seul une journée encore la charge de tout le comté.

— Tu me serviras de chauffeur s'il le faut, pendant un jour ou deux, déclara-t-il. Mais je suis certain que ce ne sera pas nécessaire.

L'ayant reconduit chez lui, je le quittai à l'aube. Encore sous le choc, il me remercia avec effusion. Je remontai à pied à la maison, sentant gronder en moi une colère sourde. De quel droit Matthew Hay s'immisçait-il dans mes affaires ? Brian était à moi. Comment osait-il m'affronter ? Aussi longtemps que je l'aimerais, personne au monde n'avait le droit de s'interposer. Matthew avait saboté les freins de la Volkswagen, j'en étais sûre. Il méritait une leçon.

Comme je gravissais les marches du perron, le soleil se levait. Subitement, l'un de ses rayons illumina étrangement une vitre du salon. Pour moi, c'était un signe. Il renforça encore ma détermination.

XIV

Un Amour impossible

MAINTENANT, le ciel était tout bleu. Sans crier gare, Rouquin quitta mes genoux et disparut à la vitesse de l'éclair par la porte de la cuisine. Je sortis à mon tour dans le jardin. La rosée estivale décuplait les senteurs. D'un pas tranquille et ferme j'allai vers le cimetière. L'église en ruine serait donc le théâtre de notre affrontement. En en choisissant l'heure et l'emplacement, je voulais prendre sur lui un avantage décisif.

J'allais atteindre le portail rouillé, quand je vis Matthew Hay, flanqué de Tabitha, venir à moi en sens inverse. Mon cœur se serra. Ainsi il n'y avait plus rien à faire, il me prendrait toujours de vitesse. M'efforçant de leur dissimuler ma peur, acceptant la fatalité, je fis demi-tour et les précédai à l'intérieur de la maison. Quelle chance me restait-il de vaincre, s'ils se liguaient tous les deux contre moi ?

Jadis la chose eût été simple, mais après sept années de rupture, je n'avais recouvré ma mémoire et mes pouvoirs que partiellement.

Habitée par le doute, je tentai cependant de ne rien laisser voir de mon abattement.

— Comment avez-vous osé vous en prendre à l'homme que j'ai choisi ? attaquai-je avec véhémence. Vous n'en aviez pas le droit ! Je connais vos noms !

— Je sais, répliqua placidement Matthew. Mais la situation était trop grave pour lésiner sur les moyens. Notre survie spirituelle est en jeu, Sara. N'essayez pas de vous dresser contre nous. Nous avons tous besoin les uns des autres.

— Il a raison, Sara, ne le comprends-tu pas ? renchérit Tabitha. Le Docteur Standish appartient à ton ancienne vie. Ce n'est pas toi qui en es amoureuse, mais la jeune femme que tu étais avant de nous rejoindre. L'amour, tu le sais, nous est interdit. Renonce à lui tant qu'il en est encore temps. Il t'est néfaste et ne peut que te ramener à ta vie antérieure.

Avec effroi je sentis qu'elle disait la vérité. J'aimais Brian, ou plutôt la partie mortelle de mon être aspirait à l'aimer. Mais les sorcières ne pouvaient partager l'amour des hommes. Elles avaient le pouvoir et la charge de manipuler les âmes et les destinées et perdaient par là même tous les droits à l'amour sur terre.

Aimer un homme voulait dire être à lui à tout moment par la pensée. Or, pour exercer dans toute sa puissance son énorme pouvoir, une sorcière ne pouvait que se vouer à son propre désir. Seule cette concentration de volonté pouvait engendrer une fantastique énergie, à la condition expresse que nulle interférence sentimentale ne vienne la détruire. Seule la jouissance charnelle comptait et la moindre attention pour autrui entraînait sa perte définitive.

L'heure du choix avait pour moi sonné.

Mais étais-je encore libre de ma décision ? Ne m'étais-je pas engagée à jamais, trois cents ans plus tôt, dans une voie sans retour ?

L'esprit en déroute, je laissai glisser mon regard sur l'homme en noir et sa compagne blonde. Tous deux affichaient un masque impénétrable.

— Pourquoi ne me laisses-tu pas partir ? demandai-je d'une voix étranglée à Tabitha. Tu devrais te réjouir des sentiments que j'éprouve pour Brian. Matthew serait ainsi pour toi toute seule, et personne n'oserait plus contester ta place dans la confrérie.

Elle eut un très bref sourire, qui s'effaça dès que Matthew parla.

— Il y a cent ans, dit-il d'un ton glacial, peut-être t'aurais-je laissée partir. Aujourd'hui, ce n'est plus possible. Nous sommes trop peu nombreux. Perdre une prêtresse de ton rang est exclu.

Dans un dernier sursaut, je tentai désespérément de ruser.

— Pourquoi ne pas convertir Brian à l'Ancien Rite ?

— Non ! Cet homme appartient à la jeune femme que tu étais. Sa présence au sein de notre confrérie serait une entrave permanente à l'épanouissement de ta vraie nature. Pour aggraver les choses, ce jeune homme se pique de sentiments humanitaires, et se croit obligé de faire passer avant le sien le bien-être d'autrui. Réponds-moi sans détour, Sara. Serait-il capable de te posséder brutalement, égoïstement, comme je l'ai fait moi-même sur l'autel ? Te laisserait-il libre de satisfaire tous tes penchants à l'heure et à l'endroit de ton choix, sans qu'il soit nécessaire de te soucier de son bonheur à lui ?

La réponse était évidemment négative. Brian me voulait tout entière, il me l'avait dit clairement. Même au plan de ses propres désirs, sa satisfaction personnelle passait toujours après la mienne, son altruisme étant total et désintéressé. Inconsciemment, savais-je donc sans doute, dès le premier instant où je l'avais rencontré, qu'il ne pourrait jamais être des nôtres.

— Tu vois bien, dit Matthew, comme s'il lisait dans mes pensées. Chasse pour toujours la tentation qu'il représente. Nous avons trop besoin de toi, Sara, pour le laisser t'éloigner de la confrérie. Renonce à lui maintenant, reviens-nous, ou... nous serons contraints de nous débarrasser de lui. Cette nuit, il a reçu un avertissement. La prochaine fois, il mourra à coup sûr.

— Mais mon désir pour lui est toujours le même ! essayai-je de protester.

— Sara, assez d'enfantillages. Si tu continues à le voir, que se passera-t-il ? Es-tu capable de te contenter uniquement du plaisir qu'il te donne ? Es-tu capable de ne pas te laisser dominer par les sentiments ?

— Je peux le protéger.

— Si tu le protèges, coupa Tabitha, ce sera au nom de l'amour que tu lui portes. Et tes pouvoirs te quitteront dans l'instant. Comment espères-tu le défendre ? Enfin, pourquoi tiens-tu tellement à lui ? Ce n'est qu'un homme parmi tant d'autres et le monde en regorge ! Si tu en veux dans ton lit, il te suffit de claquer des doigts. Tu es jeune, tu es belle, tu réunis en toi tous les pouvoirs de la séduction. Oublie-le, Sara, car si par malheur tu n'y parvenais pas, nous nous chargerions de l'écarter à jamais de ta route. Faut-il qu'il soit mort et enterré, pour te faire comprendre, trop tard, ce qu'il te fallait faire ?

Ils disaient vrai. Le monde, pour moi, pouvait désormais s'écrouler. Un immense anéantissement paralysait toutes mes facultés. Trois cents ans de domination infernale s'abattait de nouveau sur mes épaules. Et pourtant...

— Alors, Sara ? Toujours aussi fleur bleue ? s'enquit Matthew d'un ton sarcastique. Faisons un marché, veux-tu ? Si tu nous reviens complètement, sans la moindre réserve, nous renoncerons à exiger sa mort. Je crois qu'il ne sera pas difficile de l'écarter de notre communauté, et cela sans toucher au moindre de ses beaux cheveux.

Je compris que je n'avais pas le choix.

— Soit ! soupirai-je, vaincue. Laissez Brian en vie, et je reste avec vous.

Matthew alors m'exposa toutes ses conditions au demeurant fort simples. Malgré ma répugnance, je n'avais pas le choix. M'y plier était le seul moyen de sauver Brian. Continuer à le voir était pour moi signer son arrêt de mort. Je capitulai donc sans réserve et acceptai de me soumettre à toutes ses volontés.

Vers quatre heures, cet après-midi-là, j'entendis la première le bruit du moteur que je connaissais bien.

— C'est Brian, murmurai-je, me redressant sur un coude. La voiture approche...

Matthew, Tabitha et moi nous trouvions tous les trois dans le grand lit à baldaquin. La première fois que j'étais entrée dans la chambre, je m'étais étonnée de ses énormes dimensions. J'avais aussi trouvé saugrenu qu'une vieille femme solitaire puisse avoir autour d'elle tant de miroirs. A présent, je comprenais tout. Dans la glace inclinée qui nous surplombait, malgré les brumes dispensées par l'onguent aphrodisiaque, se dessinaient dans un abandon suggestif nos trois corps dénudés, celui de Tabitha frêle et délicat, celui de Matthew souple et dur comme celui d'un félin, le mien ondoyant, épanoui, noyé dans les vagues de ma chevelure dorée.

Je me penchai sur Tabitha. Nos bouches s'unirent, mes mains se refermèrent sur les globes de velours de sa poitrine. Embrasée de désir, je m'allongeai sur son corps et nous nous enlaçâmes furieusement, tandis que Matthew, à califourchon sur ma croupe, forçait la voie étroite que je lui présentais. Comment pouvait-il bien garder son membre toujours ferme ? D'où tirait-il sa puissance après des heures d'ébats si insensés ? Les mains de Tabitha, abandonnant mes seins, pétrissaient maintenant les épaules de Matthew qui, écartant mes lèvres des tétons de ma cavalière, cherchait à saisir lui-même, à pleine bouche, les trésors dont il me privait.

Dans mon état second, j'entendis cependant résonner nettement les pas de Brian au rez-de-chaussée.

— Sara ! lança-t-il d'une voix forte. Où es-tu ?

— Dans la chambre, là-haut, Brian... ! répondis-je d'une voix chancelante, les coups de boutoir de Matthew m'arrachant un long gémissement de plaisir.

En dépit de mes réflexes et de ma lucidité amoindris, il me sembla alors déceler le léger boitement de Brian, qui montait pas à pas l'escalier. « Pauvre chéri, songeai-je, sa cheville le fait encore souffrir. J'aurais dû descendre... » Mais un nouvel accès de volupté réduisit à néant mes scrupules. Chavirée de plaisir, j'offris langoureusement mes reins aux assauts de Matthew, dont le corps musclé ondulait sur mon dos à une cadence accélérée. Mordant les draps, je soupirais de plus en plus fort, gémissais, suppliais, criais, ivre de luxure et d'impatience... C'est alors que la porte s'ouvrit avec fracas au moment même ou je m'abandonnais tout entière à l'extase. Me libérant de l'étreinte de Matthew, d'un seul mouvement je me retournai et aperçus le visage livide, pétrifié, de Brian fixant, les yeux démesurés, la scène.

Ayant repris mon souffle, je lui décochai un regard de feu.

— Veux-tu te joindre à nous, Brian ? fis-je d'une voix alanguie. Viens, chéri, c'est si bon... Il y a de la place pour toi, tu sais.

Il voulut parler, mais les mots ne purent franchir ses lèvres. Je passai alors un doigt provocant sur la bouche mi-close de mon amie. Souriante, elle pointa sa langue sur ma main, la lécha, en une mimique suggestive, à petits coups rapides.

— Venez, Brian, pria-t-elle à son tour. J'aimerais

tant connaître ce qui se cache sous votre chemise blanche...

Brutalement il se rua hors de la pièce, dévala quatre à quatre l'escalier, titubant comme un homme ivre, claqua bruyamment la porte d'entrée derrière lui. Quelques secondes plus tard, le moteur de la Volkswagen rugissait de toute sa puissance.

J'éclatai en sanglots et m'agrippai sauvagement à Matthew, lui griffant toute l'épaule de mes ongles crispés.

— Aide-moi à oublier ! hoquetai-je, en m'effondrant désespérée. Fais-moi tout oublier, Matthew, tout !

Fouetté par le désir et le triomphe, il ne se le fit pas dire deux fois.

XV

La Dague au Manche noir

AU fur et à mesure qu'approchait l'heure du Grand Sabbat, le temps semblait accélérer son cours.

Je n'avais pas revu Brian et d'ailleurs n'y tenais guère. Une étrange et très trouble émotion enflammait constamment mon esprit et mes sens, qui m'ôtait tout sentiment de culpabilité ou de honte. J'avais découvert simplement la seule chose qui comptait désormais pour moi : le plaisir physique dans toute sa plénitude. En quoi me serais-je fourvoyée, dans la mesure où la jouissance comblait mes vœux et répondait à une attente sans cesse renouvelée ? Brian certes m'avait possédée tout entière, mais le don passager que je lui avais fait ne lui donnait en rien le droit de s'arroger la propriété permanente de mon corps.

Lui aussi, en fait, comme tous les autres, recherchait avant tout son plaisir. Je n'étais que son instrument. Malgré ses belles paroles altruistes, il ne souffrait aucun partage sur ce plan. Ah, qu'il était grand, qu'il était exaltant l'amour dans cette perspective !

J'enrageais donc d'être malgré tout harcelée par le souvenir lancinant des moments de tendresse que nous avions vécus ensemble, des projets d'avenir échafaudés stupidement.

Je devais oublier toutes ces inepties, rayer de mon passé ce que les hommes appellent le bonheur. Seuls comptaient désormais mes frères et sœurs de la confrérie. Dans quelques heures, je serais confirmée dans mes plus hautes attributions, cette fois enfin consentante et lucide, en pleine possession de mes sens et de mes facultés.

Mes anciennes tergiversations ne signifiaient plus rien. Seul comptait le devoir suprême qui m'attendait. Rien ni personne ne pouvait plus m'atteindre.

Durant ces quelques jours de prise de conscience, j'aperçus deux ou trois fois Claire à Madison Corners.

Éprouvant encore à son égard je ne sais quel sentiment résiduel et confus de reconnaissance, je l'évitai soigneusement. Pour l'heure, j'avais bien d'autres choses en tête et n'aspirais plus qu'à vivre et éprouver les pressantes pulsions de ma nouvelle personnalité.

Matthew, l'un des tout derniers soirs, vint me trouver pour s'assurer de ma détermination.

— Au Grand Sabbat, dit-il, pour reprendre ta place parmi nous, tu devras prouver ton émancipation absolue vis-à-vis des valeurs et des lois de la société. Ainsi l'exige la tradition chaque fois qu'une sorcière est de retour. Par ce sacrifice que tu accompliras, considéré par les hommes comme le plus abominable des crimes, tu manifesteras, de manière irréversible, ton désir et ta volonté de remettre ta vie entre nos mains ; il symbolisera aussi la confiance illimitée que tu nous portes, car notre dénonciation signifierait bien sûr ta perte définitive.

Alors qu'il me parlait, remontait en effet en moi le souvenir d'avoir accompli cet acte suprême à tous mes retours sur terre. La dague à manche noir, dont l'image m'avait assaillie dès mon arrivée à Witch Hill, était l'instrument consacré du sacrifice humain offert à l'Être à Cornes. A son premier Sabbat, l'élue devait abattre, pour l'immoler sur l'autel noir, le corps nu et palpitant d'un homme ou d'une femme. Ce geste était terrible et lourd de conséquences, car il liait à jamais la sorcière à la confrérie qu'elle ne pouvait ensuite plus quitter ou trahir, sous peine d'être dénoncée et condamnée pour meurtre par les témoins. Après le sacrifice, le cadavre était rituellement violé par tous les participants, puis enterré secrètement par les fidèles.

— Quelle sera la victime ? demandai-je étrangement indifférente.

— Qu'importe ? Un paysan ignare ou dégénéré, dont la perte ne causera de regret à personne.

J'acquiesçai sans mot dire. Brian lui-même n'avait-il pas dit un jour que pour ces pauvres hères, la mort serait de très loin préférable ? Il fallait donc s'en remettre à Matthew, fournir une victime à l'Être à Cornes. Il en avait toujours été ainsi, il en serait ainsi jusqu'à la fin des temps.

Vint enfin le matin précédant la cérémonie. Je me levai très tôt et passai la journée dans mon atelier, m'acharnant à peindre comme une possédée. J'ai gardé précieusement la toile achevée en ces heures. En cette minute même où j'écris ces lignes, elle est là sous mes yeux, et je ne peux m'empêcher en la regardant, malgré le temps qui s'est écoulé, de frissonner longuement. Est-ce seulement à cause des épouvantables images qu'elle évoque ? Je ne crois pas : tous ceux, sans exception, qui ont eu l'occasion de la contempler n'ont pu réprimer un mouvement d'horreur, fascinés par son incroyable pouvoir à restituer, par-delà les formes et les couleurs, la vision la plus cauchemardesque de l'inconscient universel. Elle ne représente pourtant qu'un cimetière baigné de lumière blafarde ; mais ce cimetière suggère avec un réalisme effrayant que les tombes vont bientôt vomir leurs cadavres. A l'arrière-plan se dresse un chêne foudroyé, à la plus grosse branche duquel se balance mollement une silhouette de femme, la mienne, toute en lignes grises et ombres noires, auréolée, en surimpression, par une immense et monstrueuse bête à cornes dominant tout le paysage.

Cent fois, je me suis promis de brûler ce maudit tableau, cent fois, je n'ai pu me résigner à le faire, même lorsque, dernièrement, j'ai lu son titre dans le catalogue d'une exposition :

« Tableau N° 15 : *Pendue pour Sorcellerie*, par Sara Latimer. »

Le soir de ce Sabbat, comme le soleil disparaissait derrière les arbres, je signai d'une main fébrile au bas de ma peinture et la retirai du chevalet. Comme il était encore trop tôt pour allumer une lampe à pétrole, je mis à profit la lumière déclinante pour aller fouiller les caisses qui encombraient le grenier. Très vite je découvris ce que je cherchais. Dans l'une d'elles, sous plusieurs bouquets d'herbes aromatiques dont je ne reconnus pas le parfum, était soigneusement pliée une longue robe de soie filée à la main, brodée d'étranges motifs cabalistiques. Je l'enfilai avec respect, ne m'étonnant nullement de sentir sur ma peau une soudaine aura protectrice.

Je savais que les sorcières habituellement officient nues, afin qu'aucun objet issu du monde matériel ne puisse venir souiller le cercle des rites magiques ; mais je savais aussi qu'elles pouvaient se parer pour les offices sacrés d'une robe d'apparat, à condition qu'elles revêtent la tenue transmise à cet effet par leurs aïeules pour rendre hommage à l'Être des Ténèbres.

Tabitha vint me rejoindre une heure après le crépuscule. Vêtue d'un immense châle gris qui l'enveloppait comme un linceul, elle semblait grelotter de froid. Obéissant à son signal, je la suivis sans un mot dans le jardin, dont les fragrances embaumaient de toute leur puissance. La nuit était chaude. Pourquoi, moi aussi, avais-je donc si froid ?

Nous pénétrâmes dans le cimetière, évitant soigneusement de piétiner les dalles descellées et moussues. Je levai les yeux sur la crête noire de la colline déserte. Seule se devinait la présence des quelques vaches des Whitfield qui paissaient, ombres éparses et mouvantes.

Le chêne foudroyé depuis des lustres était là de nouveau. Je le voyais distinctement, discernais dans la pénombre mon corps se balançant sous ses branches noueuses.

Et je vivais toujours...

Comme nous approchions de l'église, je devinai une pâle lumière dispensée par plusieurs interstices dans la muraille. Ainsi mes frères et sœurs étaient déjà rassemblés. L'espace d'un instant, mes jambes se dérobèrent, et je me mis à trembler d'horreur. Moi, Sara Latimer, m'apprêtais-je donc à commettre un acte rituel terrible sur l'autel d'une église abandonnée ? Était-ce folie démentielle ou réalité ?

« Disons, ma chérie, qu'aucune des Sara auxquelles notre famille a donné le jour n'a connu un destin heureux... »

Une fraction de seconde, la voix de mon père résonna dans ma tête. Je l'en chassai aussitôt.

Ils étaient tous morts. Peut-être m'attendaient-ils en enfer ?

Mais j'étais immortelle...

Tabitha glissa une main sous mon coude, toujours sans mot dire. Je savais qu'elle resterait silencieuse tant que moi-même ne lui adresserais pas la parole. Neuf ans plus tôt, je l'avais en personne conduite sur cette voie de la consécration. Mais était-ce vraiment moi ? Au diable tous mes doutes ! Maintenant il était trop tard. Je n'avais qu'à faire ce qu'on me demandait, obéir aveuglément, accepter l'inévitable, me courber devant l'impitoyable puissance de la nature.

La nuit était profonde, vivante, chargée de souffles et de sons. Des criquets, des cigales, l'appel d'un renard, me sembla-t-il, emplissaient le silence. Une chouette en chasse nous survola sans bruit, puis disparut en piqué dans les hautes herbes. Le cri d'agonie de sa proie monta vers les étoiles.

— Vois-tu la lumière ? murmurai-je en me tournant vers Tabitha. Auraient-ils déjà commencé ?

— Oui. Ils nous attendent. Tu ne peux prendre part à l'ouverture de l'office tant que tu n'as pas été consacrée. As-tu bien apporté l'onguent ?

Hochant la tête, je sortis un minuscule flacon des replis de ma robe. Tabitha me le prit des mains, l'ouvrit, appliqua une couche visqueuse sur mes tempes.

Presque aussitôt, malgré un accès de nausée, je sentis que ma vision nocturne s'intensifiait. Le cimetière, noyé dans les ténèbres, s'irradia brutalement de la clarté astrale et incolore que je m'étais efforcée de reproduire sur ma toile quelques heures plus tôt. Ce phénomène, je le savais, était en partie dû à la drogue ; mais je sentis aussi mon esprit s'ouvrir à de nouvelles dimensions.

Sous mes pieds, devenait perceptible le grouillement des morts enterrés depuis des siècles. Transie de froid, je frissonnais, m'attendant à être assaillie par de délirantes visions. Mais elles ne vinrent pas. Une bouffée de fierté m'envahit : quelques brefs instants, je crus même que j'allais pouvoir distinguer la réalité tangible des faits et les apparences trompeuses des mirages toxiques.

Mais la faible lumière du chandelier dressé à l'intérieur de l'église m'éblouissant tout à coup, je sus qu'il était inutile de m'illusionner davantage. J'entrai. Mon corps, en suspension, flottait maintenant légèrement sur le sol. Les membres de la confrérie étaient accroupis en cercle.

Vêtus de longues robes semblables à la mienne, ils ânonnaient une mélopée monotone, agglutinés autour de l'autel, sur lequel gisait le corps d'un homme entièrement nu, le visage dissimulé sous un voile. Les yeux brouillés par la drogue, j'entr'aperçus l'Être à Cornes se pencher sur l'autel. C'était Matthew. Il portait le masque sacré, et était affublé d'un gigantesque phallus fixé par une cordelette nouée autour de ses reins. Malgré ma lucidité défaillante, un violent frisson de panique me glaça d'effroi.

La tête lourde, je levai les yeux et reconnus, à la fois stupéfaite et pourtant sans surprise, Colin McLaran, les yeux étrangement fixes rivés sur le pasteur.

— Mais je connais cet homme..., voulus-je dire, la gorge desséchée.

— Oui, c'est le Docteur McLaran, coupa Matthew, devinant ma question. C'est un adepte de la côte Ouest.

— Ainsi soit-il, balbutiai-je, malgré moi, sentant ma raison chanceler.

Tout s'embrumait autour de moi. La silhouette de l'Être à Cornes devint démesurée ; celles qui l'entouraient prirent des formes horribles et grotesques, le visage grimaçant, presque animal. J'étais seule dans l'ombre, oppressée, haletante, éperdue. Même Tabitha qui venait d'entrer dans le cercle des fidèles, diaphane, évanescente, dans son étole couleur de cendres, semblait surgir d'un au-delà d'angoisse et de folie. Alors, un parfum d'encens embrasa mes narines et Matthew glissa une dague dans ma main, la dague au manche d'acier noir, la dague du sacrifice. Une force furieuse me poussa vers l'autel ; je vis le corps étendu, la croix écarlate marquée sur son cœur à l'aide du sang d'un animal. Une main — ma main — brandit la dague.

Sur le point d'enfoncer le couteau dans la chair, un éblouissement, une déchirante et immense lueur intérieure, une voix plus forte que les autres venue d'ailleurs, couvrant à elle seule le tumulte infernal prêt à briser mon cœur, arrêtèrent mon bras, m'empêchèrent de sombrer à jamais dans les ténèbres. Tout, dès cet instant, se déroula très vite. Les murs se mirent à danser autour de moi ; à travers la brume qui se levait devant mes yeux, le corps étendu prit des contours familiers ; le visage que je n'avais jamais cessé d'aimer apparut, débarrassé du linge qui le masquait. C'était Brian, mon amour, qui était là, nu et impuissant, entravé par des cordes qui l'enserraient à la dalle de l'autel ! Je poussai un hurlement, tranchai ses liens en un éclair. Brian, libéré, se leva comme un ressort, ses réflexes de survie décuplant ses facultés d'attaque et de défense.

— Fuis, Brian, fuis ! criai-je encore. Préviens la police !

Mais il s'était déjà rué sur Matthew et ayant d'une main arraché son masque à cornes, lui frappait le visage d'un coup de poing fulgurant. Il y eut un craquement sourd ; Matthew bascula en arrière, entraînant dans sa chute l'encensoir fumant.

— Fuis ! hurlai-je de nouveau, galvanisée par son énergie bienfaisante, sentant en moi refluer les vertiges de la drogue. Va-t'en ! Sauve-toi ! Pour moi, il est trop tard.

— Plutôt mourir ! rugit-il, frappant à la gorge d'un coup de pied terrible le pasteur qui tentait de se remettre debout.

Cette fois c'était pour lui la fin ! Il s'écroula, sa tête heurta de tout son poids la pierre. Il eut un râle bref, voulut se relever et retomba inerte.

La soudaineté et la rapidité des événements avaient statufié l'assistance, pétrifiée par la drogue et la surprise.

Avant que je n'aie pu moi-même réagir ou réfléchir à ce qu'il fallait faire, Brian avait saisi ma main, m'attirait de toutes ses forces vers la sortie de l'église, m'entraînait dans une course effrénée à travers le cimetière. Hors d'haleine, nous parvînmes bientôt chez nous, attrapâmes au hasard pour nous couvrir une couverture et un imperméable, repartîmes en courant aussi vite que possible en direction de la ferme Millard.

Là, je téléphonai à la police, et m'efforçai en hoquetant d'expliquer tant bien que mal la situation. L'appareil raccroché, je m'effondrai dans les bras de Brian.

Quelques jours ont passé. Assis face à face, Brian et moi prenons notre petit déjeuner. Je lui souris. Il sait tout. Je lui ai tout dit, tout expliqué. Il m'aime et je l'aime pour toujours. Nous allons, je crois, nous marier. Grâce à lui, je suis débarrassée à jamais de la présence maléfique de mon aïeule.

Brian, de son côté, m'a raconté comment il était tombé dans le guet-apens tendu par Matthew Hay : un appel téléphonique, un soi-disant malade à visiter d'urgence, une maison isolée, un coup de matraque reçu derrière le crâne. Je veux maintenant tout oublier, ne plus rien savoir, rien connaître, rien apprendre de ceux à qui je dois cet intermède infernal de ma vie. Je sais seulement que Matthew Hay est mort. Brian n'a eu aucun mal à prouver son innocence et son état de légitime défense. Les autres membres de la confrérie ont été inculpés de complicité de tentative de meurtre et d'usage illicite de stupéfiants. Depuis la nuit terrible, pas une parole sensée n'est sortie de la bouche de Tabitha. Elle demeure prostrée dans le service d'un hôpital psychiatrique. J'éprouve parfois, en songeant à elle, un très vague regret. Son seul tort est d'avoir été plus libre que les autres. D'une certaine manière, je l'ai aimée.

Privée de Matthew Hay, de Tabitha et de... Sara Latimer, jamais la confrérie ne se relèvera. Peut-être les fidèles continueront-ils à se réunir, mais ils ne nuiront plus à personne. Tôt ou tard, ils cesseront même de se voir.

Qu'allons-nous faire de ma vieille bicoque de Witch Hill ? Allons-nous la vendre ? La faire démolir pour en construire une neuve ? Je crois que cela m'est égal à présent. C'est une maison comme les autres. Tante Sara est partie pour toujours.

Tout ce qui est arrivé n'est qu'une conséquence passagère, dramatique de la disparition brutale de mes parents et de mon frère. Quoi qu'il en soit d'ailleurs, cela n'a plus d'importance. Qu'on abatte la maison, qu'on la laisse tomber en ruine, qu'importe ? Je ne veux rien garder d'elle, si ce n'est un tableau... et Barnabé, allais-je dire... Mais la question pour lui ne se pose plus : il a disparu.

En vain avons-nous fouillé de fond en comble la maison, en vain l'avons-nous appelé sur tous les tons. Il est demeuré introuvable. Barnabé, le Rouquin (mais n'était-il pas autre ?...) a regagné le monde d'où il venait, montrant par là qu'il était bien le chat de Tante Sara, revenu pour moi juste le temps qu'il avait jugé nécessaire.

Plus jamais en tout cas je ne l'ai revu, plus jamais depuis lors je n'ai voulu avoir un autre chat.

Table

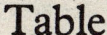

OUVRAGES DE LA COLLECTION « TERREUR »

Iain Banks
Le seigneur des guêpes

Clive Barker
Secret Show

William P. Blatty
L'Exorciste : la suite

Robert Bloch
L'écharpe
Lori
Psychose
Psychose 2
Psychose 13

Randall Boyll
Froid devant (mai 93)
Monssstre
Territoires du crépuscule

Ramsey Campbell
Envoûtement
La secte sans nom

Matthew J. Costello
Cauchemars d'une nuit d'été

Martin Cruz-Smith
Le vol noir

John Farris
L'ange des ténèbres
Le fils de la nuit éternelle

Raymond Feist
Faërie

Ray Garton
Crucifax
Extase sanglante

Linda C. Gray
Médium

William Hallahan
Les renaissances de Joseph Tully

Thomas Harris
Dragon rouge
Le silence des agneaux

James Herbert
Dis-moi qui tu hantes
Fluke
Fog
La lance
Les rats
Le repaire des rats
L'empire des rats
Le survivant

Shirley Jackson
Maison hantée

Stephen King
La part des ténèbres
Salem

Dean R. Koontz
Le masque de l'oubli
Miroirs de sang
La mort à la traîne
La nuit des cafards
La nuit du forain
La peste grise
Une porte sur l'hiver
La voix des ténèbres
Les yeux des ténèbres

Steven Laws
Train fantôme

Charles de Lint
Mulengro

Graham Masterton
Démences
Le démon des morts
Le djinn
Le jour J du jugement
Manitou
Le miroir de Satan
La nuit des salamandres
Le portrait du mal
Les puits de l'enfer
Rituels de chair
Transe de mort
La vengeance de Manitou

Robert McCammon
L'heure du loup
La malédiction de Bethany
Scorpion

Michael McDowell
Les brumes de Babylone
Cauchemars de sable

Andrew Neiderman
L'avocat du diable

Anne Rice
Lestat le vampire
Entretien avec un vampire
La reine des damnés
La momie

Fred Saberhagen
Un vieil ami de la famille

John Saul
Cassie
Hantises
Créature

Peter Straub
Ghost Story
Julia
Koko
Mystery

Michael Talbot
La tourbière du diable

Sheri S. Tepper
Ossements

Thomas Tessier
L'antre du cauchemar

Thomas Tryon
L'autre
La fête du maïs

Jack Vance
Méchant garçon

Lawrence Watt-Evans
La horde du cauchemar

Chet Williamson
La forêt maudite

Douglas E. Winter
13 histoires diaboliques

Bari Wood
Amy girl

**Bari Wood/
Jack Geasland**
Faux-semblants

T.M. Wright
L'antichambre
Manhattan Ghost Story
L'autre pays

FANTÔMES, VAMPIRES, LOUPS-GAROUS... LES CHEFS-D'ŒUVRE DE LA TERREUR

STEPHEN KING
Salem

La paisible petite bourgade était devenue une ville fantôme et personne n'osait parler de ce rire aigu, maléfique, enfantin.

Jerusalem's Lot n'avait rien de remarquable, sinon, sur la colline, la présence de cette grande demeure inhabitée depuis la mort tragique de ses propriétaires, vingt ans auparavant. Et lorsque Ben Mears revient à "Salem", c'est seulement pour retrouver ses souvenirs d'enfance.

Mais, très vite, il devra se rendre à l'évidence : il s'y passe des choses étranges, sinistres. Un chien est immolé, un enfant disparaît et l'horreur s'infiltre, s'étend, se répand, aussi inéluctable que la nuit qui descend sur Salem.

ROBERT MCCAMMON
L'heure du loup

Michael Gallatin est un as de l'espionnage, un séducteur, mais surtout un loup-garou.

Capable de se transformer à la vitesse de l'éclair, de tuer silencieusement et avec une incroyable férocité, il a déjà prouvé, en Afrique, ses talents contre Rommel. Maintenant on lui confie une mission aussi dangereuse que délicate : découvrir ce qui se cache derrière l'opération "Poing de fer", le mieux gardé des plans secrets nazis.

GRAHAM MASTERTON
Démences

Libre de suite. Dans cadre agréable. Ancien hôpital psychiatrique hanté.

Les 137 pensionnaires de l'asile, tous de dangereux criminels, avaient brusquement disparu sans laisser de trace. La police ne les avait jamais retrouvés. Comment aurait-on pu imaginer, ne serait-ce qu'une seconde, qu'ils s'étaient réfugiés dans les murs mêmes de l'asile, à *l'intérieur* des murs ?

Il n'y a que les fous pour croire sérieusement à l'efficacité de la magie noire. Et les fous furieux pour s'en servir.

ANNE RICE
Entretien avec un vampire

Celui qui mange ma chair et qui boit mon sang aura la vie éternelle...

De nos jours, à La Nouvelle-Orléans, un jeune homme a été convoqué dans l'obscurité d'une chambre d'hôtel pour écouter la plus étrange histoire qui soit. Tandis que tourne le magnétophone, son mystérieux interlocuteur raconte sa vie, sa vie de vampire. Laissez-vous subjuguer, fasciner et entraîner à travers les siècles dans un monde sensuel et terrifiant où l'atroce le dispute au sublime.

PETER STRAUB
Ghost Story

Les quatre vieux messieurs respectables passaient leurs soirées à se raconter de fabuleuses histoires de fantômes.

Depuis la disparition d'un des membres de leur club dans des circonstances étranges, ils se sentaient menacés, perdaient le sommeil : ils allaient bientôt se trouver impliqués dans la plus hallucinante histoire de réincarnation qui se puisse imaginer...

DEAN R. KOONTZ
Une porte sur l'hiver

Elle seule savait ce qu'il y avait derrière la porte, mais elle ne pouvait pas parler, juste hurler d'effroi.

Alors qu'elle avait tout juste trois ans, Mélanie a été enlevée, par son père, un psychologue passionné d'occultisme.

Six ans plus tard, on retrouve la petite fille errant en état de choc dans les rues de Los Angeles. On découvre également son père, ou plutôt ce qu'il reste de son corps, mutilé; broyé.

Mélanie, profondément traumatisée, ne sort de son mutisme que pour supplier que l'on referme une mystérieuse "porte sur l'hiver" et bientôt, en plein été californien, un vent glacial, inexplicable, balaie tout dans la maison.

La porte sur l'hiver est entrouverte...

ANNE RICE
Entretien avec un vampire

[illegible]

[illegible]

PETER STRAUB
Ghost Story

[illegible]

[illegible]

DEAN R. KOONTZ
Une porte sur l'hiver

[illegible]

[illegible]

OUVRAGES DE LA COLLECTION « NOIR »

William Bayer
Hors champ
Voir Jérusalem et mourir

Robert Bloch
Autopsie d'un kidnapping
L'incendiaire
La nuit de l'éventreur
Un serpent au paradis

James M. Cain
La femme jalouse
La femme du magicien

Raymond Chandler
Nouvelles (2 tomes)

Robin Cook
Mutation

Frédéric Dard
Le bourreau pleure
C'est toi le venin
Cette mort dont tu parlais
Délivrez-nous du mal
La dynamite est bonne à boire
Une gueule comme la mienne
L'homme de l'avenue
Le maître de plaisir
Mausolée pour une garce
Le monte-charge
La pelouse
Rendez-vous chez un lâche
Les salauds vont en enfer
Les scélérats
Une seconde de toute beauté
Le tueur triste

Mildred Davis
La chambre du haut
La voix au téléphone

Loren D. Eastleman
Le pro

Arthur Conan Doyle
Les aventures de Sherlock Holmes
Le chien des Baskerville
La vallée de la peur

Elisabeth George
Enquête dans le brouillard

James Grady
Le feu du rasoir

Sue Grafton
A comme alibi
B comme brûlée
C comme cadavre

Martha Grimes
L'énigme de Rackmoor

Patricia Highsmith
L'art du suspense
Toutes à tuer

William Irish
Concerto pour l'étrangleur
Une étude en noir
Lady Fantôme
Nouvelles (2 tomes)
Une peur noire
Rendez-vous en noir

William Katz
Violations de domicile

Dick Lochte
Temps de chien

Ed McBain
Downtown
Escamotage
Poison
Quatre petits monstres

David M. Pierce
La neige étend son manteau blanc
Rentre tes blancs moutons
Le petit oiseau va sortir
Sous le soleil de Mexico

Jack Richtie
L'île du tigre

Laurence Sanders
L'homme au divan noir

Georges Simenon
L'affaire Saint-Fiacre
L'amie de Madame Maigret
L'âne rouge
Les anneaux de Bicêtre
Au bout du rouleau
Au rendez-vous des Terre-Neuvas
Les autres
Betty
La boule noire
La chambre bleue
Le charretier de la providence
Le chat
Chez les Flamands
Le chien jaune
Les complices
Le coup de lune
Un crime en Hollande
Crime impuni
La danseuse du Gai-Moulin
Le destin de Malou
L'écluse n°1
En cas de malheur
Les fantômes du chapelier
Les fiançailles de Monsieur Hire
Le fond de la bouteille
Le fou de Bergerac
La fuite de Monsieur Monde
Les gens d'en face
La guinguette à deux sous
Le haut mal
L'homme au petit chien
L'homme de Londres
Liberty Bar
Maigret
Maigret au Picratt's
Maigret et la grande perche
Maigret et le corps sans tête
La maison du canal
Marie qui louche
Monsieur Gallet décédé
La mort d'Auguste
La mort de Belle
La nuit du carrefour
L'ombre chinoise
Le passager clandestin
Le passager du Polarlys
Le petit saint
Le pendu de Saint-Phollien
Pietr-le-Letton
Le port des brumes
La porte
Le président
Le relais d'Alsace
La rue aux trois poussins
Strip-tease
Tante Jeanne
Les témoins
La tête d'un homme
Le train
Un nouveau dans la ville
Une confidence de Maigret
Une vie comme neuve
Le veuf
La vieille

Andrew Vachss
Blue Belle

Jack Vance
Charmants voisins
Lily street
Méchante fille
Un plat qui se mange froid

Helen Zahavi
Dirty week-end

LE LIVRE NOIR DU CRIME
Délits de cuite
Histoires de cinglés
Histoires de crimes passionnels
Histoires de femmes fatales
Histoires de fines mouches
Histoires de machinations
Histoires de paumés
Mômes, sweet mômes
Place d'Italie
Sacrés privés
Le Salon du Livre

Achevé d'imprimer en juillet 1995
sur les presses de l'Imprimerie Bussière
à Saint-Amand (Cher)

POCKET - 12, avenue d'Italie - 75627 Paris Cedex 13
Tél. : 44-16-05-00

— N° d'imp. 1794. —
Dépôt légal : octobre 1993.

Imprimé en France